俺の妹がカリフなわけがない！

イスラーム法学者
中田考
マンガ◉天川まなる

晶文社

カバーイラスト
厘野イチ

デザイン
岩瀬聡

前書

「理解できないことはありません。人は全てを理解します。意識に空白はなく全ては理解なのです。理解できないこと、は端的に無、だから理解できないことは存在しないのです。分かりますね？」

白岩先生の言葉だ。だから知らない単語や分からない文章があれば、読み飛ばせばいい。白岩先生のアラビア語の台詞なんて主人公だって分かっちゃいないんだから。

この本に出てくる歴史上の人名は主人公天馬垂葉《てんまたるは》、愛紗《あいしゃ》の先祖以外は全て実在の人物だ。今は便利な時代だ。昔のイスラーム学者の名前でもネットで簡単に検索することができる。知らなくても困らないけれど、知ればもっと世界は輝きを増すだろう。きっと、たぶん……。

「俺の妹がカリフなわけがない！」、略称「オレカリ」は、人類を領域国民国家の牢獄から解放するカリフ制の再興の道筋を示すため、2013年5月6日から8月26日までツイッターで連載したツイッター小説だ。カリフのいない世界に日本の女子高生がカリフになる、というのが「オレカリ」の世界観だった。

第一部（完）、ということで取り敢えず連載を終え、息抜きに書いたのが、9月1日から8日にかけてツイッターに連載したスピンオフ「岩橋君の独り言」だ。

その後、第二の構想が纏まらないままに、ぐずぐずしていると、「オレカリ」の世界観を根底から覆しかねない大事件が起こった。

２０１４年6月30日、ＩＳＩＳ（シリアとイラクのイスラーム国）がリーダーのアブー・バクル・イブラーヒーム・バグダーディーをカリフに擁立し、イスラーム国と改称し、カリフ制再興を宣言したんだ。

現実にカリフ制が再興されれば、カリフ・ラノベを書く意味はなくなる。私はイスラーム国の実情とイスラーム世界の対応の研究に追われることになり、「オレカリ」第二部を書くどころではなくなった。

しかし、残念ながらというか、案の定というか、これまでカリフ制再興の義務を無視してきた世界のムスリムたちはイスラーム国の呼びかけにも応じなかった。世界はまたカリフのいない世界に戻った、というわけだ。

そこで２０１８年10月１日、第二部を書き始める前に、アブー・バクル・バグダーディーのカリフ宣言後の世界を舞台に、主人公たちの5年後を描くスピンオフを書くことにした。それが「田中君のお仕事」だ。

この「俺の妹がカリフなわけがない！」「岩橋君の独り言」「田中君のお仕事」を一冊に纏めたのが、この世界最初のカリフ・ラノベ『俺の妹がカリフなわけがない！』だ。

『俺の妹がカリフなわけがない！』が世界最初のカリフ・ラノベだ、ということは、これに続いて、どんどんカリフ・ラノベが書かれ、ラノベや漫画に「カリフもの」というジャンルが確立されることが私の望みということだ。二次創作も大歓迎だ。

かの名作『ドン・キホーテ』は、人気が出た後に、アロンソ・フェルナンデス・デ・アベジャネーダと名乗る人物が、原作者のセルバンテスの許可も得ず勝手に続編を書いた。結局、それに刺激されたセルバンテスは自分でも続編を書くことになり、現在の『ドン・キホーテ』正続編が完成した。

だから、私の代わりに誰かが『俺の妹がカリフなわけがない！　第二部』を書いてくれてもいっこうに構わない。

もともと「俺の妹がカリフなわけがない！」は、天馬家の祖先が、8世紀にホラーサーンから中国に移住し、更に11世紀に日本に渡り、「大東亜戦争」中に君府学院を創立し、愛紗がその生徒会長になってカリフを宣言するという壮大な構想の大河歴史ラノベの現代編として書かれたものだ。その第二部を誰かに書かれたとしても、私にもまだまだいくらでも書くことは残っている。

読者諸賢の中から、私に続いてカリフ・ラノベを書いてくれる者が現れ、全国の書店にカリフ・ラノベのコーナーができ、カリフ漫画、カリフ・アニメ、カリフ・ゲームというジャンルが生まれ、それが英語、アラビア語にも訳され、国境を越えてイスラーム世界にも広がり、カリフ制再興の雛形とならんことを！

目次

俺の妹がカリフなわけがない！

إذا رأيتم الرايات السود قد جاءت من قبل المشرق فأتوه فإن فيها خليفة الله المهدي

若見黒旗來自東方　汝等即往　彼有訶黎佛都羅　乃天導者也

世界制覇を公約に掲げて生徒会長に当選した俺の妹が「生徒会長」を「カリフ」に改称した。

俺の妹がカリフなわけがない！　男性であることは、カリフ有資格者の10条件の一つだ!!

「カリフになれ」

小さくつぶやかれた言葉が、耳に残る。あれはまだ俺と双子の妹愛紗《あいしゃ》が四歳にも満たなかった頃。今際《いまわのきわ》の枕元でそんな会話をする俺たち兄妹に言った。父夢眠《むみん》は無言だった。

「垂葉《たるは》、愛紗……天馬家の使命を受け継ぐ子どもたち」

俺たちの頭をゆっくりと撫で、そうして祖父は静かに息を引き取った。

1　君府学院

君府学院《くんぷがくいん》は、俺たち兄妹の祖父天馬真筆《てんままふで》の父、天馬真人《まさと》が設立した中高一貫の私立学校だ。

全寮制、完全学費無料で、自由と正義を実現する人材を創るという理念を掲げている。

でも、完全学費無料で全寮制とか、無理があるに決まっている。普通に考えてどうやって経営するんだ？　と思うだろう？　俺だってそう思う。

それでも祖父の代までは苦しいながらも頑張っていたようだ。しかし、それも父が経営破綻させて、世界的大企業、石造財閥《いしづくりざいばつ》に譲り渡すことになるのは、祖父の死後あっという間のことだった。

少人数教育、徳育重視で大アジア主義に基づき、外国語として中国語、アラビア語、トルコ語、ペルシャ語が学べるという風変わりな学校だったが、経営破綻した学院をグローバル・エリートを養成する受験名門校へと生まれ変わらせたのが石造財閥の総帥《そうすい》、石造高遠《いしづくりたかとお》新理事長だ。

新たにクラスは成績順に分けられ、石造理事長が建てた新校舎に上位クラスを移動させ、中でもプラチナクラスの教室は高遠の徹底したエリート主義、能力主義、信賞必罰の教育方針に基づいて、生徒一人一人の椅子も飛行機のファーストクラス並みの快適さだ……と学院パンフレットには書いてある。

そうして、学院近くの邸宅をも追われ、学院の経営からも身を引いた父は、石造財閥当主の恩情というか——俺は絶対に嫌がらせだと思うんだが——用務員兼雑用係として小さな部屋を与えられた。それで俺たち兄妹もそのまま君府学院に通うことが許されているんだ。

あれから10年、成績順に分かれたクラスに、やはり成績順、男女別に分けられた寮へと別れ住むことになった愛紗と顔を合わせることはほとんどない。

2　俺の妹がカリフなわけがない！

「は？　愛紗が生徒会長に立候補？　え、あり得ないだろ？」

成績最下位クラスのブロンズクラスが定席の俺と違って、愛紗は入学以来常に学年トップを走り続けている。だから成績だけで言えば不思議でもなんでもないんだが。

「だって……誰が愛紗になんか入れるんだ？」

俺は生徒会役員選挙告示の前で、本気で首を捻った。

確かに愛紗は成績もいいし、アラブの血が混ざっていると言われれば納得するくらいには、彫りも深く大きな目に小さな頭、整った顔立ちをしている。美人と言って差し支えないと思う。まっすぐに伸びた背中、凛《りん》とした立ち姿は彼女が武道を嗜《たしな》んでいるからだろうか。

だが、いかんせん愛紗の無愛想さは常軌を逸したレベルだ。喜怒哀楽という人間らしい感情を持っていないんじゃないかとすら思わせる。それに生真面目《きまじめ》で一切の妥協を許さないという性格だから、友だちらしい友だちはいないはず……いや、愛紗と二人だけの武道部で鍛錬している新免衣織《しんめんいおり》だけは、もしかしたら愛紗の親友と言えるかも知れない。

「親友っていうより、信奉者ぽいけどな」

思わず苦笑が漏れる。高校一年で剣道の全日本大会を制した、宮本武蔵《みやもとむさし》の流れを汲む剣術二天超一流《にてんちょういちりゅう》の達人である衣織と、手裏剣術の愛紗。幼い頃から二天超一流の継承者として育てられ、武道一筋で育ち、浮き世離れした言動で、同級生たちから敬遠されていた衣織に、愛紗だけが生真面目に相手をして、決して笑うことがなかった。そのせいか、衣織は愛紗の信奉者とも言えるほどに、愛紗を慕っているようだ。

「まぁ、でも愛紗が生徒会長とか……普通にあり得ないだろ」

そう、その時は俺もそう思っていた。

生徒会長立候補者は二人。多少美人でも無愛想で、口を開けばウエメセで人をバカにしたような話し方しかできない愛紗には人望というものが決定的に欠けている。その上愛紗の対立候補・石造無碍《むげ》は、父のあと理事長になった石造財閥当主の御曹司《おんぞうし》で、愛紗と同じプラチナクラス、つまり成績トップのクラスで、演劇部部長、さらにテニス部にも在籍しエースでもある、という絵に描いたような王子様キャラだ。

しかもその王子様は、子役の頃からのアイドルで学院の広告塔とも言える藤田波瑠哉《はるや》を筆頭に、見目麗《みめうるわ》しい男女の取り巻きたちをいつも引き連れているのだ。

「だいたい、なんで生徒会長になんかなりたいんだ？　愛紗のヤツ」

双子は以心伝心《いしんでんしん》だ、なんて漫画の世界のことだ。俺には妹の考えていることがまったく、これっぽっちも理解できない。

実際、チラホラと聞こえてくる下馬評《げばひょう》も圧倒的に無碍有利だったんだ。

そう、その日生徒会総選挙の立候補者演説で、少なくとも無碍の挨拶が終わるまでは、確実に。

「私たちは、神に自由な人間として創造されました。私はこの学院の創立者の掲げた理念に則り、自由と正義に基づく地球の解放の前衛とするために、地上における神の代理人、神の預言者の後継者、カリフとして、生徒会長に立候補します」

壇上《だんじょう》の愛紗は声を張り上げるでもなく、淡々とそう言うと言葉を切った。

ざわざわと生徒達の声が広がる。

「なに、あれ？　マジで言ってるの？」

「厨二病？　でもオレらもう高校生だよな」

「あの人、学年トップの天才じゃなかったの？」

戸惑いよりも嘲笑の声が多いのも当然だろう。

応援演説のために衣織が愛紗に近寄っても、ざわついた講堂は静かにならない。

「私たちは生徒会のために、この身と命を捧げます」

愛紗の前に膝を折った衣織の腰の長刀が一閃《いっせん》する。

左腕を真っ直ぐに伸ばしていた愛紗は身動《みじろ》ぎもしなかった。

「きゃーーーーー！」

女生徒の悲鳴があがる。

「きゅっ救急車を‼」

「な、なんてことを……」

阿鼻叫喚《あびきょうかん》と化した講堂で、壇上の二人だけが静かだった。

自分が切り落とした愛紗の左腕をそっと持ち上げた衣織が、愛紗に付き従う。

「大丈夫です。救急車は事前に呼んであります。剣の達人に名工の鍛えた刀で切られた者は、切られたことに気づかないと言います。筋肉繊維も神経も骨組織も壊さず切り落とした腕は直ぐに縫合《ほうごう》すれば元通りになるはずです。私たちには神のご加護があるのです」

さすがにこの度肝を抜くパフォーマンスの後で、生徒会選挙はいったん中止になった……はずだった。

翌日、愛紗が自らの言葉通り、なんでもない顔をして登校してくるまでは。

立候補者演説、応援演説とも終了していたため、日を改めて行われた投票は、下馬評をひっくり返して、圧倒的多数により、愛紗が当選してしまったのだ。

「いや、まぁ生徒会長になろうと、なんだっていいけどさ」

双子の兄妹として生まれながら、片や成績トップの生徒会長様、片や万年最下位クラスの俺としては、やっぱり少し面白くないっていうか……。

そんな俺の前で生徒会長就任挨拶のために再び壇上に上がった愛紗が淡々とした表情のまま、口を開いた。

「皆さんの信託に基づき、私、天馬愛紗は生徒会を自由と正義に基づく解放の礎とすべく、最初の仕事として、生徒会長をカリフと改称致します」

「ちょっと待てーーーーっ！」

俺は思わず起ち上がって叫んでいた。

「それ、おかしいだろぅ？　なんだってたかが一私立学校の生徒会長がカリフなんだよ、だ、第一高校生が真剣を持ち歩いてるとかあり得ないだろうがっ」

「はぁ、もう少し静かに、論理的に話せないのですか？　衣織が腰に差しているのは、新免家に代々伝わる銘刀《姥捨《うばしゃ》》と《過労死《かろうし》》、本阿弥光悦《ほんあみこうえつ》が研いだ逸品で重要文化財に指定された美術品です。丁重に取り扱えば何の問題もありません」

「いや大問題だろ〜、いきなり人の腕を切り落とすのは！」

「あれは古来より伝わる刀の切れ味の鑑定法、試し斬りです。校医のドクター和田も、さすが重要文化財、見事な切れ味、と感心していました」

「あのマッドサイエンティスト、ってか、校内で手術済ませたのか？」

「我らが君府学院の保健室は創立以来救急病院の指定を受けているのです」

「ウソだろぅ……いや……だから、そうじゃなくて、カリフ制なんて、とっくの昔に廃止されてるだろう」

俺だって祖父《じい》さんの死後、ちょっとは気になってカリフについて勉強したんだ。

「トルコ共和国でカリフ制度が廃止されたのは１９２４年でしたね」

「あ、ああ、そうだ。なのに……」

「しかし、そもそもカリフ制はトルコ共和国が作ったものではありません。従ってトルコ共和国によって廃止されることもありません。世界はお兄様がネットを覗いて想像していらっしゃるよりもずっと複雑で奥深いものなのです」

リフに何の関係があるんだ？

「……あっ、うっ」

「では、まだ少し貧血気味ですので、カリフ就任挨拶はここまででよろしいですね？」

これが、俺の妹、天馬愛紗がカリフに就任した瞬間だった……わけがない！　生徒会長とカ

3 父は語る

放課後、俺は用務員室の父を訪ねた。カリフについて、天馬家について俺よりも父の方が少しでも詳しいと思ったからだ。今でこそ、飄々《ひょうひょう》と君府学院の用務員をしているが、これでも天馬家の当主なのだから。

「垂葉か……愛紗のことで来たのか？」

「ああ、父さんなら祖父《おじい》さんから色々聞いてるかなと思って」

「天馬家の伝承は一子相伝で代々伝えられてきた。天馬家の伝承の継承者は兄の慈覇土《じはど》だった」

「えっ⁉　兄？　父さんに兄さんがいたなんて聞いてないよ！」

「うむ、聞かれてないからな」

「……じゃ、その慈覇土？　とかいう兄さん、おれたちの伯父さんが本当の天馬家の当主なの？」

「ああ、そうだ。でも慈覇士兄さんは、高校を中退して中東に渡って以来音信不通で生死不明だ」

「え、何があったの?」

「真筆父さんから聞いた天馬家の伝承を真に受けた慈覇士兄さんは、当時流行っていた学生運動にかぶれて、生徒会長になり生徒会を乗っ取ったんだ。そしてイラン・イスラーム革命を真似て『イスラーム革命』を宣言し、君府学院を占拠してしまった。でも1か月に及ぶ機動隊との攻防の末に『君府学院イスラーム革命政府』は崩壊し、慈覇士兄さんは外国に逃げたんだ。アフガニスタンに潜伏しているという噂もあるけど真相は誰も知らない」

「で、今も天馬家の本当の当主はその慈覇士伯父さんで、父さんは伝承は知らないんだね」

「今は民主主義の時代だ。この時代にもう『家』や、『当主』なんてものは要らないんだ。私は天馬家の伝説など信じない。だから父は私に秘伝を明かさずに亡くなった。でも天馬家の歴史についてならだいたいのところは聞いている」

父の話によると、天馬家は預言者ムハンマドの孫ハサンの末裔だ。預言者の召使いサウバーンは、世が乱れた戦国末世に、東方から黒い旗を掲げて義なるカリフを奉ずる民が世を救う、との預言者の言葉を伝えた。その言葉を信じ末世に備えて極東の日《ひ》の出《いず》る国《くに》に移住したのが天馬一族の太祖馬至善《ましぜん》だった。

サウバーンの言い伝えを信じてホラーサーンに移住した者の一部は更に東方を目指して唐に達した。中国文化を身につけて漢化した彼らは預言者ムハンマドに因んで馬姓を名乗った。そ

天馬家歴史：アラブ編・前編

天馬家の祖先は預言者ムハンマドの孫ハサンの末裔なのですが・・・
預言者ムハンマドとその孫のハサンの人物を紹介します
預言者ムハンマドは6世紀ごろサウジアラビアのメッカの商人でした
最初の啓示は彼が40歳の時610年にヒラー山の洞窟で瞑想していたときです
その後預言者ムハンマドはメッカの人に教えを広めはじめました
預言者ムハンマド様が貧しい人に分け与えよと言われてるのでどうぞ
なんてすばらしい教えなんだ!
この当時のメッカのカアバ神殿には多神教の偶像が祭られておりその巡礼者の利益をメッカの権力者は得ていました
神様はカアバ神殿の像じゃないらしい
預言者ムハンマドは多神教を批判したため
メッカでの権力者達は自分達の権威と利益を失うのをおそれ彼らを迫害しました
出て行け~!!
メディナでは一神教を信じる者達の共同体(ウンマ)をつくりました
現在のメディナにある預言者モスク
その迫害から逃れるためにメディナに移住しましたこれを(ヒジュラ)といいます
ついにメッカもわれわれの勢力圏に!
ヤッター!
その後630年にメッカを征服しイスラムの教えが広がったのでした

632年に預言者ムハンマドは亡くなり共同体(ウンマ)の指導者を失った信徒達はその後継者を選ぶことになりました
俺達には指導者が必要なんだ!
しくしく
この後継者が(ハリーファ)カリフなのです
最初の後継者は預言者ムハンマドの初期の教友のアブー・バクル
ムハンマド
友人
ムハンマド
親戚
ウマル
第2代は預言者ムハンマドと同じクライシュ族の遠い親戚のウマル
第3代は預言者ムハンマドの娘婿のウスマーン
ムハンマド
娘
夫
ウスマーン
第4代は預言者ムハンマドの父方の従弟のアリー
ムハンマドの父
従弟
ムハンマド
アリー
この4人のカリフの時代を正統カリフといいます
第4代アリーは対立するムアーウィヤと657年にスィッフィーンの戦いで和議を結びます
おのれ〜
しかしこれにアリーの支持者の一部が反発して離反しました 彼らをハワーリジュ派と呼びますが アリーはハワーリジュ派に暗殺されてしまいます
アリーが暗殺された場所のクーファの人々はアリーの息子のハサンが第5代カリフだと宣言しました
えっオレ?
次のカリフはハサンだよ!
この第5代ハサンはムアーウィヤとカリフ位を争うとはせず
ちょっとムリ…
えーそんな…
カリフの位を譲る代わりにムアーウィヤから巨額の報酬と年金をもらってメディナで隠棲して一生を終えます
これどうぞ〜
ありがとう〜
天馬家の祖先のハサンですが多く結婚して多くの子供を作ったため預言者ムハンマドの子孫が現在にもたくさん存在しています
モロッコの現国王ムハンマド6世
現在のモロッコ王家もこのハサンの末裔です

この続きは301頁へ

して時代が流れ宋の時代、馬一族の中で、伝説の黄金の国ワクワーク（倭国）へと旅だった勇者が馬至善だった。

11世紀初め、至善は宋の貿易商に混じって日本に渡り、博多に居を構え、日本人を妻に娶り日本に定住した。馬家は日本の文化、習俗に同化したが、いずれの日にかカリフの黒旗を掲げて挙兵する、との教えは、馬家の代々の当主に秘かに伝えられてきた。

明末の混乱の中で馬宗家《そうけ》の碩学真斎《しんさい》が来日する。真斎は父から儒学と査拳《さけん》を、王岱輿《おうたいよ》の経堂でイスラームを学び存在一性論の奥義を会得し、若干17歳にして院試に合格し、南京国子監《なんきんくにしかん》で鄭成功《ていせいこう》の知遇を得た。清によって明が滅ぼされると、真斎も鄭成功と共に反清軍に身を投じた。

真斎は、鄭の意を受けて日本に明復興の軍事支援を要請する使者として派遣される。軍事支援要請は失敗するが、真斎は博多の馬家を頼って日本に住み着くことになる。その学識・教養を日本人に認められた真斎は、備前の小藩小松家に儒者として召抱えられ、後に士分に取り立てられた。

以後、馬家は、「天方の馬氏」にちなんで「天馬」姓を名乗ることになった。

「これが天馬姓の由来だ。でもすべてただの言い伝えに過ぎない。それを裏付ける文書はどこにもないんだ。確実に分かっているのは、私の曾祖父さんが明治政府に仕官するために上京し、天馬家が東京に移り住んでからのことだけなんだ」

父さんの話は続いた。

「お前たちの曾祖父《ひいじい》さん、真人祖父さんは京都帝国大学で内藤湖南《ないとうこなん》に師事して東洋史と西南ア

天馬家歴史：中国編

中国へ移住した天馬家の祖先は馬姓を名乗りました（そのいきさつは304頁で）
ちなみに中国のイスラム教徒の回族に馬の姓を名乗る人が多いです
そして時が流れ11世紀はじめの宋の時代
博多と貿易してるんだ
なんと
博多！倭国といえばさらに東・・・私も連れてってくれ！
この倭国でカリフを現れるのを待つぞ
ついにきたっ
ガヤ
ガヤ
馬至善は倭国に移住し日本人として暮らすのでした
17世紀半ば明末の混乱の中で中国に残った馬家の本家に真斎という人物がいるのですが
父から儒学と査拳を学び
王岱輿の経堂でイスラームを学ぶ
王岱輿《おうたいよ》　南京出身
中国伝統思想、儒教理学の表現をまじえた漢文を用いてイスラームの教義を説明した中国ムスリム学者の草分け的存在である
クルアーンのアル・バカラ（雌牛）の章から読んでいきます
17歳にして院試に合格し南京国子監にて鄭成功と出会い
すばらしい才能だその才能ぜひとも国のために役立ててほしい
ありがたきお言葉！鄭成功様についていきます！
鄭成功《ていせいこう》
明代の軍人

明が滅んでしまった
夷狄の王朝の清など
認めぬぞ！戦うぞ！
軍事支援してくれる
所を集めなければ・・・
私の一族が日本の博多に
おりますのでそちらを
頼ってみます！
博多の馬家にて
すまぬ・・・わしらも
支援できるほど
力は持ってないのだ
真斎どのは
偉い学者だそうで
できればこの博多で
儒学を教えて
くれないか？
支援も取り付けられず
国に帰っても役に
立たないのであれば・・・
ここで儒学を教えるのも
いいだろう
うーん・・・
博多に中国からすごい
学者が来て儒学を
教えてるらしい
なんと！我が藩に
召抱えたい！
オォーッ
噂は聞きました
私は備前の小藩小松家の者で
我が藩に儒者として
来てくれまいか？
もちろん要望があれば
どこにでも！
「天方の馬氏」にちなんで
姓を「天馬」と名乗らせて
いただきます
備前にて
そのなたの知識
すばらしい！
士分を与えよう！
ありがたき幸せ
では・・・
ハハー
というわけで
天馬の姓が
ここでうまれた
というわけです

ジア史を勉強したんだ。イスラーム趣味は真人祖父さんから始まったんだ。父さんの名前真筆はアラビア語のマフディー、兄さんの慈覇土はジハード、私の夢眠はムゥミンから、みんな真人祖父さんが付けたんだよ。真人祖父さんは大学を卒業してから中国、中央アジア、中東諸国を遍歴し実業家として財をなしたらしい。その間にトルコでアブデュルレシト・イブラヒムと出会って汎イスラミズムに感化され、アブデュルレシトが１９３３年に来日して東京モスクの導師になると、協力して君府学院を創立したんだ。アブデュルレシトはオスマン帝国のカリフの下で団結することでイスラーム世界の過去の栄光を取り戻せると考えていたけれど、オスマン帝国が滅びた後もカリフ制再興の望みを捨てていなかった。それでカリフ制再興のために真人祖父さんと一緒に学校を作り、その願いをこめて君府学院と名付けたんだ。預言者ムハンマドの孫のハサンにまで遡る天馬家の系図は、生涯厨二病でアブデュルレシトの汎イスラミズムにかぶれていた真人祖父さんの妄想の産物なんだよ。でも父さんと兄さんはその妄想を信じていた。それで伝承者の兄さんが行方不明になった時点で天馬家は終わったんだよ。

オスマン・カリフ帝国が滅びた時、真人祖父さんは、思ったそうだ。世が乱れると東方から義なるカリフが現れる、というムハンマドの予言がいよいよ成就する。千年の長きにわたって日本に隠れ住み、待機してきた天馬家の出番がやっと来た。この手で大日本帝国を新しいカリフ帝国に変えてみせると。

野蛮な物質主義の西洋による植民地支配からアジアの諸民族を解放しなければならない。そして日本民族の指導の下に、アジアの全ての民族が、東洋の深遠な精神文明、民族と宗教の自治を認める多元的イスラーム法に基づいて共存共栄する王道楽土。それが真人祖父さんが夢見た大日本カリフ帝国だった。

厨二病の妄想だよ。もちろんそんなことは起こらなかった。大日本帝国は欧米に代わってアジア諸国を植民地にして支配したあげくに、無謀な戦争を引き起こし、惨めに敗北し、時代遅れのカリフ帝国が復活することもなかった。でも真人祖父さんは諦めなかった。

カリフ制を再興し、西洋の物質主義文明と戦い、自由と正義を実現する人材を養成するために、真理を教え伝えることはノブレス・オブリージュだ、とのイスラームの教えに則って、真人祖父さんは私財を全て注ぎ込んで全寮制学費無料の学校を作った。それが君府学院だ」

「それで父さんはイスラームも、カリフ制再興の天馬家の使命も信じないんだ」

父は小さな卓袱台《ちゃぶだい》に向かい合って、出がらしの茶を啜《すす》りながら言った。

「ムハンマドは、法の支配の理念を人々に教え、人類の平等を説き、女性に法的権利を保障した。だがその後継者としてのカリフ制度はすでに廃止されて久しい。要は時代にあわないんだよ」

「愛紗はトルコが作った制度じゃないから勝手に廃止もできないって言ってたぞ」

「まぁ、そうだな。だが、そもそも愛紗はカリフにはなれないんだ。女だからな」

「……」

「……」

黙って続きを促しても、父さんには通じない。

天馬家歴史：日本編

明治時代に天馬家は政府に仕官するために東京に出てきます
垂葉や愛紗の曾祖父の真人は京都帝国大学で内藤湖南に師事して東洋史と西南アジア史を勉強しました
中国に回教が来たのは・・・
そういえば私の祖先も回教だったはず・・・
卒業後
中国で商売するぞ！
その後
中央アジア・中東諸国
そして・・・トルコへ
イスラーム世界の栄光を取り戻すには再度オスマン帝国のカリフを復活するカリフ制再興しかない！
素晴らしい考えだ！
アブデュルレシト・イブラヒム
タタール人ウラマー
1933年東京
東京にモスクが出来たそうでそこのイマームに就任したのだよ
なんと東京にモスク!?
いったい誰が！

旧東京ジャーミー
（現在の東京ジャーミーは
２０００年に再建されたもの）
タタール人のムスリムが作ったそうだ
オスマン帝国も滅んでしまった今・・・日本にモスクがこれは！
天馬家に伝わる預言者ムハンマドの予言が
世が乱れると東方から義なるカリフが現れる
成就するのではないか！日本で隠れ住んでいた天馬家の出番だ！
私もカリフ制再興のために学校を作ります！
そうして出来たのがこの君府学園
それはすばらしい！私も協力しよう！
その後垂葉や愛紗の祖父・真筆（マフディー）伯父・慈覇土（ジハード）も同じ遺志を受け継ぎ
イランでイスラーム革命が起きた！俺は君府学園から
イスラーム革命をするぞ！
祖父・真筆が亡くなり伯父・慈覇土のイスラーム革命は失敗しアフガニスタンに逃亡しているという噂で行方不明状態というわけなのです
これが天馬家の歴史です

「女性天皇とか女王とかみたいに、女性カリフってのはいないのか？」

「いないな」

「……」

4　石造無碍

それ以上、何も言わない父さんを後に残して、俺は外に出た。

「じゃあやっぱり、愛紗がカリフになるのは変なんだよな。生徒会長はともかく、カリフは辞めさせないと」

父さんの話を聞いて、ますます愛紗のカリフ就任宣言をなんとかしなければ、と俺は決意を新たにした。

勝手に名乗ってるだけだとしたら、どう考えても変だし、それこそ神への冒瀆になるんじゃないのか？　俺は愛紗の兄として、そして天馬家の一員として、愛紗の暴走を許してはいけないと思う。

だが、俺が女子寮に行けないのは当然として、クラスに隔たりがありすぎて、プラチナクラスどころか、その校舎に入ることさえ俺にとっては容易なことではない。どうやって愛紗を説得すりゃいいんだ？

「どうすりゃ愛紗のやつに会えるかなぁ？　会わないと女性カリフなんて無効だって伝えるこ

ともできないよなぁ」

もちろん、愛紗は俺にラインどころか携帯番号も教えてくれてない。いや、時代錯誤のあいつは、そもそも携帯をもってるかどうかも怪しい。

寮へと向かって林の中の小道を歩きながら、どうやって愛紗に会って父さんの言葉を伝え、カリフになるのを辞めるよう説得することができるだろうと、自分の考えに浸っていると、突然目の前が翳《かげ》った。

「ん？　天馬垂葉君ではないか……双子と言ってもそんなには似ていないものなのだね」

今にもぶつかりそうなほどの至近距離で、こんなところで奇遇だな、はっはっは、と気障《きざ》ったらしく笑うのは、生徒会選挙の敗者、理事長の御曹司石造無碍だ。

「……男女なのにそっくりだったらそれはそれで不気味だろう……ていうか、石造こそ、こんなところで一人だなんて、いつも取り巻きに囲まれてるのに珍しいな」

と、言ってはみたが、実際には校舎も寮も離れているため、その取り巻きに囲まれた姿すら、俺は遠目に見たことがあるだけだ。それがなんだってこんな時間に校舎からも寮からも離れた林の中にいるんだ？　と思ったが、父さんに会いに行っていた俺だって向こうから見たら胡散臭く見えるだろうし……とそこは口にしなかった。

「ふっ、取り巻きなどではない、皆私の大切な友人たちだよ。それよりも、君は愛紗くんにカリフを、つまり生徒会長を辞めさせたいのかい？」

どうやら先刻考えていたことが、そのまま口から零《こぼ》れてしまっていたらしい。

「ん？　ああ、まぁ。生徒会長はどうでもいいけど、カリフはダメだろう、普通に考えて」

「……ふーむ」

少し考えるようにしてから、いいことを思いついた、というように無碍がパチンと指を鳴らす。

「そうか、君はあの愛紗くんに生徒会長、いやカリフを辞めさせるよう説得できるわけだね。いいだろう、では私が君をプラチナクラスにご招待しよう」

「……じゃあ、頼めるのかな？」

こいつ、澄ました顔してるけど、愛紗に負けたのが相当悔しいみたいだな、とは思ったが、さすがにそれを指摘するほど俺も意地が悪いわけじゃない。

「では、明日の昼にそちらへ迎えに行くことにしよう」

「了解した。待っている」

話すだけ話すと、俺たちはどちらからともなく、それぞれの寮へ向かうために離れていった。

とりあえず、これで明日はプラチナクラスへ行けるわけだ。あとは、どうやって愛紗を説得するかだ。

翌日、昼。無碍がプラチナクラスへ連れて行ってくれる約束を覚えているかと、ドキドキしながら待っていると、やがてザワザワと廊下が次第に騒がしさを増していく。

「？　なんか、騒がしくね？」

「天馬垂葉君はいるかい？」

無碍が波瑠哉を連れてブロンズクラスの廊下を渡ってきたのだ。

「ま、まぶしい……っ」

さすがに他のお取り巻きは連れてきていないが、一人でも十分目立つ男が二人連れ立っていると、とんでもなく目立っている。

無碍は演劇部長だが、テニス部でもエースをしているだけあって、背も高くスリムながら過不足のないきれいな筋肉、男らしく整った顔には常に胡散臭い、いや、柔和な王子様スマイルが乗っている。

そして常に付き従っている波瑠哉は、元子役からアイドルになった芸能人で、学院の広告塔でもある。無碍と違って中性的な容姿でファン層は男女を問わず、子役時代の美少年の可愛らしさが、成長と共にスッキリと、爽やかな雰囲気になっている。

「す・て・き♥」

「無碍様と波瑠哉様のツーショットが見られるなんて！」

「なんてインスタ映えする光景！」

二人を讃える声と同時に、なんで俺なんかを呼び出すのかと不審そうな表情を隠そうともしないクラスメイトを掻き分けて、無碍の前に立つ。

くそぉ、こいつら、これだけイケメンなんだから、遠慮して背くらい俺より低くたっていいだろう、と益体《やくたい》もない文句を心の中でつぶやきながら、奴らの後に続く。

「でも、わざわざ無碍様がブロンズクラスに足を運ぶほどのことはなかったんじゃ？」

「まぁそう言うな。彼が天馬愛紗に生徒会長を辞めるよう説得したいと言うんだ。新免衣織の奇抜なパフォーマンスによってこんなことになってしまったが、本来は私が生徒会長にふさわしいと彼も思ってくれているんだろう」

「そうですよね～、頭脳明晰、眉目秀麗《びもくしゅうれい》、文武両道、そのうえ石造財閥当主の跡取り息子の無碍様を差し置いて生徒会長になるなんて、あの女本当に生意気だ」

「しかし、実の兄が、その愚行を諫めようとしてくれているんだ、私も少しは手伝って差し上げようと思ってね」

「さすが無碍様、心がお広い。おい、なんで黙ってるんだ、ちゃんとお前も無碍様にお礼を言わないか！」

「えっ？　あ……ありがとう、ございます？」

別に俺は愛紗が生徒会長に当選するとは思ってなかったが、別にそれ自体に反対してるわけじゃない。カリフになるっていうのが変だってだけで。それに、なんで俺が無碍に礼を言わなきゃならないんだ？　理不尽きわまりないが、まぁそんなことを言い争っても無駄な気がする。

「無碍様はいずれ石造財閥を率いて全世界を統べるお方なんだ。君ごときの力を借りないでも天馬愛紗なんてリコールしてやればいいんだ」

「波瑠哉、言いたいことはわかるが、経営には重役たちばかりでなく工場の歯車も必要なんだよ。末端の者から嫌われるようでは良い経営者とは言えないのではないかな？　妹の愚行を糺そうという彼の気持ちも汲んでやらなければ、ね？」

つまり、俺は工場の歯車かよ？　もうなにからツッコンでいいのかわからなくて、俺はひとつため息をつく。たかだか生徒会長なのに、カリフだと自称する愛紗もだが、世界制覇だとかなんだとか、こいつらも成績はいいのかも知れないが、頭おかしいよな？　それとも……まさか、俺の方がおかしいのか？　いや、そんなはずはない……よ、な？

「はぁ、そうですね……頑張ります」

校舎を渡ってプラチナクラスへと行く間中、俺はため息をかみ殺して、無碍を褒め称え続ける波瑠哉の台詞《せりふ》を右から左へと聞き流していた。

5 対決

「さぁ、垂葉君、ここが我がプラチナクラスだよ。あとは頑張ってくれたまえ」

「ああ、連れてきてくれてサンキュー」

一応、無碍に礼を言っておく。こ、ここが、プラチナクラス！　飛行機のファーストクラス並というのは誇張じゃない。俺たちのブロンズクラスのエアコンもなく、古びた木の椅子が並ぶ教室とは大違いだ。大きく深呼吸をして、俺は足を踏み出した。愛紗は一番廊下側、中程の席に座ってなにやら本を読んでいる。

「久しぶりだな、愛紗」

「お久しぶりです、と申し上げるべきでしょうか？　選挙演説の時にも顔を合わせたと思いますが」

本から視線も上げず、愛紗が俺に答えた。左手には包帯が巻かれているが、骨折した時みたいに吊られているわけでもない。

「その……手、大丈夫か？」

「衣織がきれいに切り落としてくれましたし、縫合も丁寧にしていただきました。ああみえてもドクター和田は腕は確かなのです。何の支障もありません。左手で手裏剣を投げられるようになるにはまだ少し時間がかかるようですが」

「…………」

腕をスパッと切り落とされたのに、なんともないってことはないんじゃないか？　と思うものの本人はまったく気にしていないらしく、俺は言葉を失ってしまう。

「そんなことより、なにか用事があったのではないのですか？　休憩時間が終わってしまいますよ」

「そんなことって……いや、まぁそれはいいや。あー、なんていうか、お前が生徒会長になったのはそれはそれでいいんだが、カリフってのはなんだよ」

「カリフは神の代理にして預言者の後継者、人類と地球を邪神の支配から解放する者のことです」

「そうじゃなくって、カリフはアラビア語で預言者の後継者で、カリフには色々資格とか必要条件とかあるだろう、男じゃなくちゃカリフにはなれないはずだ」

俺だって、じいさんが亡くなって、その最後の言葉は子どもながらに気になって、少しは調べたんだ。カリフの意味ぐらいは知っている。

「カリフはアラビア語ではありません」

「えっ？」

「カリフは、アラビア語のハリーファが訛って英語を経由して日本語に入ってきたのです」

「……つまり元はアラビア語だろ？」

「ええ、ここで大事なことは、元のアラビア語はハリーファ、単語の最後にターー・マルブータがついているということです」

ター、丸、豚？

「はぁ……ター・マルブータはアラビア語の名詞の女性形接尾文字、つまりハリーファは女性名詞なのです。ですから本来カリフには女性が就任するべきなのです、わかりますか？」

「え？　なんで？」

「お兄様、私は預言者ムハンマドを始祖とする天馬家の末裔として君府学院を設立したご先祖の遺志を継いで、アラビア語、ペルシャ語、トルコ語の勉強を続けてきたのです」

「ええっ、そんなに⁉」

さすがにこれには、俺たちを遠巻きにしていたプラチナクラスの他の生徒達もザワザワとしはじめる。

「カリフになれ、が、おじいさまの今際《いまわのきわ》の言葉でした。その意味を調べ、天馬の使命を知るごとに私はそれら語学は必須と判断しました。そういうわけで、お兄様の、女性はカリフになれないという説は成り立たないことになりますが、ご用はそれだけですか？」

「あ、いや、でも……」

「お兄様、そろそろ戻らないと次の授業に遅れるのではありませんか？」

「はうっ……今日はこれで戻るけど、おっ俺はお前がカリフだなんて認めないからなっ」

教室を飛び出そうとした俺に、愛紗と波瑠哉の声が被さる。

「廊下は走らないでください、校則ですから」

「この役立たず」

愛紗が生徒会長になって、まだ二日。衣織がゴミ置き場の掃除をしているのを見た以外、俺の生活に特にこれと言って変化はない。初めてプラチナクラスのある校舎に足を踏み入れた以外は……。

6　幼馴染

授業にはなんとか間に合ったが、愛紗がカリフになるなんて俺にはとうてい納得できないし、だいいち、カリフって言ったら全世界のイスラーム教徒の指導者になるわけで、ただでも色々大変そうなのに、いくら頭がいいと言ってもやっぱりそれだけでなれるものではないだろう。

「しかし、まさか愛紗がアラビア語どころか中東の言葉を何か国語も勉強しているなんて思わなかったしなぁ」

　歴史上今までに一人も女性のカリフが存在しなかったんだから、カリフがアラビア語で女性名詞だとかには、たぶん意味はないんじゃないかと、少し落ち着いたら気づいたんだが、じゃあなんで女性名詞なんだ？　とか今の俺にはわからないことも多いし、こんなんで愛紗を説得できるとは思えない。だいいち、愛紗は俺とは違って頭もいいんだ。その妹がなにを考えてカリフに……なんてバカなことを言い出してるのかと思うと、俺は頭を抱えてしまう。

　ツン……ツン、ツン、ツン。

「…………？」

　授業が終わって皆が帰り支度を始めているというのに、机に突っ伏したままの俺の頭を誰かがしつこく小突くので、しかたなく顔を上げる。

「何やってんだよ、痛いだろ」

「痛いほど強くつついてないでしょうが」

　言いながら手の中のボールペンを背中に隠している。どうやらそれで俺の頭頂部を突いていたらしい。つむじを突かれて腹を壊したらどうするんだ、なんてこいつには絶対に言わない。

　越誉《こしょ》メクは俺と愛紗の幼なじみで、俺にも愛紗にも同じように接する珍しい人種だ。究極の自己中なので、相手が誰であろうと関係ないっていうのがその真相だろうな。アイドル並みに可愛い顔で、明るく話し好きなので、男女ともにそこそこ人気がある上に、やたら胸がでかいので、こっそり男連中にも人気があるみたいだ。

「そんなことより、無碍様と波瑠哉様に呼び出されたんだって？　いつから知り合いになったのよ」

「……知り合いになんかなってねぇよ」

いや、中等部からは同じ学校に通って、クラス別に棟が分かれているとはいえ、同じ敷地内の寮に住んでるんだから、お互いに顔と名前と、それなりの交友関係くらいはなんとなく把握はしてはいる。知り合いと言えば知り合いかも知れないが。それ以上の関係は一切ない。

「学院の王子様無碍様に、現役アイドル波瑠哉様のお二人に名前を覚えてもらっていただけでも、あんたにとっては奇跡だわぁ。同じ校舎にいる私ですらあんたの名前どころか、存在も時々忘れそうになるのに」

「……」

そりゃ、いっつも「あんた」としか呼ばないからじゃねぇのか？　と心の中では思ったが、そんな正論はメクには通用しないのがわかっているから、無駄な労力は使わない。

「というわけで、紹介してよ。あ、サインも欲しい。できればツーショの写真もね」

「いや、だから無関係だって言ってるだろう、同じ学校に通ってるってだけの関係だよ。それはメクも同じだろうが」

「じゃあなんだってあんたみたいな役立たずを、あの二人がわざわざこんなところまで呼びにいらっしゃるっていうのよ？」

「だから、愛紗が生徒会長はともかく、カリフになるとか言い出すから、なんとか俺が説得してみようかと」

「ああ、それで愛紗に言い負かされたってわけね。ほんと、役立たずだわ。存在意義ないんじゃないの？」

「そんなこと言ったって、まさか愛紗がアラビア語・ペルシャ語・トルコ語まで勉強してるなんて思わないじゃないか」

もともとは、大東亜共栄圏を目指した大日本帝国時代に作られた中国語などの東洋言語の第二外国語は、人気の中国語と韓国語を除き、最近は受講者が皆無で、選択授業としてクラスが成り立っていないはずだ。しかも何か国語も勉強したとなると、授業中ではなくて、個人で勉強しているはずだ。

「あら、あんたも天馬家の直系、しかも長男でしょう？　アラビア語くらい勉強しなくていいわけ？」

だが、愛紗と違って成績の悪い俺が、世界でも最も難しい言語の一つって言われてるアラビア語を自主学習で習得できるとは到底思えない。

「あ、そうか。勉強したくても頭が追いつかないのね、かわいそー」

俺のツッコミは、メクには興味なかったようで、そのままヒラヒラと手を振って教室を出て行ってしまう。

「棒読みかよ」

一人で覚えるのが無理なら……誰かに教えてもらうしかないよな。中東言語の先生って、何十年も授業受け持ってないはずだけど、まだクビにならずに残ってるのか？　もしまだいるなら、教員室に行って話を聞いてみればいいだろうか？

「愛紗のあの様子じゃ、今の俺が説得できるとは思えないしな……」

俺は、愛紗に丸め込まれずに対等に話をするためにはアラビア語や、中東の歴史に関しての知識が最低限必要だとわかった。ああ、昔はあんなに素直で可愛かったのに……。

「愛紗がカリフなんかなはずはないんだっっ！　ぜっっったいに説得してみせる！　俺が兄さんなんだし!!　妹の暴走を止めるのは俺の責任だ」

7　白岩先生

放課後になってることだし、思い立ったが吉日だよな、と俺は早速教員室へと行ってみることにする。

教員室に行くと、おそるおそる尋ねた俺に、あっさりと研究室にいるという白岩先生を訪ねる様に言われた。

まだアラビア語を教える先生がいたことは、俺にとっては好都合だが、合理的経営にシフトした石造理事長が授業を受け持たない教員をリストラしないのは謎すぎる。まぁ、研究室とか言ってるくらいだから、なにかの研究をしていて、それが石造財閥にとって、なんらかの利益をもたらすのかも知れない。

校舎から寮があるのとは逆方向に歩いて行くと、古びた建物が建っている。どうやら旧校舎のようだ。少人数だった頃は校舎と寮が一緒になっていたと聞く。どうりで白岩先生は研究室に寝泊まりしているから、いつでもいると言われるはずだ。

「失礼しまーーす」

校舎の正面玄関をそっと押してみると、鍵は掛かっていなくて、キーーッと小さなきしみを立てながら扉が開く。

「いらっしゃい。そのまま右へ行って、突き当たりの教室に来なさい」

いきなり、人影もないのに声がしてビクッとしたが、よく見ると、玄関扉の内側にインターホンがついている。人が来たら自動感知するようになっているんだろう。確かに校舎としては小さいが、一般家庭に比べたらかなり広い建物だ。受付に人がいるわけでもないなら、どこに行って良いかわからないところだった。

「はい、あの……俺」

「せっかちだねぇ。とりあえずこちらに来なさい。話はそれから聞こう」

はい、と返事をして、言われたとおり廊下を右に向かって歩く。旧校舎とは言え、コンクリート建てで、廊下の片方には教室が並んでいて、反対側は大きく窓が取られているので、使う人がほとんどいないわりに暗いイメージはない。

「失礼します」

「ようこそ、天馬垂葉君。双子の片割れだね？」

突き当たりのドアを開けると同時に奥の方から声が聞こえてくる。

「えっ⁉　なんで俺のこと……」

声の主は窓際に立っていて、こっちからはシルエットしかわからないが、声の感じから父と同世代くらいではないかと感じた。

「君がここに来るのを待っていたのだよ」

そう言って微笑まれても、なんで逢ったこともない先生が俺のことを知っているのかもわからず、俺の頭の中はクエスチョンマークでいっぱいになる。

「ああ、君がここに来ることは、時を超えた永遠の過去から決まっている天命なのだよ。そして私は時の徴《しるし》を解き明かす者」

言っている意味がわからない。自分が超能力者だとでもいうのか？　やばい、やばい、やばい。関わり合いにならない方がいい。

「あの……やっぱり俺……」

ジリジリと後退する俺に、白岩先生はまたニッコリと怪しい微笑みを見せる。いや、よく見ると背も高くてスラッとしてるし、ロマンスグレーというか格好いいオヤジなんだが、なんでこんなに笑顔が怪しいんだ？

「ああ、悪かったね、まずはお茶を入れなければ。甘いものも一緒に食べるのがアラビア風だよ。バクラワ……ああ、トルコ風のシロップ漬けのパイ、もしくはルタブという半乾燥のナツメヤシの実がいいかな？」

いそいそとお茶とお茶菓子を用意されてしまい、ノーと言えない日本人の典型として、俺は退出する機会を失ってしまった。言われるまま古ぼけたソファに座って、皿に載ったなんかよくわからない塊と、紅茶を前に神妙に正面に座る先生を見る。

「バクラワも知らないなんて言わないだろうね？　ああ、受験には出ないからだ。まったく文部科学省め、呪われてしまえ！」

「はぁ……」

文部科学省が呪われることに特に反論はないが、さすがにこの菓子を知らないってだけで呪われるなんて文部科学省がちょっと気の毒な気がするぞ。

「バクラワはアラビア語、トルコ語ではバクラヴァ。語尾のワーウはトルコ語ではヴァーになるからね。ペルシャ語でも同じだが……気持ち悪い発音だ」

「ええと、あのー」

途中から独り言の様にどんどん声が小さくなっていって、俺は今更ながらに、この先生に教わって大丈夫だろうかと、不安が膨らんでくる。

「愛紗も先生にアラビア語を習ったんです、よね？」

「彼女の言語習得のためのお手伝いはしたよ。しかし、言語というのは習うモノではなく、自ら読み解くモノだよ」

ふっと、白岩は遠い目をする。まるで俺の瞳の中に、存在しない宇宙でも覗きこんでいるみたいに。

「過去の文献を読み解き、真実に耳を傾ける。現在の世相を理解し、未来へと語りかける。言語は真理を求める者にとって、その手助けをする道具でしかないのでね」

「せ、んせいが……妹にカリフになれって？」

愛紗がアラビア語の勉強をこの先生に見てもらっていたなら、まさか、とは思うが、思わせぶりな台詞に、俺は愛紗がこの先生に唆されてカリフ就任なんて言い出したのではないか、と思ってしまった。

「彼女は優秀な生徒だが、私は誰かになにかを命じたりはしない。自ら望んで手を伸ばさない限り真実にはたどり着けないのだよ、垂葉君」

「俺は、愛紗がカリフなわけがないと思う。カリフなんて、自称していいものじゃないはずですよね？」

俺が考え考え、たどたどしく言葉をつなぐのに、先生は口を挟まず静かに聞いている。

「でも……」

まっすぐに先生の顔を見る。今の俺は愛紗を説得するだけの言葉を持たない。預言者とその後継者カリフ、そして天馬家の成り立ちを理解して愛紗と話をするためには、少なくともアラビア語が必須なことは、昼の話でわかった。俺は妹の詭弁に翻弄されるだけだったんだから。

「俺は、妹を説得して普通の女子高生に戻ってもらいたい」

「君は、愛紗くんを説得するためにアラビア語を勉強すると？」

「……はい。アラビア語は最も難しい言葉なんですよね？」

「ふむ、最も難しいというのは間違いではないが正解でもないよ。世界でも最も難しいとされるいくつかの言語のうちの一つである、というところかな」

ちょっとした言葉の不足をわざわざ付け足して説明した後、白岩先生は、ふむ……とあごをさすって言葉をつなぐ。

「ふむ、言語の習得に一番効果的なのは毎日その言語に浸ることだ、これは赤ん坊が言葉を覚える課程と同じだからね。だが、母国語以外の習得でもやはり毎日の反復練習が効果的であることは……ブロンズクラスの君でもわかるね？」

「……それは、まぁ」

だが、実際問題、落第ギリギリの成績しか取れていない俺は、単位にもならないアラビア語の勉強だけをしてるってわけにはいかないわけで。

「では、週五日、放課後にここでいいね」

「あ、いや……週三日、じゃダメっすか？」

「私は反復性が大事だと言わなかったかね？　記憶する量を忘れる量が上回っては何も残らないではないか」

こんなことまで説明しなくてはならないとは……とでも言いたげに先生は首を振っている。

「それはわかるけど……俺、成績悪いから他の勉強にも時間かかるんで……その、アラビア語だけってわけには……」

いいわけにしか聞こえないのは俺自身百も承知。だから尻つぼみに声が小さくなっていってしまう。でも自慢じゃないが俺の成績が悪いのは遊んでばかりいたせいなんかじゃなく、予習復習をしてもさっぱり意味が分からないからだ。うーん、本当に何の自慢にもならん。

「愛紗くんは優秀な生徒でした。毎日日の出前から一時間をアラビア語の学習に費やして、半年で独りでアラビア語の古典を読めるようになっていたよ。飲み込みが早かったんだね」

「いや……でも……」

愛紗が頭がいいのはわかってる。その愛紗が毎日勉強していたんだから、俺がこれから毎日勉強しても追いつけないかも知れないこともわかる。わかるが、しかし……落第してまでアラビア語の勉強をするのは、高校生としていかがなものか、なんて考えちゃうわけで。

「では、週に四日。それ以下では意味がありません。そうと決まれば、バクラワを食べなさい」

「あ、いや……え、と……いただきます」

少し大きめの一口大のパイを口に入れる。

「甘っ！」

甘いなんてもんじゃない。頭がキーンとなるような、凶器じみた甘さだ。俺は慌てて紅茶で口の中を洗い流そうとして、その紅茶までが砂糖水かっ！　というような甘さで……。

「脳の活動は糖分のみによって支えられているからね。君の脳の場合、アラビア語を理解しようとするなら莫大な糖分を消費するから、あらかじめ糖分を補給しておかなければならないんだよ」

「……もしかして今から？」

「君の場合は……そうだな、まずは文法から。君でも理解できるように、限界まで縮減して文法の概要を詰め込むことにしよう」

そうして、俺は自ら望んだこととは言え、半ば強制的に週四日放課後に旧校舎にある白岩先生の研究室でアラビア語を勉強することになったんだ。

忙しいながらも、平穏な日々。

ゴミ置き場で見かけた衣織はその後毎日廊下や敷地の掃除を続けているらしい。それに触発されたのか、ゴミ拾いや掃除のボランティアが徐々に広まって、今では学校中がピカピカになったと評判だ。

でもカリフを名乗る愛紗が衣織に命じたのが学校の清掃？　なんか釈然としないのは俺だけか？

8　演劇部

「天馬垂葉君、演劇部部長無碍様が君に大切な話があるそうです。放課後、演劇部部室まで来てくれるね？」

ある日の昼休憩、前触れもなく現れた波瑠哉が、以前とはまったく違った丁寧な口調で俺に向かってニッコリと微笑んだ。

胡散臭いことこの上もない作り笑いなのに、そうとわかっても万人を魅了する美貌は、まさに人気絶頂のアイドル。

「……なんだってんだ、まったく」

言いたいことだけ言って、サッサと退出した波瑠哉にはわからなかったかも知れないが、ピカピカにきれいになった廊下で効果光まで背負っての登場に、クラスどころかヤツの通ったところからザワザワと冷たい視線が俺に向けられる。無碍様、波瑠哉様がなんでこんな平凡な男に？　って視線だよ、こんちくしょー。

放課後になって、あからさまに視線を向けられると、いたたまれなさに拍車が掛かる。俺はなにも悪いことなんかしてねぇっつの！

「ちょっと垂葉！　波瑠哉様がまたあんたを呼びにいらしたんだって？」

トボトボと廊下を歩いていると、ドンッと背中に衝撃をくらう。メクが走ってきた勢いのまま、俺の背中に頭突きを喰らわせたようだ。

「ゲホっ!!　おっ、まえ……少しは加減しろ、死ぬかと思った」

「憎まれっ子世にはばかるって言うじゃない」

「…………」

「それより、また一人で波瑠哉様のところに行くつもり？」

「藤田じゃなくて石造に呼び出されたんだって。てか、クラス違うのになんでそんなこと知ってるんだよ」

「そりゃ、波瑠哉様がこんな僻地までいらしたんだから、皆が噂してるわよ」

「あぁーー、そりゃそうか」

「なんで私が波瑠哉様と恋仲になるのを邪魔するのよ」

「……？　メクが波瑠哉と恋仲？　いや、別に邪魔したりしないけど」

「邪魔しないっていうなら、私を演劇部に連れて行きなさい」

話が見えない。波瑠哉とメクが恋人になるってなら、勝手になればいいと思うし、邪魔しようとは思わないけど、そもそも波瑠哉って無碍以外のヤツは人間にすら見えてないんじゃないかと思うぞ、俺は。

「勝手に着いてくればいいだろう」

俺がなにを言おうがどうせ聞かないし、すでに着いて歩いてきてるくせになにを言うか、と少々腹立たしく思いながら、俺はそう吐き捨てた。

演劇部の部室は、理事長が一人息子のために寄贈した、なんでもシドニーのオペラハウスを模したという豪華な大講堂で、部長は御曹司、無碍、副部長は現役の人気アイドルで学園の広告塔でもある波瑠哉。そして無碍のお取り巻きの連中が在籍している華やかな部だ。

深呼吸をして、部室のドアを押すと、中にはまたもやニコヤカに笑う波瑠哉が。

「待ってたよ。無碍様がお待ちだ、ついてこい」

微笑は浮かべているけど、言葉遣いは元に戻ってる。俺の後ろにメクがついてきていることも目に入っていないんじゃないだろうか？

やたらと厳重なセキュリティを通り抜けて、最上階にある部長室に行くためには生体認証が必要なエレベーターにも乗せられた。つまり、部員でも限られた者しか部長室には行けないことになっているらしい。そしてその限られた中に自分は当然入っているのだというのが、波瑠哉の自慢らしい。

「無碍様、垂葉を連れて参りました」

「ああ、待っていた……ええと？」

部長室の奥のやたら大きくてご立派な机の前で、無碍がメクに目をとめる。

「はっ初めまして、越誉メクです」

「えーと、俺が行きたくないって言ってるのを、メクが絶対に行けって……」

勝手に着いてきたわけだが、一応フォローしておいてやる。じゃないと後が怖いからだが。

「天馬くんは来たくなかった、と……どうしてか聞いてもいいかな？」

言葉遣いは丁寧だが、無碍の表情は引きつっている。

「そ、それは……ええと、ほら、愛紗の説得に失敗したところを見られてるし……気まずいって言うか」

あの時、波瑠哉に役立たずと吐き捨てられたのまでセットで思い出して、羞恥に身悶えたくなる。

「それで、来たくなかったんだけど、メクがそんな失礼はダメだって……」

「そ、そうです。小さい頃から世話を焼いてきたから、垂葉は私の言うことは聞いてくれるんです」

世話を焼かれた覚えはねぇ！　俺は心の中でだけツッコミを入れる。

「垂葉君の幼なじみ……ということは、愛紗くんの幼なじみでもある、と？」

「ええ、愛紗はおとなしくて地味だけど、根はいい子なんです」

「おとなしくて地味!?　茶髪に兜をかぶってカリフを名乗るのが地味!?」

波瑠哉が当然のツッコミを入れるが、無視して話が進んでいく。いや、愛紗の髪は茶髪じゃなくてあれは先祖のアラブ人の隔世遺伝なんだかで地毛なんだが。

「今日垂葉君に来てもらったのは、学園祭で我が演劇部が上演するロマンチックアクションに出演してもらいたいからなんだ。もちろん、メクさんも一緒に」

「ロマンチックアクション？　俺、演劇とか全然やったことないんだけど……なんでいきなりそんな話に？」

「『世界皇帝ムーゲの華麗な冒険』というんだが、石造財閥次期総裁のこの私が、生命情報操作技術革命で人類を救い、世界皇帝ムーゲ一世に推戴《すいたい》されるまでの血湧き肉踊る波乱万丈の冒険を描く感動の超大作だ」

「《リヴァイアサン・メディアミクス》が世界配信するんだ。無碍様が社長なんだ、すごいだろう高校生社長だぞ、高校生社長！」

藤田が我が事のように自慢する。《リヴァイアサン・ジャパン》は石造り財閥の中核をなすグローバル企業だが、《リヴァイアサン・メディアミクス》はそのエンターテインメント部門だ。勿論、藤田もこの《リヴァイアサン・メディアミクス》の専属タレントだ。

「本来はこの『世界皇帝ムーゲの冒険』の第一幕は私が君府学院の生徒会長になるところから始まるはずだったんだよ。奇天烈なパフォーマンスにしてやられて生徒会長の座を奪われてしまった。しかし、想定外の出来事にも臨機応変に対応できるのが世界皇帝の器であるこの私だ♪」

「さすがです、無碍様……」と波瑠哉が感泣している。

「カリフを名乗る妄想少女が、この私のカリスマに触れて狂気から目覚め、世界を救う私に仕える忠実な魔法戦闘美少女に生まれ変わり、私を支えて戦い、ご褒美に世界皇帝となった私の妻の座を射止める、という筋書きに脚本を書き換えようと思っている」

「ええっ、無碍様の妻!?」

大声を出したのは波瑠哉だ。

「妄想小娘が無碍様の妻だなんて、ボクというものがありながら！」

きゃー、と今度はメクが妙に嬉しそうに頬を染めている。

「子孫を作ることは石造財閥総帥として当然の義務。妻はその道具、もっとも私にふさわしい正妻となると由緒正しいヨーロッパの姫君くらいのもの……愛紗くんは言うなれば……そう、愛人か妾のようなものか」

「なっ！　お前ら、大事な妹を妾とか、勝手なことを言うな!!」

さすがに、この暴言には黙っていられない。

「なにを突然……今は『世界皇帝ムーゲの華麗な冒険』の説明をしているところだろう」

「劇？　嘘だ、先刻からあれこれ思わせぶりな……どう見ても、お前、それ本気で計画しているだろう！」

「はぁ、君はまともに人の話も聞けないのか？　垂葉君、愛紗くんにカリフになるなどという妄想から目を覚まさせると言ったのは君ではないか。私は演劇を通じて時代遅れのカリフなどではなく、新自由主義の合理的経営を行う石造グループこそが未来の世界を征するのだということを教えてあげるつもりだよ」

「さすが無碍様、すばらしい♪」

「メクさんも垂葉君の幼なじみとして協力してくれますね？」

さりげなく、のつもりか、無碍はメクの手を取ってそんなことを言う。メクはポーッと見とれて、もちろんです、とか返しているし！

「垂葉君には、愚かな妹を妄想から救い出す兄、という配役を用意している。そして、脚本作りにも協力して欲しいと思っているんだ」

「脚本～？」

「カリフになる、などと愛紗くんが突然言い出したのは、天馬家に伝わる昔話が関係していると聞いたんだよ」

そんな話を知っているのは俺たち家族以外にはいないはずなのに……と訝《いぶか》しんだが、いまや世界企業となった石造財閥の次期総帥ならば、いくらでも調べる伝手はあるんだろう。

9　ナオミ麗美

「波瑠哉、ナオミを。脚本は一年のナオミ麗美《れび》が担当しているんだ」

波瑠哉が一礼して部長室を出て行くと、無碍は俺たちにニッコリと笑う。

「ナオミはアメリカと日本のダブルなんだが、外見は完全にアメリカ人だ。とは言え、英語が苦手な君たちでも大丈夫、日本語は完璧だからね」

ブロンズクラスだからって英語が苦手だと勝手に決めつけやがって。相変わらず失礼なやつだ。いや、確かに苦手なんだけど。

「失礼します」

「ナオミを連れてきました」

「垂葉君、メクさん、紹介しよう、留学生のナオミ麗美だ。一年だが、演劇部の脚本家として大切な役目を担ってもらっているんだよ」

「はじめまして」

「……」

おいっ、そこは、はじめまして、もしくはよろしく、だろう？　なんでそっぽを向く!?

「ナオミ、この二人に『世界皇帝ムーゲの華麗な冒険』の脚本を手伝ってもらうことにした」

「決定事項ですか、部長？」

「その通り、天馬家の昔話を彼に紐解いてもらって、カリフの妄想から愛紗くんを解き放ち、世界皇帝たる私に忠誠を誓ってもらう……という筋書きだよ」

「わかっているね？」と気障にウィンクをする無碍に、ナオミはため息をついてみせる。

「しかたありませんね。しかし、脚本は私が書きます。そこの二人はあくまで参考、ということで」

「ナオミっ、お前無碍様に失礼な口を叩くんじゃない！　だいたいお前が無能だから生徒会長の座をあんな小娘に奪われたんだぞ」と藤田。

「私のせいにされても困ります。『無碍様が落選するなんてありえない、しかもアイドルであるボクが応援演説までするんだから！』と息巻いていたのは先輩だったと記憶していますが？」

後で分かったのだけれど、麗美の父は多国籍企業《リヴァイアサン》の社主で石造財閥総帥の石造高遠以上の実力者、麗美も高校一年生ながら《リヴァイアサン》北米本社の役員だという噂だ。無碍にタメ口を聞くのも、ただの帰国子女のアメリカ流儀ではなかったのだ。

「内輪揉めはやめたまえ。我が演劇部の脚本家はナオミだ。脚本作りの議論に加わるのは波瑠哉の役目ではない。ナオミも、波瑠哉は愛らしいその容姿のみが魅力ではない、言葉に気をつけなさい」

「わかったよ」

「イエス、部長」

「では、入部手続きは波瑠哉に聞いてくれたまえ。そしてナオミは彼らに天馬家の話を聞いて

「……」

「あー、俺、その昔話って、あんまよく知らないんだけど……」

「は？」

「なぜ！」

俺の衝撃の告白に、無碍と波瑠哉の台詞が重なる。ナオミは無言でカッと目を見開いている。

「父親はそういう話をしてくれなかったし、そういう話が好きだった祖父《じい》さんは俺たちが小さい頃に死んだから……」

「愛紗はたぶんおじいさんの残したなにかを読んだんだと思います……日記とか？」

俺の説明じゃ足りないと思ったのかメクが言葉をつなぐ。

「でも、あんたの家、もうないじゃない？　そういうのどこにあるかわかるの？」

「いや……知らない。オヤジにでも聞いてみるか」

「……それらを調べてもらわないと話にならないわね」

年下のくせに冷たい口調で言い放ったナオミに言葉を失っていると、波瑠哉が助けの手をさしのべてくれた。

「無駄口叩いてないで、サッサとこっち来いよ。入部手続きするんだろう」

たぶん、助けの手……だと思いたい。

10　天馬家の謎

入部手続きを済ませると、波瑠哉からも祖父さんの昔話をサッサと調べるように言われてしまう。成り行き上、メクと連れだって俺はオヤジの許を訪ねた。

結論を言うと、まったくの空振りだった。オヤジが知っているのは、天馬家の遠い先祖が預言者の血を引いているという言い伝えと、そんな荒唐無稽な言い伝えを信じて君府学院が設立されたっていう事実だけだった。

「それにしても波瑠哉様はほんっとうに麗しいわね。クールビューティってああいうのを言うんだわ」

「クール？　波瑠哉がか？」

どっちかというと、ツンツンクールだったたのはナオミだろう。波瑠哉もキャンキャン吠えてたとは思うが、クールっていうのとは、こうイメージが違うというか。

「涼やかな目元、甘い声……まさに究極の美だわぁ。あんたも私と波瑠哉様のラブロマンスの手伝いをするのよ！」

「いつからメクと波瑠哉のラブロマンスになったんだ？　てか、世界皇帝ムーゲとか全力で阻止したいけど、いつの間にか言いくるめられてたっつうか……」

「あんたが愛紗を劇でギャフンと言わせたいとか言い出すからでしょ？」

「そんなこと言ってねぇ！　てか、俺は愛紗に普通の女の子になって欲しいっつうか、天馬家の言い伝えなんかに縛られないで欲しいっていうか……」

用務員室から戻りながら、メクの中だけで繰り広げられる脳内ロマンスを聞かせられる。

「え、天馬家って呪われてるわけ？」

いやーだー、とメクはまるで汚いモノに触れてしまったかのように自分の手を振っている。

「呪われてねぇ！　ちょっと怪しげな言い伝えがあるだけだ」

「あんたたち兄妹、ただのコミュ障じゃなくて、呪われた家系だったのね」

「呪われてねぇ！　ヒトの話を聞け！　呪われてねぇ！　ただの怪しい言い伝えだ！」

「代々、娘は頭は良いが性格は残念、息子はただただ残念、とか」

「そういうのは怪しいと言わない！　ってか、それただの悪口だろう!?」

「怪しいって言うと……天馬家では代々女の子は男の、男の子は女の子の格好をして……はっ、あんたが実は女の子っ？」

「とりかえばや物語かよ」

「愛紗は新人類で、あんたはネアンデルタール人？」

「せめてクロマニヨン人にしてくれ！」

「そうだったの……それですべてに納得がいくわ……」

「そこで納得するな!!」

「実は吸血鬼一家とか」

「なんだそりゃ？」

「愛紗の彫りの深いエキゾチックな顔立ち、化粧をしてなくても赤い唇とか、そういう雰囲気じゃない？　あのきれいなウェーブのかかった髪を兜なんかで隠すのは許しがたいと思うのよね。せっかくのきれいな顔、きれいな髪は愛でるべきでしょ。愛紗はカリフにならないほうがいいのよ！」

鼻息荒く言い切ったメクに、俺はどう返事していいものか困る。そんな理由で……と思ったが、それを耽美主義者のメクに言ってもしかたがないとわかってるからだ。

「本当は俺もよく知らないんだ。なにしろ物心がついた時にはうちはもう破産して家財道具一切失って、旧校舎の六畳一間の用務員室に親子三人で暮らす身だったからな」

「そう言えば、親子三人って、お母さんは？　あっ、天馬家って、単為生殖する家系だったのね！」

「単為生殖でも雄は子供を産まねぇ！　病弱だった俺たちの母親は双子を産んだ無理がたたって産後直ぐに亡くなったらしい。それにしてもお前、本当に俺たちに興味の欠片も持ってなかったんだな……。

それにしても……これ以上どうやって調べたらいいんだ？　天馬家の言い伝えの部分の詳しい資料さえあればなぁ」

「預言者の子孫って……どうやって日本に来たのかしらね？　やっぱりシルクロードとか？」

「はっ！　メク、天才！　アラビア関係なんだから、アラビア研究の白岩先生に聞いてみよう」

「アラビア研究？　なにそれ？」

不思議そうな顔をするメクを急かして、旧校舎の白岩先生のところに駆けつけた。

11　天馬家の秘伝

「白岩先生！」

バタンと扉をいつになく乱暴に開けると、いつものように飄々とした白岩先生が出迎えてくれる。

「君たちは結婚します」

ノックをして研究室に入った俺とメクに向かって、白岩先生がいきなりそんな宣言をする。

「はっ？　なにを突然!?　って言うか、こいつが誰か知ってるんですか？」

もっとも初対面の時に、俺が来るのを待ってたとか言ってた先生のことだ、先生を訪ねる人物を全員把握しているとか言われても驚……くけどさっ。

「というか、なぜいきなり結婚なんて話に……やっぱり、それも先生が《時の徴を読み解く者》だから分かる、とか？」

「いや、彼女はいったい何者だね」

「知らんのかい！」

不思議そうに首を捻っている先生に、思わず俺は叫んでしまった。

「まずは、観察と客観的事実からの推論です」

白岩先生がいつものように虚空を見つめて歌うように話し出すのを待つ。

「この地上に垂葉君が声をかけて付いて来る女性が存在するとは考えられません。つまり、突発性の狂気、《恋愛》にその娘が取り憑かれたということです」

「あり得ないから！　単なる幼なじみです！」

今度はメグが叫ぶ。

「幼なじみに恋人フラグが立つのは自明な事実ですよ」

「それ事実じゃなくてアニメかゲームかなにかでしょう？　いったいなんの話をしてるんですか！　一応先生は現役の学校教師なのですから、学院の現実を見て推論して下さい。つか、とりあえず、こいつは越誉メク、俺と愛紗の幼なじみです」

「まだ君たちには難しいかも知れませんが、人間は文字を発明したことで、狭隘な個人の体験の束縛から逃れ、時と場所を超えた普遍的事実へ到達する回路を手に入れたのです」

「ちょっと、垂葉……この先生大丈夫？」

このヒトと議論する愚を一瞬で悟ったメクは俺に小声で囁いた。

「いや、まぁなに言ってるかわかんないとこもあるけど、愛紗にアラビア語やイスラームを教えた先生だから」

俺たちの会話には一切聞く耳持たないまま、先生の演説は続く。

「恋愛という狂気に憑かれた女性からの求愛を拒む主体性など垂葉君にはありません。よって君たちは恋人同士であり、リア充であることは疑うべくもないところです。しかしこの平成の世の中ではリア充関係から結婚には論理の飛躍があります。その洞察は《時の徴を読み解く者》にのみ与えられるのです」

そもそも話の前提が100％まちがっているが、この先生にそれを納得させることに意味があるとは思えない。メクと俺は目配せで先生の持論をスルーすることにする。

「先生、今日はアラビア語じゃなくて、天馬家に伝わるカリフ伝承について話を聞かせてもらいたくて来たんです」

「アラビア語文法の動詞派生形の基本変化すらまだマスターしていない君にカリフ伝承の話をしても理解など出来ません。理解できないことは問題ではないのです。問題なのは理解できないことすら理解できず、誤解して理解したと思い込むことです。君にはカリフ伝承を語るべき時はまだ訪れていません。

しかしまぁ、天馬家のことは君にも知る権利があるでしょうから、少しお話ししましょうか。夢眠君は君に何を話しましたか」

俺は白岩先生に聞かれるまま、父が語った天馬家の歴史の言い伝え、そしてそれが作り話であること、カリフ制など時代錯誤な過去の遺物であること、などを先生に話した。

「なるほど、夢眠君らしい浅はかな考えですね。昔から全く進歩がない」

「先生は昔から父を知ってるんですか？」

「夢眠君は私の、グレート・トキオ大学文学部イスラム学科の後輩にあたります」

「えぇ〜父もイスラム学科卒だったんですか⁉」

「そうです。夢眠君は私の2級下で、君府学院で君のお祖父さんにあたる真筆先生からアラビア語の手ほどきを受けて、私と夢眠君はイスラム学科に進学したのですよ」

そこで、先生はひとつ、大きくため息をついた。

「しかし夢眠君は、イスラームの神髄を読み解こうとする意識に欠けていた。彼は当時のイスラム学科の主任教官だった凡庸なオリエンタリストの下で『ケマル・アタチュルクとイスラームの近代化』と題した卒論を書き終えると、研究を続けることはせず、君府学院に経営者一族として戻ってきたのです」

「父さんは、祖父さんたちの話も妄想を元にした作り話だって言ってたくらいだし、信じてなかったんだろうなぁ。現実主義って言えばいいのかも知れないけど、現実の学校経営だって上手くやれなかったわけだし……」

「夢眠君はお人好しだったからね。だからマモンに仕える世界覇権国の祭司たちによってこの学校に送り込まれた手先たちの策謀に気付かず、学校を乗っ取られてしまったんだ。着の身着のままで追い出された夢眠君は天馬家の蔵書、古写本を全て私に託したんです。私はその研究者兼、番人でもあるんです」

そうか、先祖からの言い伝えや、祖父さんたちの研究はここでこっそり続けられてたってわけか。それで、石造財団に対して先生はあまりよく思っていなさそうだけど、うまく切り捨てられない程度に利用してるってことなのかな？

「愛紗くんはそれらの蔵書、古写本をすべて読んだのです。さて、今、君たちに話せるのはここまでですね。今日からアラビア語の生徒が二人になると思っていいのですね？　では垂葉君、これまでに私が教えたことをその娘に君から教えてあげて下さい。復習にもなって丁度いいでしょう」

そう言って先生は、いつものように歯にしみるほどの甘いバクラワとお茶をいそいそと用意してくれた。

「うっ、ゲロ甘っ」

「ちなみに、お茶も甘いからな……脳を使う時は甘いものを取るんだそうだ」

「その通りです、垂葉君。反復練習の甲斐がありましたね」

いや、そんなこと覚えても意味ねぇし！　心の中でだけ言って、なんとか甘い菓子を飲み込んで、俺とメクは、白岩研究室を後にした。

12 カリフとは

「もうー、なんなのあの先生は！　何も教えてくれなかったじゃない、と言うか、なんで私が狂人であんたなんかと結婚しなきゃならないのよ！」

「まぁ、俺たちの結婚の話は御日柄の良い日にまた改めてということで」

「金輪際しないわよ!!」

「だからその話はおいといて、天馬家のカリフ伝承の話……」

「なんな話が、何も聞けなかったじゃないのよ」


「チッチッ、甘いな。今日は大変重大な話が聞けたぞ。天馬家にはカリフに関わる古文書が沢山あって、それは白岩先生が保管してて、愛紗はそれを読んだということだ」

「でもあんたは、その沢山ある古文書が読めないんだから意味ないでしょうが」

「今はまだ二人とも読めないけど、直ぐに二人とも読めるようになるさ」

「二人ぃ〜?!　ってどういう意味よ、まさか私まで数に入れてないでしょうね」

「……インシャーアッラー」

「何よ、なんて言ったの?　それ、アラビア語が読めるようになる呪文?」

「まぁそんなもん。神さまの思し召しなら、っていう意味。メクも天馬家の言い伝えを探す手伝いはしてくれるんだろう?」

「当然よ、秘密を暴いて、愛紗にカリフになるのを諦めさせる脚本を書けば、波瑠哉様の心をげっとよ♡」

「……まぁ、そのためにもメクもアラビア語頑張りな」

というわけでメクも俺と一緒に白岩先生からアラビア語を習うことになった。

というか、2日後の講義までに、俺自身まだうろおぼえのアラビア文字の読み方と書き方と、白岩先生がプリントした1枚紙の「1日で学ぶアラビア語文法」をメクに教えさせられる羽目になった。

普段のメクは俺の言うことなど聞く耳を持たず、自分が言いたいことだけ言ったらさっさとどこかに行ってしまう、究極のマイペースだ。しかし今回は「藤田のハートをげっとする」という野望（？）があるせいか、俺のたどたどしいアラビア語の説明を、あざ笑うどころか、罵倒すらせず、メモなど取りつつ神妙に聴いてくれた。

おかげで次の白岩先生の授業では、メクは先生の配ったプリントのアラビア語の文章を読むことができるほどになっていた。

「ほぉ、よく勉強しましたね。メクさんは垂葉君よりずっと筋が良いようです。これならひょっとすると本当に直ぐに読めるようになるかもしれませんね」

いや、教えたの俺なんですけど。ひょっとして俺が読めるようにならないのはあんたの教え方が悪いせいじゃないか？　と思わず喉元まで出かかったのを俺は必死に飲み込んだ。

「よく勉強したメクさんにご褒美をあげましょう」

またバクラワか？　と思ったが先生が取り出したのはクルアーンだった。

「ご褒美に今日はクルアーンに出てくるカリフの意味を説明してあげましょう」

カリフという言葉は祖父さんにも聞いたし、歴史の教科書でも習った。でも今まで俺は、それがクルアーンに書かれてるかなんて考えたこともなかった。

「クルアーンの中に《カリフ》の語は2回出てきます。最初の例は動詞を用いない簡単な名詞文ですので、アラビア語を始めて2日目のメクさんでも理解出来るでしょう」

先生はクルアーンを読み上げた。

「『インニージャーイルンフィーアルアルディハリーファタン』」

ゆっくりと、二度繰り返して、それから白岩先生は俺とメクを交互に見る。

「《インニー》とは一人称代名詞《私》の強調表現ですから主語ですね。そしてクルアーンはアッラーの言葉ですから、クルアーンの中の一人称代名詞《私》は唯一神《アッラー》を指します。いいですか？　クルアーンの中の一人称代名詞の私は《アッラー》のことです。大切なことなので二度言いました。そして《ジャーイルン》は《作る》という動詞の能動分詞の主格であり、名詞の主格は主語もしくは述語になりえます。ここでは主語はアッラーでしたから、述語ですね。これが文章の骨格です。つまり『私アッラーは、作る者である』です。残りは修飾語です。《フィー》は《中に》の意の前置詞です。《アル》は定冠詞、《アルディ》は限定名詞ですが、アラビア語文法の規則によって前置詞の後であるため、所有格で語尾の母音がイになっています。《アルディ》の意味は《地》ですが定冠詞で限定されると《大地》《地球》を意味します。つまり、ここまでは『大地（の中）に作る者である』の意味です。最後の《ハリーファタン》が英語で《カリフ》と訛った単語で不定名詞の対格です。対格は基本的に動詞の目的語となりますが、《ジャーイルン》が動名詞で名詞でありながら動詞の機能もあるので《ハリーファタン》を目的語としています。『大地の中にカリフを作る者である』となるわけです。《ハリーファタンの最後の音節の《タン》の子音のt、《ター・マルブータ》は女性名詞の接尾辞ですが、例外もあります。このカリフもそうした例外の一つです。他にも語尾が《ター・マルブータ》で終わっていても男性である単語には《碩学》を意味する《アッラーマトゥン》のような例があります。語尾が《ター・マルブータ》だからカリフが女性だ、などという議論は成り立ちません」

長い説明をしながら、先生は俺たちが理解しているか、を用心深く観察している気がする。ゆっくりとした口調で、聞き逃したところとか、大切なところは言葉を繰り返し重ねてくる。

「クルアーンでは、ただ『大地にカリフを作る』と言われているだけで《何のカリフ》とも言われていません。何のカリフかについては二つの説があります。多数説では、《アッラーのカリフ》です。この説に従うと《カリフ》の意味は《代理人》になります。他にも、人間は人間が創造される以前に住んでいた《ジン》と呼ばれる精霊のカリフだという有力な少数説があります。この説に従うと《カリフ》の意味は後継者になります。さて、今日はここまでにして、バクラワでも頂きましょうか」

13 メクは考える

長かった……ひたすら長かった講義のあと、いつものように頭が痺れるように甘いバクラワをいただき、先生の研究室からの帰り道、ようやく脳に糖分が回ってきたのか、メクが口を開いた。

「ねぇ、カリフって、王様みたいなもんだったよねぇ、確か？　えーと、ウマイヤ朝とか」

「ファーティマ朝とか……オスマン朝とか？」

「でも先生、神様がアダムをカリフに作った、って言ってたよね」

「でもアダムって、アダムとイブのアダムでしょ？　アダムが作られた時って他に人間いないじゃない。どうやって王様やるのよー？」

「そう言えば、カリフの意味って二つあるとか、先生言ってたような」

「あんた頭悪いんだからちゃんとノート取りなさいよ」

「………」

　い、言われてみれば。でも今まで先生が作ってくれたプリントで講義が進められてたから
……ってこれは言い訳か？

「多数説では《アッラーの代理人》、少数説では《ジン（精霊）の後継者》《精霊の後継者》って何のことよ、わけ分かんない！」

「ひょっとして愛紗のやつ、《精霊の後継者》になりたかったとか？」

　でも精霊の後継者って、メクじゃないけど意味が分からんなぁ。

「それじゃまるっきり厨二病……言ってる意味分かんないとか、そういうとこ」

「いや、どっちにしても厨二病的ではあると思うけどな」

「ともかく、カリフって何かっていうのが、そもそもよく分かってないから、余計にわけ分かんなくなってるのよね」

「うーん、そこから調べ直すのかぁ」

「あれ、動詞が一つも出て来ない短い文だったじゃない。それであれだけ難しいんじゃ、天馬家に伝わる秘密の文書って、どんだけ難しいのよ？」

「でも愛紗がそれを読んでカリフを名乗るようになったのなら、読まないわけにはいかないだろう？」

俺は、あまりの道程の長さに頭を抱える。

「時間もないんだし、手っ取り早く先生に聞けばよかったんじゃないの？」

「あー、それは無理。あの先生、答えは教えてくれないんだよ。ヒントっていうか、その手順としてのアラビア語教えてくれるだけなんだよなぁ」

「じゃあ、あのわけのわからないアラビア語の授業に週4日もつきあわないといけないわけ？なんで私まで……」

「いや、愛紗を止めるのは兄貴の俺の責任だから……お前は別に付き合ってくれなくてもいいんだけどさ、もともと俺一人で受けてた講義だし」

「でもぉ、私が秘伝のアラビア語文書を解読して愛紗の弱点を発見したりしたら、波瑠哉様、きっと私に惚れるに違いないわね！」

いつものことながら、メクのやつ、俺の言うことなんてちっとも聞いてねぇ……。

「そりゃメクが藤田とつきあうって言うなら止めないけど……でも、そもそもって言うか、俺の目には、石造以外の誰も藤田の目の中に入ってないように思えるんだが？」

「それはそれで萌え！　だからいいのよ。私とのラブストーリーは別腹よ」

別腹って……なんだかよく分からないし、分かりたいとも思わないが、アラビア語の勉強というおよそラブコメ要素ゼロのシチュエーションでも、一緒に過ごす相手がいるってのは、そう悪い気持ちはしない。その相手がメクだとしても。

いや、ほら、あの先生の殆ど理解できない呪文のようなアラビア語の解説を一対一で聞かせられるのに比べれば、誰であれツレが居るって気が紛れるじゃないか。

しかし、アラビア語の勉強すらまだ初級中の初級で、秘伝の秘の字もわかっちゃいないっていうのに、明日には演劇部の面々の前で、天馬家の秘密について話さなくちゃいけないことになってる。

しかし、たとえ本当にその言い伝えが分かったとしても、文化祭の出し物『世界皇帝ムーゲの華麗な冒険』なんてふざけた劇に、無碍はいったいどうやって愛紗を出演させるつもりなんだ？　う～ん？

14　世界皇帝ムーゲの華麗な冒険

そして、いよいよ学園祭イベント『世界皇帝ムーゲの華麗な冒険』制作のための顔合わせの日。部室に入った俺とメクにナオミが先日聞いたシナリオの詳しい内容を説明してくれる。

「『世界皇帝ムーゲの華麗な冒険』は、完璧な脚本が既に出来ていました。主人公のムーゲは君府学院の生徒会長となり、そのカリスマでプラチナクラスの優秀な生徒の絶対的忠誠を勝ち得て学院を支配し、彼らを核に大学の学生運動の全国制覇を実現します」

生徒会長が学院を「支配する」とか「全国制覇」とかすでにツッコミどころ満載だ。

「そしてその学生運動を、グローバル時代の生命情報環境工学のエートスの研修の場として組織します。次に彼らを石造財閥の系列の企業戦士にリクルートします。次いでその中の選りすぐりのエリートを財閥の中核のグローバル企業《リヴァイアサン》の幹部に登用して、世界経済を支配するのです。自由を装うイデオロギーで消費の極大化を志向して活性化された若いアジアの労働力と生命情報環境工学の技術力を結合した《リヴァイアサン》の社長として世界経済を制覇した部長は、経済力とグローバルネットワークを利用して欧州の皇女を娶り、旧世界の古い政治的権威をも手に入れるのです」

「…………」

いや、もうツッコミどころ満載とかいうレベルを超えて、かえってどこからツッコンでいいかわからなくなるぞ、これは。これも情報操作とかいうヤツなのか？

「《リヴァイアサン・メディアミクス》を利用し、東洋の大富豪と西欧の皇女の結婚を世紀の大イベントとして演出し、またグローバルにネット発信することで、自分が世界の救世主であるかのようにイメージ操作を行って、部長がうまうまと世界皇帝に推戴される。これが私が書いた完璧な脚本でした」

そこでナオミはひとつ大きなため息をつく。

「血湧き肉踊るアクションに甘い恋を絡めて、愚民に夢を見せる……ハリウッド仕込みの脚本家としての私の腕の見せ所でした」

「ハリウッド仕込みって、おまえ、たしか中学1年から日本に留学してるだろう、いつハリウッドでアクション習ったんだよ⁈」

波瑠哉のツッコミに、ナオミがチッチッと指を振る。

「アメリカは通信講座の本場。夏休みには太秦ハリウッド村でスクーリングも受講しています。パーフェクト♪」

「垂葉君、それで天馬家のカリフの秘密は分かったのかい？」

どっしりしたイスに座って黙って聞いていた無碍が、おもむろに切り出した。

いよいよか！　どう言い抜ければ……。

「……実は……」

「実は？」

「その、実は……」

全員の視線が俺に集まる。い、言えない。なにひとつ分かってないなんてっ！

「実は、愛紗がなろうとしているカリフとは《精霊の後継者》という意味だということが分かりました！」

メクが俺の言葉が途切れた隙に、とんでもない口から出任せを公言してしまう。《精霊の後継者》ってのは、白岩先生のアラビア語講座で聞きかじっただけだろうが！　どうすんだ⁉

「は？　《精霊の後継者》？　どういう意味だ、それは？」

メクですら白岩先生から聞いた時、意味わかんない、って怒りまくってたんだが、プラチナクラスの無碍にもわからないんなら、俺がわかんなくても仕方ねぇよなって思えてくる。

「おお、《モノノケヒメ》」

ナオミがアメリカ人ぽく大げさに両手を広げて感嘆の声をあげる。

「いえ、むしろ《ならしか》でしょう」

メクー、なに話作ってるんだ！　どう収拾をつけるんだよっ。俺がやきもきしているのを知ってか知らずかメクとナオミは勝手にどんどん話を膨らませていってしまう。

「《ならしか》というと、腐女子の海の中でナマコの化け物を操って女王になるというあの伝説の名作……」

もしかしてナオミはアニメオタクか？　微妙に目がうっとりしている気がする。

「そう……そんな感じね」

いや、違うだろう！　メクは適当なことを言い過ぎだ……とは言え、なにをどうやっても取り繕えそうにない俺は口をつぐむしかない。

「天馬家は《憑き物筋》で時々そういう娘が生まれるらしいです。そして天馬家の男はその娘を制御するために生まれてくる……という伝承がありました」

なんだその憑き物設定は……俺の家は祓い屋かよ！

「あっ、『妹の力』ですね！　クニオ・ヤナギダ先生、アメリカでも有名です」

麗美とかいうこの留学生、日本のこと知らないのか詳しいのか……

「そうなんです。日本では昔から女性は霊性の担い手でした。愛紗は現代の卑弥呼、いやアマテラスです！」

女ってコエー、よくもしゃーしゃーと口から出任せでこんな大嘘がつけるものだ。

「なるほど、そういうことか。で、その《妹の力》とやらはどうやって抑え込むことが出来るんだね、垂葉君？」

「えっ？」

いきなり無碍に話を振られてしどろもどろになる俺。

「実は……これは天馬家の秘伝で……しかも男性の間だけで密かに語り継がれているのですが……《妹の力》は妹が女になった時に失われます。それが天馬家の兄の責任です」

「妹を女にする～!?」

一同が期せずして声を合わせる。

「いえ、あの、その～……皆さんが期待しているようなナマナマしい展開ではなく……妹が年頃の普通の女の子のように恋をするのを手助けするという……人間に恋をすると憑神は離れるのです」

わぁ～、成り行きでメク以上の大嘘を吐いてしまった～。神さま、ごめんなさい！

「ほぉ、それはちょうどいい。要はあいつが私に恋して私の足元に跪けばいいということだな」

いや、跪かなくてもいいいんですけど……。

「よし、ナオミ、お前はあの不感症女が私の魅力に気づき虜になるような脚本を書け。垂葉君には、天馬家の家訓に従って、妹と私を結びつける恋のキューピッド役を務めて貰おう」

「部長と恋愛ですか……不感症っていうか、愛紗さんの笑った顔って誰も見たことないとか、《永久凍土の女王》って、留学生には発音しにくい綽名《あだな》で呼ばれてますよ」

「兄の俺だってあいつが笑うところなど一度も見たことないぞ」

日本人でも呼びにくいわ！　誰だ、そんな名前付けたのは？

「そういえば、垂葉君、君も一度も笑ったところを見たことがないねぇ。君たち兄妹、揃ってコミュ障なのかね」

「お前に見せる笑顔なんて持ち合わせてねぇよ！　っていうか、これまでさんざん罵倒しておいて今になって気色悪い猫なで声で《垂葉君》て呼ぶのは止めろ！　鳥肌が立つ」

「あれ、おかしいな、とことん馬鹿にしているが体よく適当に利用しておいて後でぼろ雑巾のように捨てる奴は君づけで呼ぶのが良いと思っていたが…」

「そういうことは当人の前で口に出すな！」

「ああ、失礼、眼中になかったもので、意識せず口にしてしまった」

「それ、本当に失礼だぞ！」

「ではこれからは希望通り《ホモサピエンスの面汚し》と呼ぶことにしよう」

「希望してねぇ。誰がそんなこと言った?!」

「あれ、あの女がお前のことをそう呼んでいたので……」

あいつか！

「お前、いつの間に愛紗に会ったんだ？」

「あいつを懐柔しようと、衣織の留守を見計らってバラの花をもって生徒会室に行ったんだが、いきなり手裏剣を投げつけられた。《影縫い》だ、とか言ったが、誰でもいきなり手裏剣を投げつけられたら驚いて固まるだろう。

で、その時、お前のことを《ホモサピエンスの面汚し》と呼んでいたので、天馬家ではお前はそう呼ばれているものだと思っていた。だからてっきりそう呼ばれるのが一番落ち着くのかと……」

「そんな奴いねぇよ！　今まで通り《お前》で結構だ」

と俺が言うと突然藤田が口を挟んだ。

「貴様、無碍様相手に《俺、お前》の関係になって何気に親密度をアップしようなどとの姑息な企み、許さんぞ！」

「波瑠哉、お前、そんなところだけ過敏に反応しなくていいから……」

「でも、無碍様……」

藤田に声をかけようと、メクが無理矢理話に割り込む。

「愛紗が笑わないのはコミュ障、というか人格障害ですが、垂葉が笑わないのは、こいつが生まれながらの疫病神で、笑顔になるような幸運に生涯一度も恵まれたことがないからです」

幼馴染みが真顔でそういうこと言うな！

「Ｏｈジャパニーズ・ヤクビョウガミ！　私初めて本物を見ました！」と麗美。

こいつらよってたかって俺のことを…。

なんだか収拾がつかなくなりかけたところで無碍が話を纏める。

「脚本の方向性はこれで決まったな。カリフを名乗ったもの憑きのＪＫが、世界皇帝となるべくして生まれてきたこの石造無碍に出会い、恋に陥る。先祖の呪いが解けて正気に戻った彼女は私の忠実な家来となり、世界制覇を助け、そのご褒美に無碍ガールズの一人に取り立てられてメデタシメデタシ、だ♪

悪霊に憑かれて、私の輝くカリスマすら目に入らなくなるほどに正気を失った妹に、無い知恵を絞って私の魅力を教えて、恋に陥らせる妹想いの愚兄の役。垂葉にもちゃんと重要な役をやるぞ。感謝しろ」

無碍は自分の考えに一人で悦に入っている。う〜ん、こんな筈ではなかったのに……。

しかし、まぁ、元はと言えば、知ったかぶりをして、天馬家の秘密だなんて言って出任せの嘘を吐いたせいだ。因果応報……か。まぁ、今をやり過ごせば、後は適当にごまかせるだろう。インシャーアッラー……。

「学園祭の演劇は現実の予行練習のようなものだ。だから垂葉はリアルにも愛紗が私と恋に陥るように手引きをするのだ」

「えぇ、無碍様と恋仲!?　許さない！」

藤田が口を挟む。

「いや、恋仲といっても、あの女が私に一方的に惚れ込んで尽くすだけだ。私はフェミニストだ。世界中の女の子は皆んな私のもの。誰にでも優しくするが、どの女のものにもならない。お前には分かっているだろう？」

「はい、無碍様。約束ですよ」

藤田が潤んだ目で無碍を見つめる。取り敢えず、今の二人の会話は聞かなかったことにしよう……。

「そろそろ愛紗が来る頃だ。彼女が来る前に我々が作戦を立て終えられるように、彼女だけには別の時間を伝えてあったんだ。言うまでもないが、愛紗には今の秘密会議での話は一切秘密だぞ」

あいつに言えるわけないわ、こんなバカな会議をやってたなんて！

実はその頃、愛紗と衣織は生徒会室で以下のような会話を交わしていたのだが。

15 新免衣織

「衣織、あなた、芝居で、お姫様、くノ一の殺し屋、保険の勧誘員のおばさん、の三つから一人を選ぶとすれば、どれを選ぶ？」

「くノ一の一択でしょう」

「やっぱり……」

「姫や保険の勧誘員を斬る刀を衣織は持ちません」

「えっ？　『あなたはどれになりたい』、と聞いたつもりだったんだけど……」

「衣織は衣織にしかなれません」

「そうね……衣織、ところで、この機会につかぬことを聞きますが、あなたは化粧をしたことがありますか？」

「はっ？　私、未熟者ゆえ、くノ一の変化の術はまだ修得しておりません。面目御座いません」

「いえ、そのような大袈裟な変装のことではありません。おなごの中には頬や唇に紅を塗ったりするものがいるでしょう。あれです」

「姿形の外面のみを飾るそのような小細工、士《もののふ》には無用と心得ますが？」衣織が尋ねる。

「そうね、私もそう思っていたわ。私達には化粧など無縁と。でも、戦国の武将は、武運つたなく首を打たれ晒された時に見苦しくないよう、化粧をして戦場に臨んだとも言うわ」

愛紗が答えた。

「死を意識してこそ武士道。外面のことしか考えていなかったのは私の方でした。浅はかで御座いました」

「いいえ、深い考えあってのことではありません。ふと、衣織の化粧した姿を見てみたくなったのです。『アッラーは美しい御方であり、美を愛で給う』と聖預言者様も仰せになっておられます。

あなた一人に化粧などさせません。化粧をする時は私も一緒です。付いて来てくれますね？」

「言うまでも御座いません。御意、サムウ・ワ・ターア、ただ聞き従います。この衣織、地の果てまでも愛紗様にご一緒させていただきます。一つ、お尋ねしても宜しいでしょうか？」

「ええ」

「これは何の修行なのでしょうか？」

「あなたは既に無念無想の境地を会得しました。次なるは天と地の有情と無情の全てを己の内に写し出す境地です。すなわち、天下に敵なし」

「ありがたきお言葉。きっと精進いたします」

「あなたの演ずるお芝居、観てみたくなったわ。私たちは今日から武道部を休部し、文化祭まで演劇部に入部します。それでは、いざ、これから演劇部の部室に乗り込みます。供を頼みます」

「御意。サムウ・ワ・ターア。しかし何故演劇部になど？　愛紗様のカリフの聖務を妨害しようとする無碍の首を刎ねよと？」

「いいえ、実は無碍から学園祭での演劇部の出し物『世界皇帝ムーゲの華麗な冒険』に出演を依頼されたので、その返答に行くのです、衣織、さぁ、二人で行きましょう、演劇部へ」

16　交渉成立

「そろそろ現れる頃だな」

　無碍が言った。

　日本人は約束を守る、という世界の常識は、携帯電話の普及によって若者たちの間では既に伝説と化しつつあるが、生徒会長、そして今やカリフでもある、らしい、愛紗が時間に遅れることはありえない。無碍がそう言うと同時に演劇部の扉が叩かれる。

　しかしそこに現れたのは愛紗ではなく衣織だった。

「たのもぅ」

　演劇部の空気が一瞬で凍りつく。扉を開けたのは空気を読まないメクだ。衣織が足を踏み入れる。

「呼、呼んだのは天馬だけだ。なぜ、お前がいる?!」

　無碍が狼狽《うろた》える。

「私が呼びました。生徒会長にSPが付くのは常識というものです」

　愛紗が言い放つ。

「ここは無碍様の聖域、許可なく入ることは許さん」無碍に代わって藤田が衣織を睨みつける。

　演劇部には東西のあらゆる武具が揃っている。そしてこの私はその全てを自在に操ることが出来る」

藤田は壁にかかった宝蔵院十文字槍を手に取る。中性的な見掛けにもかかわらず、時代劇からアクションまでこなす万能の俳優でもある藤田は武術の心得がある。

「これが何か分かるな？　間合いの長い槍を前にすれば、実戦ではお前が腰に差している見かけ倒しの刀など役になど立たない。怪我をしたくなければそいつを置いて消え去るがいい」

「そ、そうだ。波瑠哉がただの歌って踊るだけの大根役者だと思うな。こいつは実は武芸百般に通じた武神なんだぞ！」

無碍がフォローする。

愛紗が静かに言う。

「その者を無力化しなさい」

「御意。サムウ・ワ・ターア」

「聖預言者は仰せです。『アッラーはあらゆることに最善を尽くすよう命じ給うた。それゆえ斬殺にも最善を尽くし、屠る時には刀を研ぎ、斬られる者を楽にしてやれ』あくまで逆らうなら、苦しませず首を刎ねなさい」

明らかに動揺した藤田が虚勢を張る。

「斬る？　お前はこの槍の間合いに入ることすらでき…」

その言葉をまるで無視し、刀を抜くこともなく自然体で衣織がつかつかと藤田に歩み寄る。

槍の間合いになど目もくれない。藤田が思わず後ずさったと同時に裂帛の気合いと共に衣織が踏み込む。

「はっ！」

妖刀《姥捨》が一閃、抜き放たれる。

「ひっ！」

藤田が小さく声を上げ槍を落としてへたり込むのと、「そこまで」との愛紗の鋭い声が響くのと、衣織の身体が回転して宙に舞うのは同時であった。藤田の首筋から一筋の血が流れ落ちる。衣織は既に5メートルほど先に腰を落として座り、静かに《姥捨》を鞘に収めた。

首を刎ねるつもりで振り抜く刀を急に止めることはできない。ましてや衣織の居合いの神速の刀を無理に止めれば剣を振る腕が壊れて千切れ飛ぶ。しかし衣織は、愛紗の声に反応し一瞬の判断で、刀の力を自らの全身に分散して逃すことで、まさに藤田の頸動脈を断ち切ろうとしていた姥捨を止めたのだった。彼女の身体が宙を舞ったのは《姥捨》の力を制するためであった。無念無想、無我の境地で刀を振るえる衣織にしかできない神業である。

藤田には目もくれず愛紗が衣織を気遣う。

「腕は大丈夫ですか？」

「はい、とっさに関節を外しましたので、少し腱を痛めただけで済みました」

「命拾いをしましたね」

愛紗が藤田に向き直って言う。

「血が滲んでいますね。後3ミリで頸動脈を切断するところでした。全身の血の大半が流れ出ていたことでしょう。イスラームの屠殺では脊髄を切断せず頸動脈だけを斬ることで血抜きをするのです。血を抜くことで肉が傷みにくくなり臭みもでないのです」

愛紗が淡々と述べる。

「お前、まさかこいつを殺して食べるつもりだったのか?!」

無碍が驚愕に目を見開いて尋ねる。

「いいえ、屠殺は血の穢れを除く作法ですが、人間の遺体は穢れの為ではなく神から授かった人間の尊厳故に食べることは許されません。藤田は頸動脈を切るのではなくザクッと首を刎ねる予定でした」

「ザクッと首を刎ねるって、さ、殺人だぞ！　分かっているのか?!」

「うーん、確かに死ぬこともありえた、かなっ？」

愛紗が小首を傾げる。

「かなっ？　て、可愛くない！　死ぬぞ、１００％、首を刎ねれば」

「衣織の腕なら、切り落とした腕が繫がるのは私の腕で実証済み。あなたも自分の目で見届けたでしょう？」

「う、腕と首は全然違うわ！」

「首も実験では上手く繫がっていますわ」

「って、マジで実験したのか?!」

「ええ、和田先生と保健室で蛙を百匹ほど。和田先生の縫合の腕は天才的ですのよ」

「あのマッドサイエンティスト、保健室でそんなことを。クビにしてやる！　お父様に頼んで！」

「あら、出来るかしら？　和田先生、《リヴァイアサン》のためにもいろいろ怪しい実験をしているようだけど……」

「……うぅ」

「それより藤田君の首、止血しておいたほうがよくてよ。傷は浅いけど場所が場所だから。衣織、ガマの油をつけておあげなさい」

「ガマの油?!　今時何処でそんなものを？」

「衣織に斬られた首を和田先生が縫合したガマ蛙に衣織を見せるとガマがタラーリと脂汗を垂らすの。それを集めて固めたのがこの《ガーマ・オイル∞》よ。万病に効くと薬効は和田先生の保証付き、《リヴァイアサン》から近々世界的に売り出す予定と聞いているわ」

「お前の話、どこまで本当だ!?」

「アッラーフアァラム。アッラーだけがご存知であらせられます。さぁ、座興はここまでです。カリフ劇の脚本作り、始めましょうか」

「座興って、人一人斬り殺すところだったんだぞ！」

思わず俺が突っ込む。これは俺が止めなければならない。

しかし愛紗はすました顔で答える。

「聖預言者はある時、賊に襲われました。賊が聖預言者に刀を突きつけて『俺のこの刀からぉまえを守る者は誰か』と言うと、聖預言者は『アッラーです』と答えられました」

愛紗は続ける。

「すると賊はその刀を取り落としました。聖預言者はその刀を拾われ、賊に突きつけて言われました。『お前をこの刀から守る者がアッラー以外に誰かいますか』

刀が人を殺すのではありません。私たちは皆、アッラーが振り付けた通りに動く傀儡《かいらい》、人はアッラーのお許しなしに死ぬことはできません」

「その者にはまだ生きて演じるべき役割があるのでしょう」

「何を演じさせるつもりだ?!」

期せずして俺と無碍がハモる。

「それを考えるのは私の任ではありません。人にはそれぞれ与えられた使命があります。脚本を考えるのは、そこのメリケン娘と愚兄の仕事です」

「ぐ、愚兄って……」

「悪魔に心を売って、口にするのも恥ずかしい『世界皇帝ムーゲの華麗な冒険』などという演劇に加担する、心の弱いお父さまに輪をかけ、心と頭の弱いあなたのことを《愚兄》以外にどう呼べばいいのです?」

うわぁ、冷静な声で読み上げられると恥ずかしさ倍増だ……『世界皇帝ムーゲの華麗な冒険』。

「何を言う！　私が率いる新世界の素晴らしさを愚かな大衆にもストレートに伝える、社会心理学とマーケティングの最先端の理論を踏まえればこその天才的ネーミングセンスが分からないのか?!」

無碍が色めき立つ。

「Oh、ジャパニーズ・大衆演劇の一種だと思っていました…」

麗美が呟く。

「タイトルの名前を聞いただけで、内容のクオリティは想像がつきました。あなたがたがカリフを誹謗中傷すればする程、真理の光は輝きをますでしょう。アッラーは仰せです。『彼らは企んだが、アッラーも企み給うた。アッラーこそ企みに最も優れた御方』

精々、無い頭を絞ればよい」

愛紗が言い放つ。

「えっ、お前は脚本作りには加わらないと?」

無碍が聞き返す。

「約束ですから出演はしますが、脚本作りにまで加わる暇はありません。生徒会長の仕事との兼任で、カリフの仕事はとても忙しいのです」

「忙しいっていうカリフの仕事って、あのゴミ拾いのことかよ」

俺が口を挟む。

「いかにも愚兄の名に相応しい間抜けな反応ですね。あなたには、ゴミ拾いにこめられた叡智は理解できないでしょう。

聖預言者は仰せです。『信仰には七十数本の枝がある。そのうちで最も低い枝は道のゴミを拾うことである』

私がカリフとして立つこの時代は、闇の力が世界を支配する末法の世です。この末世にあっては信仰の最も下の土台から建て直す必要があるのです。サダカ・ラスールッラー、聖預言者は真実を語られました。全ての道はメッカに通じるのです。

この君府学院の廊下からゴミが一掃されピカピカに磨き上げられたなら、君府学院は真理のミナレット、光塔となり、その光は日本からアジアへ、そして世界へと広がり、大地のすべての道を照らすでしょう」

「カリフのお仕事が大切なのは分かったが、では、本当に脚本は我々に任せるのだな？」

無碍が疑わしそうに念をおす。

「ただし、一つだけ条件があります」

「主人公はもう世界皇帝ムーゲに決まっているぞ！」

無碍が慌てて口を挟む。

「道化に興味はありません。条件はただ一つ。衣織が普通の女の娘の役で出演することです」

「えっ、なぜそのような？　愛紗様、私はそのような役など望みません」

「いいのです。私が見たいのです」

愛紗は譲らない。

「分かった……では後の脚本は我々に任せるということでいいのだな？」

無碍が再び念をおす。

「カリフに二言はありません」

愛紗が言い切る。

「いいだろう。では我々の傀儡として振り付け通りに踊ってもらおう。楽しみにしているよ」

上機嫌になった無碍が猫なで声を出す。

「あのクレージーなサムライ・ガールに普通の女の子って、どうしろと言うんですか？」

脚本係の麗美が小声で不平を鳴らすが無碍は黙殺する。

「では私たちは今日はこれで失礼します。行きましょう、衣織」

それだけ言うと愛紗は俺たちの返事も聞かず、くるっと背を向け衣織を連れて退出する。

ドアを開けて出て行く愛紗が、ふとこちらを振り向いて言った。

「メク、愚兄を宜しくね」

俺には目もくれず愛紗は出て行った。

愛紗の姿が見えなくなってから、メクが小さな声で答えた。

「……はい……」

愛紗の後ろをついて歩く衣織が尋ねる。

「どうして私などに？」

「主は互いに知り合うように、と人間を男性と女性に創られました。それなのにあなたには私のせいで普通の女の娘らしい学校生活を送らせてあげられませんでした。せめて学園祭だけでもあなたを女の娘にしてあげるのが私の務めでしょう？」

「愛紗さま、私は二天超一流の宗家の一人娘として生まれ、物心がついて以来士《もののふ》として生きてきました。愛紗さまがカリフになられたせいでなどありません。それにおそれながら、兜を被って登校される愛紗さまの方がよほど普通の女の娘から外れているように思いますが」

「そうね。でも私はカリフだから。でもあなたもいずれ……いえ、今は只あなたがアッラーの創造の理を顕すのが見たい。そういうことにしておきましょう。それはそうと《姥捨》に血を吸わせてしまいましたね。さぁ、道場に行って穢れを払い浄めましょう」

「御意。サムウ・ワ・ターア」

17 保健室

「波瑠哉さま、大丈夫ですか。お薬を…」

メクがおずおずと《ガーマオイル∞》を藤田に差し出す。

「要らない…」

藤田は消え入るような声で言う。

「申し訳ありません…あんな女に後《おく》れを取るなど…」

「アンタッチャブル。あの女には手を出すな。お父さまからも言われています」

麗美が言う。

「まぁいいさ。結局、ただあの女に普通の女の娘の役をやらして、と頼みに来ただけだったみたいだからな、愛紗は。なんだかよくわからんが」

無碍は本当に上機嫌なようだ。

「波瑠哉、《ガーマ・オイル∞》を塗っておけ。傷が顔でなくてよかったな。とはいえ、お前の白磁のような肌に傷が残ってはいけない。

お前の美しさは完璧だからね。どんな小さな傷もあってはいけない。お前はただ美しければそれでいいんだから」

無碍が限りなく残酷で優しい言葉を役者の藤田にかける。

黙ってうつむく藤田の首の傷にメグがそっとガーマ・オイル∞を塗った。

「越誉さん、念のため垂葉と藤田を保健室に連れていってやってくれ」

「無碍様、私は大丈夫です」

「刀傷は処置を誤ると傷を残すんだ。校医のドクター和田はマッドサイエンティストだが腕は確かだ。行きなさい」

無碍は俺たちの方に向き直って偉そうに命令する。

「今日はこれで解散だ。越誉さん、垂葉は明日から麗美と脚本作りに入ってくれ」

無碍と麗美を部室に残し、俺たちは藤田を連れて保健室に向かった。

藤田が小さな声で呟いた。「僕は役者……アッラーが振り付けた通りに動く傀儡……か」

ドクター和田は謎のマッドサイエンティストだ。白岩先生と同期の君府学院の卒業生だそうだが、新校舎の巨大な謎の研究室の住人のドクター和田が旧校舎の主の白岩先生と一緒にいる姿を見た者はいない。グレート・トキオ大学医学部の脳神経学科で将来を嘱望されていたが怪しい研究に手を染め医局を追われたとの噂だ。

ドクター和田の研究室の周りで空飛ぶ猫を見たとか、歩く柳に襲われた、とか、いろいろな噂があるが、よくある学校の怪談だよな。うん、きっとそうだ。

「失礼します」

医務室のドアを開けると、ドクター和田は奥の研究室らしく、出てきたのは看護師の大谷先生だ。ちょっと歳をくった熟女だが、ドクター和田好みのグラマーな美女だ。

「どうしたの君たち」

「あっ、いえ、ちょっと藤田君が切り傷を……」

「ちょっと見せて、って、これは新免衣織の《姥捨》の切り口ね！」

切り傷を一目見て、誰が切ったか言い当てるって、どこの柳生石舟斎《やぎゅうせきしゅうさい》だよ。しかし校内で刃傷沙汰はまずいだろう、と口ごもる俺たち。

俺たちの心配をよそに大谷先生は事も無げに言う。

「新免さんにはうちの先生が千匹ほどガマ蛙の首を刎ねさせたから。《姥捨》の切り口はもう見飽きてるのよねぇ」

カエルで刎ねた首の縫合実験をしてたって本当だったんだ！　しかも千匹。

「じゃあ、《ガーマ・オイル∞》ももらったでしょ？」

「はい……一応応急処置に塗っておきましたが……」

「なら大丈夫。《ガーマ・オイル∞》は、蛙の首の縫合でも薬効は実証済みよ」

いや、それ実証されていないと思うけど……。

「それとも和田先生に切り刻んで欲しい？」

「いえ、結構です」

藤田は固辞した。

結局、藤田は大谷先生に首の傷口を消毒してもらってから改めて《ガーマ・オイル∞》を塗ってもらい包帯を巻かれただけだった。

こうして俺たちはドクター和田には会うことなく医務室を退出し、藤田はピカピカの新校舎の、俺とメクはジャパニーズわびさびテーストの旧校舎の学生寮に帰った。

18 密談

藤田が保健室に連れられていった後、演劇部には無碍と麗美の二人だけが残った。

「あのイディオットが勝手に手を出してくれたおかげで、あのクレージーサムライガールの腕が分かりましたね」

麗美が言う。

「ああ。わざわざＤＩＡがアンタッチャブル、手出し無用と通告してきた時は、何を大袈裟なと思ったけどな」

「まぁ、アメリカ人はサムライ、ニンジャを怖がりすぎですけどね」

「わざわざ麗美族のお前をアメリカから呼び戻してこの君府学院に逆留学させてまで監視させているほどだからな」

「まさか愛紗の方が覚醒するとは思いませんでしたからね。そうと分かっていれば近寄らせなかったものを」

「理事長を失脚させた後も夢眠を用務員としてこの学校で飼い殺しにしてきたのも監視のためだ。あいつはすっかり腑抜けになって天馬家の使命など忘れてしまっているが、垂葉も父親似のヘタレだから、あいつの代で天馬家の言い伝えも途絶えるだろうとすっかり安心して油断してたんだが……。

愛紗は確かに文武両道に優れた天才だが、女だからな……女がカリフになるなどと誰が思う？」

「クレージー……ＣＩＡやＤＩＡの中東分析官も日本分析官も理解不能だと言っていますね」

「うん、私も中等部からずっとプラチナクラスで一緒だが、何を考えているのかさっぱり分からん。

別に普通に話が出来ないわけじゃないが、笑いも怒りもしないし、感情が乏しい……。だいたいこの石造無碍に声をかけられても顔を赤らめも恥じらいもしないなど、女子力、というより人間性に根本的な欠陥があるとしか思えん」

「部長があの女に片想いでふられまくってるのは下級生の間でも有名ですよ」

「だ、誰がそんなデマを流しているんだ?!」

「海を越えてアメリカでも有名ですよ」

「って、ソースはお前か！」

「まぁ、部長があの女をものにしていれば、ノープロブレムだったんですけどねぇ」

「だから、それはあいつが情緒障害で、この私の魅力が理解できないからで…」

「まぁ、部長の取り柄といえば、石造財閥の御曹司だということぐらいですからね。あとは我々の血を引く容姿が平たい顔のこの民族の間ではちょっとエキゾチックでイケメンっぽく見えるぐらいかしら。頭のいい女の子は相手にしませんね。インポシブル」

「お、お前は誰の味方だ！」

「麗美一族はあなたがたを助けるのが仕事。心を鬼にしても真実を告げなくてはいけない時があるんですネ」

「お前、私をバカにして楽しんでるだけだろう？　絶対！」

「ノーノー、コンストラクティブ・クリティシズム、建設的批判ですね。真理は人を自由にします、でしょう、無碍様」

「ええい、もういいから、お前はお前の仕事をちゃんと果たせ。私と私の遠大な計画の偉大さを愛紗に分からせる脚本を書くんだ」

「ブロンズクラスの垂葉とメクなどというゴミを部長が引きずり込んでさえいなければ、私独りでさっさと書けてたんですよ」

ナオミ麗美が不平を言う。

「それは仕方がない。垂葉をエサにしなければ愛紗をこの劇に出させることが出来なかったんだから。それにはまず、垂葉に、お前なら、愛紗にカリフを下ろさせる秘策を考えつくだろう、とおだてて、垂葉をその気にさせる必要があったが。しかし、あの薄ぼんやりした男独りじゃなかなか難しかった。

そこにあの幼なじみのメクとかいうお調子者が現れて、都合よくうやむやの内に垂葉を脚本作りに引きずり込んでくれたというわけだ。だからお前はあの二人を適当にあしらいながら、私を褒め称える脚本を書けばいいんだ。任せたからな」

「任せて下さい。でも部長はあんまりしつこく愛紗を口説いてみっともなくふられるのは慎んで下さい」

「言われなくても分かっているわ！　今日の部活はこれでお終いだ」

文化祭の出し物『世界皇帝ムーゲの華麗な冒険』の脚本作りの第一回打合せはこうして終わった。

19 兄妹

「波瑠哉様、なんて美しいんでしょう。血を流す美少年、ってそそるわぁ」

ウットリとした表情でメクが呟く。

「いや、あれはどうみてもカッコ悪すぎたぞ。あいつが大嫌いな俺でも、ザマアみろ、とは思えなくて気の毒になるレベルの残念さだろう？」

いくら恋する乙女が盲目と言っても……。

「いつもの売り物の極上の笑顔もいいけれど、しょんぼりと落ち込んだ顔もキュートよねぇ」

俺の言うこと、何も聞いてねぇ……。

「そんなことより脚本どうするんだ？　あの麗美って娘…」

「あれはヤバいわね」

「や、やっぱり、お前もそう思うか？」

「1年生の癖に、あの無碍様と波瑠哉様とタメロってありえない」

「留学生だか帰国子女だかで、日本の文化が分かっていない、ってだけじゃないよな？」

「ええ、違うわ。あれは魔女の目ね」

「魔女?!」

「そう。よく分からないけど、何か邪悪な力を操る…」

「お前って、厨二病キャラだったのか?!」

「違うわよ！……女の勘よ……」

う〜ん、そういうものか……。

「ってことは、本当に愛紗の言うように悪の手先なの、俺?!」

「そういうことになるわねぇ」

「って、お前もその仲間じゃないか！」

「だから、あんたの目を醒まさせるお守り役なんじゃない、私は。ああ、面倒臭い。私は波瑠哉様を遠くから見つめてさえいられれば良かったのに」

メクが続ける。

「あんたなんかに関わるとロクなことにならないわ」

って、何時の間に被害者ポジションに……。

「いや、お前が勝手に割り込んできたんだろう?!」

「でもまぁ、愛紗にも頼まれたことだし、何とかしないと、だわね」

って、聞いてないし……。

「何とかって、いったいどうするんだ?」

「まぁ、あまり変なものを書くと衣織に問答無用で一刀両断されると分かっただろうし、麗美もあまりヒドい脚本は書かないでしょう」

「って、他人任せなの?」

「自分でもちゃんと考えるわよ！　取り敢えず白岩先生のところに行ってみましょう。あの先生なら何か知ってるかもしれないわ」

やっぱり他人任せなんだ、結局……。

その頃の愛紗と衣織。

「衣織、お疲れさまでした。これで文化祭の演劇の件は片付きました。脚本は垂葉とメクに任せて、私たちは脚本の通りに演ずれば良いだけ。本番当日に脚本を見るだけで十分です」

「愛紗様、失礼ながら、兄上とメクさんでは、あの麗美に丸め込まれてしまいませんか」

「《大愚は大賢に似たり》と先哲も言っています。垂葉のように愚を極めた者には、かえって小賢しい策略は通じません。それにああ見えてメクは物事の本質が見える娘です。なぜあの普通のJKのメクがあの場にいたのか不思議に思いません？」

「そう言えばそうですね。兄上の恋人にもみえませんし」

「垂葉は天馬の家に生まれたことへのわだかまりから、人を寄せ付けないヒトになってしまった。まぁ地頭の悪さも災いしているのだけれど……その垂葉に平気で話しかけることができるのは昔からメクだけ。メクにも小細工は通じません。メクは人が本心を隠すヴェールが目に入らない娘だから」

「それなら安心ですね。でも演劇の練習の方は心配です。一目見たものはどんな細部でも写真のように再現できる愛紗様なら、当日脚本を見ただけで完璧に演じることがお出来でしょうが、衣織は頭も悪く無骨者で、劇など出たことはありません。しかも普通の女の娘の役など、よほど練習を積まないと…」

「衣織は自分のことが少しも分かっていませんね。それもあなたらしいのだけれど……なぜあなたが武を極めることができたのか分かりますか。それは衣織には己がないからです。衣織の並外れた体術は、己を無にし、刀、自分の身体、相手の身体、そして天と地の声に感応して動ければこそ可能なのです」

愛紗が話を続ける。

「今度の学園祭の演劇を主に奉納する、と私は祈りました。この劇は神事です。だから、衣織は、その日、ただ己を無にして脚本に目を通せばよいのです。あなたは言霊の依り代となるでしょう」

「恐れ入ります。でも、麗美の脚本、神事に相応しいものになるのでしょうか」

「大丈夫です。妖刀《姥捨》の閃きを見てしまった麗美にはふざけた脚本はもう書けません。アメリカ人は日本刀を本能的に恐れます。それに麗美は半分とはいえ日本人の血も混ざっています。妖刀《姥捨》への恐怖は、悪魔からの囁きを断ち切るでしょう。彼女にはもう私たちを害する脚本は書けません。

だから、『世界皇帝ムーゲの華麗な冒険』は神に捧げられた《神楽《かぐら》》になります。後は垂葉に任せて、私たちは私たちの生徒会の仕事、カリフの聖務に戻りましょう」

「愛紗様は兄上を信じていらっしゃるのですね」

「私が信ずるのは神だけですよ、衣織」

「私は神と神の預言者のカリフを信じます。

ところで愛紗様の指示通り校内のゴミを拾っておりましたところ、自発的に一緒にゴミを拾ってくれるボランティア運動が広まってきました」

「それ良かったですね。では、その方たちに《勧善懲悪委員会》、《ハイア・アムル・ビ・マウルーフ・ワ・ナフユ・アン・ムンカル》の名を与えることにしましょう」

「勧善懲悪……勇ましい名前ですね。キリステゴメーン、という響きです」

「それは裁判の後の話です。それにカリフに対するウンマ共同体のバイア忠誠の誓いが為されていない現時点では、勧善懲悪は自らの行いで無言の手本を示すことによってしか為されないのです」

「御意、サムウ・ワ・ターア。

おそれながら愛紗様、一つ思わぬ問題が」

「なんです？」

「我が君府学院は山上にあり、一番近い隣家まで徒歩だと30分ほどかかります」

「それが何か？」

「私たちが学校の外の道路の掃除をしても校外の誰にも顔を合わせません。このまま私たちがゴミを拾って近所の道をきれいに掃除しても、カリフの威徳の光を世界に広めることは難しいのではないかと思うのですが」

「おや、それは盲点でした。アッラーはあらゆることを御覧になり、想像も及ばぬところで私たちを助けて下さいます。アッラーには何でもお出来になるのです。

とは言え、アッラーの不可知の神佑を手を拱《こまね》いて待ち、自分に出来ることが何かないか、を考えないのは正しい信仰ではありません。カリフとして主の栄光を顕す別の道を考えなくてはなりませんね」

「はい、ではその時まで、私は道のゴミを拾い続けます。主が愛紗様に道を示されますように」

20 麗美の秘密

その日の夕方、俺たちは白岩先生の研究室を訪ねた、ていうか、今日もアラビア語の講読の日なのだ。

「先生、今日は質問があるんですが……」

メクが切り出すが、案の定、先生は無視して授業を始める。

「先ずはお勉強を済ませましょう。この前は動詞を用いない名詞文を解説したわけですが、今日のテキストでは動詞が入ります。でも派生形も不規則動詞も出てこないので簡単ですよ」先生は淡々と言う。

「クルアーンの中にカリフ、ハリーファの単数形は2回しか出てきません。その中の一つは前に解説したアーダム、旧約聖書のアダムの話ですね。アーダムは最初の人間ですから、アラビア語ではアーダムは人間一般を意味することがあります。あの節は人間が神の代理人であることを示しています。今日はカリフの単数形が現れるもう一つの節を読みます」

先生はアラビア語のクルアーンを音読する。

「ヤー、ダーウードインナージャアルナーカハリーファファタンフィルアルディファファクムバイナンナースィビルハッキ」

続いて、それを板書して説明を始める。

「ヤーは呼びかけ、ダーウードは旧約聖書のダビデ王ですね。インナージャアルナーカの二つの《ナー》は一人称複数代名詞《我々》です。《イン》は強調を表します。《ジャアル》は前に出てきた《為す》の意味の動詞完了形の語幹、《ナー》は一人称複数語尾、《カ》は二人称代名詞男性単数の目的格、ハリーファタンはカリフの不定形の目的格。《フィルアルディ》は前にも説明しましたが、前置詞《フィー》《定冠詞》《アル》名詞所有格《アルディ》と分解され《大地における》でしたね」

先生は自分の言葉に酔ったように独りで話し続ける。俺たちが分かっているかどうかなどまるで気にしている様子はない。

「《ファ》は順接で《それ故》、フクムは《裁く》、《統治する》の意味の動詞《ハカマ》の命令形、バイナンナースィは接続詞《バイナ》と《定冠詞》《アル》と《名詞所有格》《人々》の組合せです。

最後は《～による》の意味の前置詞《ビ》に定冠詞と《真理》《権限》などを意味する名詞《ハック》の所有格で、意味は《それ故、人々の間を真実によって治めよ》となります。つまり、アッラーは、神に代わって正しく人々を治めるように、と、ダビデを王に擁立された、ということです。

クルトゥビーはその釈義書『アフカーム・アル＝クルアーン』の中で、ダビデのカリフ任命を述べるこの節がカリフ制が義務であることを示す典拠であると述べています」

……クルトゥビーって、いったい何処の誰なんだよ⁈

「ああ、そうなんですか。カリフは王様みたいなもので、カリフがいないといけない、てクルアーンに書いてあるんですね」

メクが感心したように言う。

「いいえ、違います」

と白岩先生が水を差す。

「えっ、違うんですか⁈」メクと俺。

「違います。クルトゥビーは確かに大法学者です。それに『アフカーム・アル＝クルアーン』は法学的釈義書としては最も浩瀚《こうかん》で権威があるものです。でもイスラーム学の通説では、カリフ制の義務の典拠はクルアーンのこの節ではなく、預言者ムハンマドの弟子たちの合意、イジュマーです」

「？？？」

この人は何語を喋ってるの？

「……さっぱり分からないんですけど……」

恐る恐る言ってみる。

「理解できないことはありません。人は全てを理解します。意識に空白はなく全ては理解なのです。理解できないこと、は端的に無、だから理解できないことは存在しないのです。分かりますね？」

「……分かりません……」

「それも一つの理解です。イマーム・マーリクの《私には分かりません》という言葉はファトワー、教義回答でした。分からないことには分からない意味があるのです。分かりますね」

イマーム・マーリク？　誰だよ、それ。

「……分かりません……」

「それでよいのです」

「分かりました」

えっ、それで分かるの？　メク！

「先生、それはそうと、プラチナクラス1年の麗美ナオミって娘知ってます？」

「知りません、という答えの意味を君は理解できますか」

やっぱり、この先生の言うことは分からない。

「はい……」

えっ、やっぱりそれで分かるの？　メク！

「そうです。彼女は私が知ることが出来ない世界の人間です。私が知っているのは、私が彼女を知ることができない、ということだと今君たちは知ったわけです。今日はここまでにして、バクラワでお茶にしましょう」

この先生が知ることが出来ない世界って何なんだろう。メクが言う悪魔の世界、とか……。

先生が珈琲を入れてくれる。

「今日は趣向を変えてアラビア珈琲を淹れましょう。意外とバクラワに合うんですよ」

なんだか珈琲とは程遠い煎じ薬のような薫りだ。

「アラビア珈琲というのは、珈琲豆を殆ど煎らずに細かく砕いて粉に挽いたものを煮出すのです。この香りはカルダモンです」

あまり役に立ちそうにない知識が増えた……先生が淹れてくれた珈琲をメクと一緒に黙って頂く。……不味い……。

「どうです？」先生がにっこりと残酷な質問をする。

「はい……エスニックな味ですね……」メクがなんとか答える。

「ええ、不味いでしょう。でも飲んでいるうちに癖になってくるのです。そういうものです」

白岩先生が焦点の定まらない遠い目をして呟く。

「先生、麗美さんと石造さんて何か特別な関係なんですか」

メクが諦めずに尋ねる。

「……昔、ある民族に土地を持たず神に仕えることを生業とする部族がいました」

先生が話し始める。

「彼らはずっと、大祭司の子孫の宮殿祭司たちを補助する下級祭司として生き延びてきました」

「それが麗美さんと石造さんの関係なんですね?!」

メクが目を輝かす。

「昔話です。麗美君については知らない、と言ったはずですよ。麗美君も石造君も私の授業を取っていませんからね。

アラビア珈琲は眠気を払って頭を冴えさせます。よく考えるのです。独りで考えるのです。考え抜いて、《考える》という想いまでも消え失せ、君が《考え》そのものになった時、求めるものが見出されるでしょう。全ては主の御心のままに。神の導きがありますように」

21 脚本作り

「放課後3時に部室に来て」

翌日、携帯に麗美からメールが届いた。勿論デートに誘われたわけではない。メクにも同じメールが届いているはずだ。実はあの日、俺たちはメアドの交換をしたんだ。まぁ、文化祭の為とはいえ、演劇部に入部したんだから、部員同士がメアドを交換したというだけなんだけど。

それでも、今まで父のメアドしかなかった(しかも父からも一度もメールがきたことはない)俺の電話帳に、メクはともかく、愛紗、衣織、無碍、藤田、麗美といったスクールカースト最上位の校内有名人たちのメアドが並ぶのは壮観だ。メクも愛紗も今までメアドを教えてくれてなかった。まぁ、俺も聞かなかったんだけどね。

というわけで放課後メクを誘って新校舎の演劇部の部室に一緒に向かう。

「結局、あの麗美ナオミっていう1年生の正体は何なんだろう」

「よく分かんないけど、白岩先生の話だと、ただの部長と後輩とかじゃなくて、家族ぐるみの付き合いみたいね」

「いや、そんなほのぼのしたものじゃないだろう」

「先生のあの口振りだと、麗美の家と無碍の家の間には天馬家の黒歴史並みの怪しい因縁がありそうだから……」

「黒歴史言うな！　詳しいことは分かんないけど、あの娘もただのJKじゃなくって、石造財閥の関係者で、彼女が書く脚本もただの文化祭の出し物じゃなくて、石造財閥の世界広報戦略の一部だろうってこと。俺たち、そんなものに乗せられていいのかなぁ」

「いいんじゃない。あんまり酷いと思えば、口を挿めばいいし、企業の世界広報戦略って言っても、所詮高校の文化祭なんだから、たいしたことにはならないわよ」

「って、お前、愛紗には《頼みますよ》って言われ《はい》って答えてたじゃん？」

「あんたそれでも日本人？　だからあんたはKYって言われるのよ。日本人の《はい》は、《はい、承りました。次の話に移りましょう》以上の意味はないの」

本当か、その話？　でもまぁ、こいつはそういうヤツだったし、悔しいけど、こいつに任せておいた方が話がスムーズに進むのは確かみたいだ……。

「まぁ、そんなに心配することないって。衣織が波瑠哉様の首に斬りつけた時のあいつ、真っ青になって震え上がってたから。衣織を怒らせるような滅茶苦茶な脚本は書けないわよ。それより、大切なのは私と波瑠哉様の配役よ。こんなチャンスきっと二度とないから、やっぱり恋人？」

問題はそこかよ！

「でも、波瑠♡無碍萌えも、捨てがたいのよね。王様キャラの無碍攻め、波瑠哉様が受けが王道だけど、普段は奴隷体質の波瑠哉様が実は攻め、というのもそそるわよね。でも実は無碍♥あんたも萌えなのよね、戦いの中で憎しみがいつの間にか愛情に変わって……傷ついた波瑠哉様をそっと慰める私……」

ひょっとして、これが腐女子ってやつ？　メクって、こういうキャラだったの？

「あんたも顔はそこそこイケてるのよね。愛紗みたいに栗色の髪、青みがかった瞳のどう見ても外国の血が入ってるっていうのとは違うけど。そう言えば天馬家ってアラブからペルシャを通って中国から日本に渡ってきたのよね。それって世界史で習った色目人ってやつ？　あんたは言われなけりゃ気づかないけど、そう言われてみると、平たい顔の日本人とはちょっと違う気がするよね。鼻筋通ってるし、目つき悪いし」

「目つき悪いって、サラッとディスってないか？　それに目つきが悪いから日本人と違うって、俺と外国人に謝れ！」

「無碍も普段バカのオーラ全開だからあまり気づかないけど、それなりのイケメンなのよねぇ。そう言えばエキゾチックというかエキセントリックなとこ、ちょっとあんたに似てるわよね。

うん、これは無碍攻めあんたのヘタレ受けで決まりね」

独りで盛り上がってるとこ悪いけどそれ絶対通らないから。

あぁ、結局、なんにも麗美ナオミ対策を練らないままに演劇部の部室に着いてしまった……。

22 リヴァイアサン

演劇部はシドニーのオペラハウスをモデルにした大講堂にある。無碍専用の部長室は最上階にあるが、今日俺たちが案内されたのは大スクリーンを備えた会議室だ。

「適当にその辺の席に座って下さい」麗美に言われて俺とメクはスクリーンの向かいの席に座った。全てのテーブルにはPCとマイクが埋め込まれている。

俺たちが席に着くと麗美は話し始めた。

「今日はブレーンストーミングです。先ず私がプレゼンを行います。その後、先輩たちが思いついたことを自由に話して下さい。先輩たちが話したことは音声入力されスクリーンに映し出され、そのまま記録されます。

タイトルは『世界皇帝ムーゲの華麗な冒険』。タイトルを聞いただけで内容が理解でき、引きつけられる。これがプレゼンの極意です」

確かに、このタイトルを見ただけで、無碍の残念なキャラクターが鮮やかに想像できてしまう、というかこのタイトルを見てこの劇を観ようと思う奴いるのか?!

「この演劇のターゲットは二つあります。第一は勿論この学院の生徒たちです。でもそれだけではありません。この劇は、石造財閥の中核企業《リヴァイアサン・ジャパン》の情報通信部門の子会社《リヴァイアサン・メディアミクス》によって英仏西中亜語に訳され、無料で世界に配信されます。特にターゲットはアジア、アフリカの富裕層の若者です。

このゲームの世界観は以下の通りです。

西欧が科学と経済が発展し豊かになる一方で、アジア、アフリカの国々は独裁者に支配され不正が蔓延し貧困化、社会格差の広がり、環境破壊で次々と破綻国家になりました。国連も先進国もこれら破綻国家の救済を何度も試みましたが失敗ばかり、世界はメシアを待っていました。

そこに彗星のように現れたのが、非凡な発想と勇気と行動力の持ち主、《リヴァイアサン・ジャパン》の若きCEO石造ムーゲです。ムーゲは《リヴァイアサン》のバイオ情報科学の技術力を背景にアジア・アフリカに天然資源を富に変えるアメリカ流の合理的経営を持ち込みます。

ムーゲは《リヴァイアサン》の現地CEOに情報科学と金融工学に優れた20代の若者を抜擢し、彼らを集めて世界革命を目指す前衛を組織化します。彼らはそれぞれの国で最新鋭の金融工学を駆使し経済の実権を古い経営者たちから奪います」

麗美は世界経済統計の表をパワポで見せながら話を続ける。

「《リヴァイアサン》の若き現地CEOたちは経済界を支配した後、SNSを駆使し、自由と合理的思考を身に付けた若者たちを結集、動員し、因習、宗教など古い伝統に寄りかかった支配者たちを追放する《民主的》抗議活動を組織化し、世界のメディアに発信し国際的支持を取り付け政権を奪取します。

こうして政権を握った各国の《リヴァイアサン》のCEOたちは、自由と合理性の理念《ネオリベラリズム》を旗印にアジア・アフリカの彼らの国々を《リヴァイアサン民主共和国連邦》に再編するのです」

《リヴァイアサン》って、連邦国家を目指してたのか⁉

「そしてこの《リヴァイアサン民主共和国連邦》は、豊富な天然資源を武器に、先進国と対等な地位を要求します。その時、この《リヴァイアサン民主共和国連邦》と呼応して、自由と合理的思考に基づく若者革命を先進国で主導するのが、《リヴァイアサン・ジャパン》CEO石造ムーゲその人です。

こうして、不合理な因習に基づくアジア・アフリカ諸国と先進国の不平等を解消し、自由と合理的思考の《ネオリベラリズム》によって、民主的に世界を統一したことにより、石造ムーゲは、初代世界皇帝に即位されます。これが『世界皇帝ムーゲの華麗な冒険』の世界観です。

この『世界皇帝ムーゲの華麗な冒険』の制作の目的は、先ずは《リヴァイアサン》の名前を日本と世界の若者たちに知らしめ、その企業イメージを印象づけること、次に自由と合理性に基づく《ネオリベラリズム》の理念とその可能性を目に見える形で示すこと、最後にそのサポーターのリクルートです」

ここでスクリーンにｆｉｎの文字と満面に微笑を湛えた無碍の大写しの写真が現れ、麗美はパワポを終了させた。スクリーンは白紙に戻る。

「これは、私が1年をかけて準備した企画です。しかし今になって重大な障害が発生したのです」麗美が顔を顰《しか》める。

「ムーゲは世界皇帝への第一歩として先ず君府学院で生徒会長になるはずでした」麗美が思いっきり不機嫌な顔で言う。

「運動部、文化部の部長たちへの《ネマワシ》、《ツケトドケ》も済ませてありました。応援演説も《アイドル》藤田波瑠哉にやらせました。私の選挙対策は完璧だったはずです。

確かに天馬愛紗は全国でもトップクラスの秀才、警戒は必要でした。しかし生徒の気持ちを全く理解できないコミュ障、応援の新免衣織は剣道こそ天才でも愛紗以外に声をかける者が一人もいない愛紗以上のコミュ障、《リヴァイアサン》の世論調査でも部長の予想得票率は95％でした」

って、《リヴァイアサン》世論調査までやってたのか?!

「あのサムライガール衣織のクレージーなパフォーマンスがすべてをぶち壊したのです。あれで愛紗に投票しますか?!　あなたたち、日本人、皆クレージーです」

麗美は母親は米国人でアメリカ育ちだが父親は日本人で日本国籍のはずだ。麗美は日本人じゃないのか。確かにそんな気もする。でもじゃあアメリカ人か、というとやはりそれも違うような……俺がそんなことを思っている間に麗美は落ち着きを取り戻し、また淡々と語り始めた。

「部長が生徒会長になるというのは、『世界皇帝ムーゲの華麗な冒険』の大前提でした。

部長が生徒会長になるという大前提が崩れる、というのは想定外でした。でも、予想外に生徒会長に当選した天馬愛紗がカリフを名乗る、というのは想定外、予想外ではありません、想像を越えています！　アンイマジナブル！　日本にカリフが現れますか？　しかもＪＫ？　日本人、やっぱりクレージーです!!」

いや、それは普通の日本人は考えないから……

「おかげで私が1年をかけて準備した完璧な脚本が台無しです！　いったいどうオトシマエをつけてくれるんです?!」そういうの、日本語で《ヤツアタリ》って言うんですよ、麗美さん。

俺は心の中で突っ込んだ。

「まぁまぁ、過ぎたことは忘れて、脚本を書き直しましょうよ。だって、そのために私たちはここに呼ばれたんでしょう？」

メクはなんだか嬉しそうだ。きっとメクも、後輩のくせにやたら生意気そうなダブルの帰国子女の麗美が、計画が狂って悔しがっているのを、いい気味だと思っているのだろう。

「越誉さん、何か良い考えがありますか？」

「せっかく愛紗がカリフになったことだし、石造さんが世界皇帝になる話じゃなくて、愛紗は生徒会長からカリフになって世界を制覇する話にストーリーを変えてしまったらどうかしら。『世界女帝アイシャの華麗な冒険』ってキャッチーじゃない？

ああ、勿論石造さんにも役はありますよ。愛紗にライバル意識を燃やして行く手に立ち塞がろうとするんだけど、ことごとく一蹴されるの。その第一幕が、この前の生徒会長選挙というわけ」

「タイトルは『世界皇帝ムーゲの華麗な冒険』、部長が主役なのは不変の前提です！」

麗美が声をあげる。

「でも、たかだか生徒会長選挙で、そこまで汚い裏工作しておいて、愛紗、衣織の変人コンビに負けてるようじゃ、世界皇帝なんて夢のまた夢なんじゃないの」

メクは容赦ない。

「たかが生徒会長選挙。こんなことで世界制覇の計画は少しも揺らぎません！」

麗美は反論するが全然説得力がない。

「まぁ、確かに世界制覇の大望に較べれば、君府学院の生徒会長になるならないなんてとるに足らない些末事だよね」

俺が口を挟む。

「その通りです」

麗美が我が意を得たり、という顔で同意する。

「でもさぁ、これ君府学院の学園祭で上演するんだよね」

俺が話を続ける。

「この君府学院の生徒にとっては石造無碍の世界制覇の夢より生徒会長愛紗がカリフになった

ことの方がずっとリアリティがあるんだよ。それは俺たち落ちこぼれのブロンズクラスの生徒でも同じなんだ」

「そうそう、愛紗ならこの学院を変えてくれるような気がするのよねぇ」

メクの援護射撃だ。

しかし麗美が理路整然と反論する。

「この学院のシステムは素晴らしいものです。あなたたちブロンズクラスの生徒たちでも、全員学費も生活費も全て無料で勉強できるんですよ。これも競争原理を取り入れてエリートを集めることで、神と被造物に仕える人材を育てる学園の理念に共鳴するパトロンたちに寄付のインセンティブを与えたからです」

確かに父さんは学園経営に失敗し、学生に無償の教育を提供する、との建学の理念を守ることができなかった。今、俺たち兄妹がただで飯が食えて勉強をさせてもらっているのは、石造高遠新理事長の経営手腕のおかげだ。でも、なんだか何処かが間違っている気がする。何処だとは言えないけれど……。

「話がずれてるわよ。兎も角、学園祭の劇である以上、まず生徒会長の愛紗がカリフになったことから話を始めて、高校生が世界を立て直す、というストーリーにしなきゃでしょ。ねぇ、垂葉」

「……ぅん、まぁ、そんなとこじゃないかな」

「彼女にカリフを諦めさせるのがあなたたちの役目でしょう！」

「まぁ、カリフになるって、そもそも愛紗は何を考えてるのか、そこから始めて、無碍が愛紗を宥めてカリフになるのを諦めさせ、代わりに石造財閥の力で愛紗の理念を実現させて世界皇帝になる、とかなんとかそういった方向で……モゴモゴ……」

ジト目で睨む麗美を残して俺たちは演劇部室から退散した。

23 父の回想

本当は白岩先生に相談に行きたかったが、あいにく今日はアラビア語講読の日ではない。俺は久し振りに父さんに会いに行くことにした。父は旧校舎の用務員室に住んでいる。祖父が亡くなって直ぐ父は君府学院を経営破綻させ、石造高遠に理事長の座を奪われた。

その時、学院に隣接していた私邸を取り上げられてそこに新校舎が建てられた話は前にしたっけ。俺と愛紗は、君府学院中等部に入学して寮生活を始めるまで、六畳一間の用務員室に父さんと三人で暮らしていた。父さんは旧校舎の用務員と購買部の店員を兼ねていたので俺はほぼ毎日顔を合わせる。

新校舎の愛紗の方は父さんと学校で顔を合わせることはないけど。でも俺が学校で顔を合わせても挨拶を交わす以外、めったに話すこともない。夏休みや春休みも俺たちはずっと寮に残っているので、俺たちが父さんの用務員室の我が家に帰るのは大晦日と元旦ぐらいのものだ。

「珍しいな。お前がここに来るなんて。それにメクさんまで一緒だなんて。まぁ、何もないところですがあがってください」

　メクにそう言うと父はメクに座布団を勧めた。この部屋、と言っても一間しかないので、この家、ということになるのだが本当に何もない。部屋の真ん中に卓袱台が一つあるだけだ。

　俺たちに物心がついた頃、父はまだ君府学院の理事長だったが、穏やかで無口な人だった。それが理事長職を追われ用務員室に移り住んでから益々無口になった。父が学院の話をするのを聞いたことは一度もない。学院の話だけじゃない。政治、経済、社会について父が何か喋るのを聞いたことがない。

　うちは新聞もとっておらず、テレビもなかった。俺たちがここに暮らしていた頃、父には外の世界と繋がりを感じさせるものは何もなかった。それは今も変わらないようだ。相変わらずこの部屋には何もない。俺たちがいなくなってからもパソコン一つ買った様子はない。

　父の口からは理事長の交代劇について一言も聞いたことはない。そしてそれは聞いてはいけないことだと俺は思っていた。でも多分父は知っている筈だ。石造高遠は何の為にこの君府学院に乗り込んできたのか。どうして父は理事長職を追われ、にも拘わらず、なぜ用務員として飼い殺しにされているのか。

　今日、俺はそれを聞かなくてはならない。

「父さん、俺とメクは演劇部に入ったんだ」

「そうか……仲が良いのはいいことだ。メクさん、不肖の息子ですが、宜しくお願いします」

　違う、違う。そんな話じゃない。

「いえ、おじさん、そうじゃなくて、今度の学園祭で演劇部がやる劇に出てくれって、私たち誘われたんです」

誘われたのは俺だけで、お前は強引に割り込んできただけだけどな。

「明るく元気が良い……美人のメクさんは兎も角、薄ぼんやりで存在感がなく人前でまともに話もできないお前が誘われるとは、うちの演劇部はそこまで人がいないのかい」

父さんは見当外れなコメントはせず黙って聞いてて欲しい。

「そうじゃなくて、今度の学園祭で演劇部が無碍の主演で『世界皇帝ムーゲの華麗な冒険』という劇をやって、それを《リヴァイアサン・メディアミクス》で世界に配信するのに、俺たちに脚本作りから協力して欲しいって言われたんだ」

「演劇部というのは無碍君の部なのか……」父さんの顔が僅かに曇る。

「その劇の脚本を書いているのが帰国子女の1年生のナオミ麗美という子なんだけどすごく胡散臭いんだ。無碍と特別な関係があるとしか思えない。その子が描いたシナリオが石造財閥による世界制覇、《世界皇帝ムーゲ》って……石造高遠って何者で、どうして君府学院の理事長になんかなってるの？」

「石造財閥についても、高遠君についてもよくは知らない。高遠君がうちに来たのは真筆父さんが亡くなって、この学院が経営危機に陥った後だからね。君府学院はここで学びたい者が寮に住み込んで全額無償で学べるという理念で学費を取らない。全て賛同者の寄付に頼って運営している。

大東亜共栄圏の国策に協力致していた戦前は、お前の祖父さんの貿易の仕事も順調で、軍部からの手厚い保護があって学院経営は安泰だった。この旧校舎の土地も軍部からの寄付だった。でも敗戦後、国からの援助がなくなって経営はどんどん苦しくなっていった。

それでもカリスマ性があったお前のお祖父様が生きていた間は古くからの支持者たちからの援助で細々となんとかやりくりをしていた。でもお祖父様が亡くなるとそうした援助もなくなり、先ず私は私邸を担保に金を借り、それでも足りなくなり返す当てもなく学院の土地を担保に町の闇金から借金をして経営を続けたんだ」

借りるな！　何を考えてるんだ、というか、何も考えていないのか?!　俺とメグは同時に心の中で突っ込んでいた。

「もう闇金もお金を貸してくれなくなって、教員や職員の給料も寮生の給食の材料費も払えなくなって途方にくれていた時に援助の手を差し伸べてくれたのが石造高遠君だったというわけだ」

父さんが無能な経営者だったのは知っていたつもりだったけど、俺の想像を遥かにうわまわる無能さだったようだ。でもこういう話を平気で淡々とできるというのはある意味とんでもない大物なのかもしれない。

「石造君は私と君府学院の借金を肩替わりした上で学院を買い取ってくれたんだ。

おかげで君府学院は新校舎もでき、エリート教育のユニークな名門校として有名になって、私たち家族も思い出のこの学校に住ませてもらえることになったんだ。石造君には本当に良くしてもらったと思っているよ」

そうなのか⁉　そういう美談にしてしまっていいのか、それでいいのか、あんたは⁉

「でも、君府学院の建学の理念はカリフ制再興だったんじゃないんですか？　石造高遠はそんな理念を受けいれてこの学院を引き継いだんですか？」

俺は父さんに疑問をぶつけてみた。

「カリフ制再興は真筆父さんの妄想だよ。学院の理念は、被造物に仕えることで一なる創造主に仕える。それだけだ。

被造物に仕えることで一なる創造主に仕える志さえ持っていれば、どんなに貧しくとも、無償で学ぶことができる、それが君府学院だ。石造さんは、その君府学院を護ってくれた。お前と愛紗がここで勉強できるのも石造さんのおかげだ」

父さんは本気で石造高遠理事長に感謝しているようだ。

「ただで寮に住んで勉強させてもらえるのは有り難いと思うよ。でも被造物に仕えることで創造主に仕える志のある若者を育てる、なんて本気で思ってる先生なんて見たことないよ。この学校の謳い文句は、《グローバル人材の養成》じゃないか」

納得のいかない俺は言った。

「優秀な卒業生には《リヴァイアサン》から大学進学の奨学金が出て、大学を出たらそのままリヴァイアサンに就職できるというのが、君府学院の売りだろ」

「それが学校経営の手腕というものなんだろう。理想だけでは学校を維持できないんだ」

父さんは遠い目をして呟く。

「それに《リヴァイアサン》のモットーは《自由、平等、友愛、寛容、人道》、人類の尊厳の確立を目指す立派な企業だ。被造物に仕えることで創造主に仕えるという理想を実現するのは、この科学の発展した現代では、時代遅れのカリフ制などじゃなくて、《リヴァイアサン》のような企業だと思うな。

無碍君が世界皇帝になるって話、夢があっていいじゃないか。《自由、平等、友愛、寛容、人道》の理念で世界を平和に統一する世界皇帝がこの君府学院から出るなら曾祖父《そうそふ》の真人校祖も喜んでくれるだろう。お前からも愛紗にカリフのことなど忘れて無碍君に協力して盛り立てるよう言ってやってくれ……」

父さんの話を聞いているとなんだか《リヴァイアサン》を率いる石造無碍が人類の救世主のように思えてくるが、現実の無碍、麗美、それに藤田の姿を思い出せば、それが気の迷いだったことに一点の疑いもない。これ以上ここに居ても無駄だ、メクもそう目配せをしている。

「愛紗にはそう伝えておくよ」

そう、あの愚物はそんなことを言っていたの、愛紗が冷たく言い捨てる姿が目に浮かぶようだが、その言葉を飲み込んで、俺たちは、父の許を辞した。

24
君府学院生徒会

「久しぶりにお会いしたけど、お父さま、ますます浮き世離れしてきたわねぇ」

「まぁ、あそこまで超然としていられるのはある意味エラいと思うけど、愛紗が愚物と呼ぶ気持ちも分かるなぁ」

「基本、あんたも同じスペックだから」

「俺はまだこの社会に不満もあれば、希望も捨ててねぇよ」

「あんまり役に立たなかったわねぇ……やっぱり明日、アラビア語の授業の後で白岩先生に聞くしかないかしら。でもその前のナオミとの打合せが問題ねぇ」

「でも、父さんから話を聞いてよかったかも。今まで俺たち、無碍とか藤田とか麗美とか、胡散臭い連中ばかり相手してきて……」

「国民的アイドル、美の化身の波瑠哉さまのどこが胡散臭いのよ！」

「いや、お前の個人的趣味はおいておいて、俺たちはあいつらのキテレツなキャラに気を取られ過ぎて、《リヴァイアサン》の企業理念とか、あいつらを動かしてる力のことを全然考えてこなかったよな」確かにこれは反省点だ。

「それに俺がこの演劇に参加するのは、無碍をおちょくるのが目的じゃなくて、愛紗にカリフになるなんて馬鹿げた考えを捨てさせるためだったんだから、まずは無碍の、というか《リヴァイアサン》の世界制覇プロジェクトについてよく話を聞いて理解しなきゃだめだよな」

「でもナオミの顔を見てるとどうしても《世界皇帝ムーゲ》なんて潰してやりたくなるのよねぇ」

「それは100パー同感だけど、ここは抑えて暫くあいつの言うことを大人しく聞いていて、その間にカリフについて調べるしかないんじゃないかな」

「それしかなさそうねぇ」メクが溜め息をつく。

「でも、父さんの口から《リヴァイアサン》の企業理念なんて聞かされるとは思ってなかったな。父さんは本気で《リヴァイアサン》の方がカリフよりも人類に役立つと思ってるみたいだな」

「そりゃそうよ、っていうか、日本にカリフが人類の役に立つかどうかなんて考えているやつなんていないわよ」

「愛紗を除いてな……」

「あの娘、何を考えてるのかしら」

「俺にもさっぱり分からん……」

「カリフ宣言した後も普通に生徒会の事務をこなしてるみたいだし、変わったことと言っても、衣織が率先して廊下の掃除に精を出して、とうとう《勧善懲悪委員会》なんて立ち上げちゃったくらいよね」

「なんだか訳の分からないカリフと違って、《リヴァイアサン》は胡散臭くて得体が知れないところはあるけど一応グローバル企業からなぁ」

「やっぱり普通に考えれば愛紗がカリフになるよりは、無碍が世界皇帝になる方がまだリアリティがあるわよね」

「いや、そこマジに比較しても仕方ないから」

「現実の話じゃなくて学園祭の演劇の話よ。演劇としては『世界皇帝ムーゲの華麗な冒険』の方が『ＪＫカリフ愛紗の奇妙な妄想』よりはリアリティがあるでしょ」

「奇妙な妄想って……せめて夢想にしてやってくれ」

「あら、あんた愛紗の肩を持つの？　どっちでもいいわよ。どちらにせよリアリティゼロでボツになるんだから」

「う〜ん、と言われても、ＪＫのカリフって、何なんだか想像もつかないからなぁ」

「私だって同じよ。そうだ、明日、カリフの愛紗が何をしてるのか、生徒会室に偵察に行きましょ」

「えっ、万年帰宅部でサークル活動もしたことがないのに、いきなり生徒会って、敷居が高すぎるだろう」

「何言ってるのよ、フォー・ザ生徒、バイ・ザ生徒、オブ・ザ生徒の生徒会室に行くのに何の遠慮が要るのよ」

「………」

というわけで、俺はメクに連れられて生徒会室に偵察に行くことになった。う〜ん、嫌だなぁ……。

君府学院の生徒会は、会長、副会長、書記、文化委員長、体育委員長の五人の中央委員から構成される。文化委員長、体育委員長は、文化部長会、体育部長会の互選で決まり、書記は会長により任命される。文化委員長、体育委員長が生徒会室に顔を出すのは月例会の時だけで、普段の生徒会室には、会長の愛紗、副会長の田中、書記の衣織の三人しかいない。

公選は会長と副会長だけだが、副会長は会計担当で実際の仕事は会長の補佐役に過ぎない。だから通常は会長候補は自分が信頼する者を副会長候補に立て、選挙運動も一体となって行うのが慣例だ。理事長の息子で石造財閥の御曹司の無碍という圧倒的な大本命が立候補した時点で、学内には他に会長に立候補する者はいなかった。愛紗を除いては。

衣織以外に友達らしい友達のいない愛紗は副会長候補を立てることはなかったため、副会長候補は無碍が選んだ田中晶ただ一人だけで、選挙はなく信任投票で決まった。田中は《リヴァイアサン》の奨学生として一流私立大学に学校推薦での入学が内定している優等生だが、どちらかと言えば貧しい普通の中流家庭の出身で、奨学生の身分を守るために勉強に精を出さねばならず、クラブ活動もやっていない。校内で最高位のカーストの無碍の取り巻きの中でも目立たず隅っこにいる存在で、自己主張のないイエスマンだったからこその副会長候補抜擢だった。

まさかの大番狂わせで、愛紗が会長になったが、他に候補がいなかったため辞退もできず、田中は愛紗の下で副会長になった。無碍の取り巻きの一人だったにもかかわらず、愛紗の補佐役の副会長を無難に務められるのも、自己主張のない田中のこの性格のためだ。

自己主張のない大人しい性格もあり、剣の達人衣織、小太刀と手裏剣の使い手の愛紗と一緒にいると、男子生徒の田中が一番弱々しく見える。しかし優等生らしく、事務処理は有能で、大人しく敵を作らない性格なので体育部、文化部の部長たちの受けも良く、愛紗会長・田中副会長のコンビの門出は概ね順調だった。

愛紗も生徒会長になってカリフを宣言してからも、廊下の清掃運動以外にこれといってカリフらしい活動もせず、生徒会の年間最重要行事、5月のクラブ活動予算生徒会を粛々と成立させた。って、「廊下の清掃運動のどこがカリフの活動やねん」、と思う方は先の節を読み返してくれ。

その廊下の清掃も、生徒会の正規の活動というよりは、むしろ衣織がボランティアで始めたものだ。だから愛紗のカリフとしての行動を逐一に報告するとの無碍のスパイとしての田中の裏の仕事も殆ど開店休業だった。

というわけで、意外とマッタリ、ほのぼのムードの生徒会室を俺たちは訪ねたのだった。

25 副会長

「失礼しま〜す」

メクが脳天気に生徒会室のドアを開ける。俺はおずおずと後に続く。

「あれ、越誉メクさん、それに天馬垂葉君、いらっしゃい。珍しいですね」

副会長の田中がにこやかに出迎える。

「えっ、なんで私の名前を！」

メクが驚く。ブロンズクラスで人目につかずこっそりと生きてきたのに、愛紗の兄として心ならずも目立つことになってしまった俺と違い、正真正銘目立たないメクをフルネームで覚えているなんて、こいつ只者ではない。

「副会長たるもの、全校生徒の名前ぐらい覚えていて当然です。会長は全生徒のスリーサイズやツイッターのハンドル名までそらんじていますよ」

「あいつは、生徒会長室に籠もっていつも生徒のストーカーやってるのか？」

「まさか、いつもはホワイトハウスやクレムリンのハッキングをしてるようだけど、知らない方が身のためだと言って、私たちには詳しいことは教えてくれないんだ」

それって、生徒会長の仕事を逸脱してるが、カリフはそんなことまでするのか、この時代は？

「それで、今日は会長のカリフとしての仕事ぶりを取材しに来たのかな」

「どうして、それを?!」

「垂葉君とメクさんは、学園祭の演劇部の出し物『世界皇帝ムーゲの華麗な冒険』の脚本を書くことになったって、石造君からも聞いてるからね」

そういえば、こいつは無碍の腰巾着だった……。

衣織が俺たちにお茶を持ってくる。

「どうぞ」

「あっ、いえ、あの、どうぞお茶などお構いなく」

お茶を出す仕草とは裏腹な衣織の鋭い視線に射すくめられて、俺は思わず、しどろもどろになる。

「親の敵といえども、客として家に入れた者はもてなすのが、武人の作法にしてカリフの宮廷の習いです」

「あっ、そういう怖い説明要らないから……」

「でも、衣織さんが淹れてくれるお茶、本当に美味しいんですよ」

田中がフォローする。

「茶道は武人の嗜みです」

だいぶ違う気がするが、スルーしよう……。

「で、田中君、スルタンになった気持ちはどう？」

メクがいきなり田中を問い詰める。

「スルタンって、あれは言葉の綾だよ」

こいつは、副会長の就任演説で、カリフの愛紗を支えるスルタンになります、と言い放ったんだった。

「いやぁ、皆んな、なんでまじめにとるかなぁ。無碍さんにもこっぴどく怒られて、ハブられかけたし」

田中が眼鏡をさすりながらいう。

お前のような誠実、爽やかキャラが、さらっとニコヤカに言い放つと、誰でも本気にするって。

「で、会長を呼ぼうか」

「いや、折角だから、田中さんのお話聞かせてもらえる？」

メクが言う。そう言えば、メクはこういう眼鏡男子キャラも好きだったような……。

「うん、いいけど」

「あのどSの愛紗のカリフの下で働いてるって、あんたってM？」

「おまえ、もうちょっと口の利き方というものが……」

「いえ、いいんですよ。フォー・ザ生徒、バイ・ザ生徒、オブ・ザ生徒の《皆んなのカワイイ生徒会》ですから」

フォー・ザ生徒、バイ・ザ生徒、オブ・ザ生徒、って流行ってるのか？

「カリフって、王様みたいなもんなんでしょう。ってことは愛紗は女王様ってことよね。『カリフ様とお呼び！』とか言うわけ」

「そんなこと言わないよ。僕は普通に会長と呼んでるよ。衣織さんは、愛紗様、と呼んでるけどね」

「カリフって、イスラム教徒のリーダーでしょ、田中君もイスラム教徒なの？」

「ちがうよ、アッバース朝やオスマン朝の宮廷にも異教徒はいたしね。別にカリフの部下になるのにイスラム教徒である必要はないよ。まぁ、ぼくは優柔不断で、誰とでも話を合わせられるからね。勿論、必要ならイスラム教徒になってもいいんだけど、今のところ別に求められてないからね」

田中はニコヤカに答える。

「でも、衣織さんは、イスラム教徒みたいだよ。時々頭巾をして礼拝してるようだし。廊下のゴミ拾いも、衣織さんの仕事で、ぼくは何も言われてませんし。カリフの仕事と生徒会長の仕事は分けているようですよ。

衣織さんにも話聞きますか？」

「いや、美味しいお茶もいただいたし、今日はこれで失礼した方が……」

「そんなに怖がらなくても、衣織さんは普段はおしとやかな大和撫子だから。問答無用で一刀両断されるなんて、会長のカリフのお仕事の邪魔する人ぐらいしかいないよ」

田中はニコヤカに言う。こいつ、何者なんだ。

「遠慮しときます」

「えぇ〜、せっかく来たんだから、いろいろ聞いていこうよ」

「いいから帰るぞ」

未練があるらしいメクを引き摺って俺は旧校舎に帰った。

26 人類

「なんで愛紗と衣織にインタビューせずに帰ってきたのよ」

メクが口をとがらせる。

「いや、今日は副会長の田中と話せただけで十分だったよ。カリフの宮廷に異教徒、とか、全然知らなかったけど、知らないことが多すぎる。勉強不足で質問などしても、愛紗に冷笑されるか、衣織に叩き切られるか、だ」

「そんな目にあうのはあんただけよ」

なんとなく俺もそんな気はするが……話を変えよう。

「しかし、あの副会長、あたりは柔らかで助かったけど、胡散臭い奴だなぁ」

「一番胡散臭いのはあんたよ」

「いや、俺のディスはいいから……」

「あの子、無投票で当選が決まってるのに、一人でわざわざ私たちのブロンズクラスにまでやって来て立候補の抱負を語っていったんで、律儀な奴、とは思ってたけど、あんな爽やかキャラだとは気付かなかったわね」

「そうだっけ。覚えてないなぁ。影が薄いっていうか……」

「あんたに言われるほどじゃないわよ」

「いや、だから俺のディスはいいから……。

あの愛紗と無碍の間に板挟みになって平気でいられるって、普通の神経じゃないよな」

「本人も、優柔不断、って言ってたじゃん。柳に風折れなし、ってやつよ。それによく見ると、なかなかいい男よね。あの眼鏡男子属性、無碍を挟んで波瑠哉様とライバルの三角関係、って。なんで今まで思いつかなかったのかしら。一生の不覚だわ……」

いや、それ一生思いつかなくても全然問題ないから……。

まぁ、ともかく、生徒会では副会長の田中は普通に生徒会長業務をこなしており、愛紗と衣織も、廊下のゴミ拾い以外は、特に目立ったカリフ活動はしていないようだ、ってカリフ活動ってなんだよ?!　やっぱり分からないことだらけだ。もう少し勉強しないと。

取り敢えず、ホワイトハウスとクレムリンのハッキングの話は聞かなかったことにしよう。

生徒会室から早々に退散した俺たちは少し早いけどアラビア語の講読の課外授業を受けるために白岩先生の研究室に向かった。

なに、構いはしない。白岩先生はいつだって研究室にいて、いつでも独りで本を読んでいるだけなのだから。

「おや、ずいぶん早いですね」

白岩先生は読んでいた本を閉じて言った。

俺たちが一語を訳す毎に、先生はどこを見ているのか焦点が定まらない目を虚空に向けていつ終わるともない解説を繰り返す。そして授業はいつも突然終わる。

「今日はここまでにしておきましょう。その代わり、今日は早く始めて時間があるのでクルアーンのカリフの用法の続きの話をしましょう。

クルアーンにはカリフの単数形ハリーファは二回しか出てきません。一回は人類の太祖アーダム、もう一回はダビデについて言われます。カリフとは地上における神の代理人であり、神に代わって人々の間を正しく裁く王でもあるのでしたね。しかし実はカリフの用法は複数形の方が遥かに多いのです。

今日は一つだけ例を挙げましょう」

先生は俺たちのウンザリした顔などまるで気にせず話し始める。

『『フワ・アッラズィー・ジャアラ・クム・ハラーイファ・アル＝アルディ・ワ・ラファア・バウダ・クム・ファウカ・バウディン・ダラジャーティン・リ・ヤブルワ・クム・フィーマー・アーター・クム』

『彼こそは、あなた方を地のカリフ《後継者》たちとし、ある者たちをあなた方の別の者たちの上に上げられた御方。あなた方に授けられたものにおいてあなた方を試みられるためである』』

先生はクルアーンの章句をアラビア語で読み上げた後、それを日本語に訳していく。

「《彼》とは勿論《アッラー》ですね。アッラーは、あなた方、つまり、聞き手である人類を、地球のカリフたちとされました。カリフには《代理人》と《後継者》の二つの意味があると前に言いましたが、単数形のカリフが《代理人》であったのに対して複数形のカリフは《後継者》を意味します。

カリフ《後継者》たちにする、とは、生まれては死に、新たに生まれた者が死んだ者の後を継ぐ、人間をそういう存在として創造した、という意味です。そしてアッラーは君たちの一部の者を他の者より上位につけられました」

「えっ、カリフって、人類の平等を説く教えじゃないんですか?!」

「人類は平等です。しかし君たちは平等ではありません」

「えっ、どういう意味ですか?」思わず聞き返す俺。

「私たちは人間じゃないって言われたんじゃない?」とメク。

「そういう言い方もできますが、君たちが思っているような意味ではありません」

「俺たち人非人なんだ…」

「君たちが思っているような意味ではないと言ったはずです。クルアーンは神の言葉です。《あなた方》とは神が語りかけられたあらゆる個人を指します。

あなた方は一人一人が、顔、体、頭、性格、性別、財産、地位、国籍、神から授かったものの違いによって互いに異なっており不平等です
しかし《人類》とはカテゴリーです。この世界に存在するのは、それぞれの顔や身体を持った天馬君、越誉さんのような多様な個体であって、特定の身長も体重もなく性別も顔も名前もない抽象的な《人類》などという人間はどこにもいません。その抽象性においてのみ《人類》は平等なのです。

イスラームにおいて《人類》が平等である、という意味は、一つの《人性》を共有することによって《猫》や《消防署》等の他のカテゴリーとは区別される《人類》というカテゴリーが存在し、それに属する個体全てが《猫》や《消防署》の個体とは別の扱いを受けるということでしかありません。

言い換えれば、《人類》に属する全ての個体は、顔、身体、性格、知能、財産、身分、職業、エスニシティ、国籍など《人性》以外の属性がいかに異なろうと、《人性》において、そして《人性》においてのみ平等である、ということです」

「《人性》においてのみ、って……？」

どういう意味？？

「逆に言うと、《人類》が平等であるということは、経済的、社会的、政治的にも平等であるということでないのは勿論、平等であるべきであるということでもないのです」

「人間は不平等であってもいい、ということですか？」と俺は質問した。

イスラームって、人類の平等を説く教えじゃなかったっけ？

「《人性》以外においてそれぞれの人間が不平等であるのは否定の余地のない《事実》です。イスラームは人間が不平等であるとの《事実》に基づき、平等はどこで求められるのか、どのような不平等がどこまで許容されるのか、それぞれの違いに応じてどう生きるべきかの指針を示しているのです。

それが今読んでいるクルアーンの聖句《あなた方に授けられたものにおいてあなた方を試み

られるためである》の意味です。お金がある者、体力がある者、頭が良い者、地位が高い者、勇敢な者、それぞれが自分が授かった能力に応じて自分だけの義務を負います。

自分にどのような可能性があるのかは自分だけが知っています。言い訳をして義務を逃れるのも、自分の力の限りの責任を自ら進んで担うのも、自分次第です。他の誰が決めてくれわけでもありません。しかしその責任は最後の審判の日に自分独りで負わねばならないのです。《試みられる》とはそういうことです……そしてカリフ制とはそういうものです……」

先生が遠い目をして口を噤《つぐ》む。

「……それで先生、結局、人間は平等なんですか、不平等なんですか？」

「……アラビア珈琲でも淹れましょう。お茶請けはバクラワでいいですね、メクさん？」

27 スクールカースト

こうしてアラビア語とカリフについての勉強も少しずつ進んだので、俺たちはまた生徒会室を訪ねることにした。今度はちゃんと愛紗に、カリフ生徒会について問いただすんだ。

前回、ちゃっかり田中とラインを交換していたメクがアポを取った。いや、俺だって演劇部での会合で愛紗の携帯の番号は知らされていたんだけど、あいつに電話するのは気後れがするもんで。

というわけで、俺とメクは、生徒会室に愛紗と田中と衣織と五人で、衣織の淹《い》れたお茶を啜

イスラムにおける平等

イスラムって女性は髪の毛隠してて家の中にずっといるとか・・・不平等よね
カリフ制になったらそういうの加速するんじゃないの？
ってナオミに言われたのですけどカリフって人類の平等を説く教えじゃないんですか？白岩先生
?
人類は平等ですよ
天馬垂葉《てんまたるは》
越誉《こしょ》メク
しかし君達は平等ではありません
ゔっ
え・・・俺たち人間じゃないってことか？
面と向かってすごいディスりされた・・・
ひどいっ
そういう意味ではありませんよ
あなた方は一人一人は神から授かったものの違いによって
カッコイイ
イマイチ
男
女
石造無碍《いしつくりむげ》
互いに異なっており不平等ですしかし人類というカテゴリーに属するという点では同じ
秀才
バカ
金持ち
貧乏

猫や家など等のカテゴリーと区別されて人類として同じカテゴリーとして平等なのです
う〜ん
垂葉と同じ人類とは思いたくないけど猫とか家とくらべたら残念ながら同じと認めるしかない・・・
こんなでかいカテゴリーでも嫌なのかよ！
おい!!
家
動物
人間
人類は個別において不平等であってもいいということですか？
それぞれの人間が不平等であるのは否定の余地のない《事実》です
イスラームは人間が不平等であるとの《事実》に基づき平等はどこで求められるのかどのような不平等がどこまで許容されるのか
ハハハ
ぶ〜
肉体的不平等
それぞれの違いに応じてどう生きるべきかの指針を示しているのです
社会的平等
それぞれが自分が授かった能力に応じて自分だけの義務を負います
自分にどれだけの能力があるのかを自分で判断しその能力に応じた義務をどう果たしていくかは自分次第ということです
その責任は最後の審判の日に独りで負わねばならないのです
・・・あの結局人間は平等なんですか不平等なんですか？
アラビア珈琲とバクラワで休憩でいいですかね？メクさん
あ・・・はい！
答えをはぐらかされてしまった・・・結局自分で考えろってことか

りながら、座っているわけだ。

「今日は、『世界皇帝ムーゲの華麗な冒険』の脚本作りの参考に、カリフ生徒会の取材に来たの」

　メクが単刀直入に切り出す。

「いいわ、なんでも聞いて」

「カリフ生徒会って何するところなの?」

「全ての人間は平等に神の代理人《カリフ》として創造されました。そしてこの君府学院は、人類を偶像神《領域国民国家リヴァイアサン》の支配から解放し、神の代理人《カリフ》として、正義に基づく自由と平等を実現するために創立されました。

　カリフ生徒会は先ず、この君府学院の全ての生徒が神の代理人《カリフ》に相応しい尊厳を手にするために、校内のスクールカーストの撤廃を目指します」

「御意。サムウ・ワ・ターア」

衣織が頷く。御意、って、何を言われたか、分かってるのか、お前?!

「なんですか、スクールカースト撤廃って?! そんな話、初めて聞きましたよ!?」

自他共に認める優柔不断王子の田中も、少なからず取り乱した様子だ。

「田中君も、スクールカーストは知っているわよね?」

「はい?」

「スクールカーストという言葉は聞いたことあるわよね?」

「え……ええ……」

「私も言葉も概念も知っています。でもよく理解できないのです。なぜそんなものが存在するのか」

「というと……」田中がおずおずと尋ねる。

「スクールカーストというのは、運動ができて《リア充》と呼ばれる恋人がいる生徒が上位カーストを占め、クラスの意思決定を行い、更には教師をも支配すると聞きます。分からないのはなぜ《リア充》と呼ばれる人種がそこまで尊重されるかです」

「いいえ、必ずしも《リア充》じゃなければいけないわけじゃないですよ……」

「ええ、私もそう思います。だからこうやって田中君に尋ねているのです」

「えっ？」

「私もスクールカースト概念を知ってからクラスの中を観察してきました。そして、なるほどスクールカーストは存在すると理解しました」

「私たちのクラス、プラチナクラスにもカーストはありますね、田中君？」

「……ええ……まぁ……」

「石造君の取り巻きが最高位のカーストを構成している、ということはどうやらクラス全員が共有する了解事項になっているようですね」

「愛紗さま、私には愛紗さまが何を話されているのかまるで分かりません」

衣織が口を挟む。

スクールカースト上、最下位のブロンズクラスの俺たちを無視して話が進む。

「……まぁ、ともかくスクールカーストなど気がつかないなら気がつかないでも生きていけるのに、それに支配される人間が現れるのが問題なのです」

愛紗がフォローする。

「きれいに纏めましたね」

田中がホッとしたように言う。

「話はまだこれからです」

愛紗がピシャリと切り捨てる。

「カーストというのはインドの生まれながらの職業差別とか、世界史で習ったような気がしますが」と衣織。

「ジャーティのことですね。バラモン、クシャトリア、ヴァイシャ、シュードラのヴァルナと併せて日本のカースト理解となっていますが、今話しているスクールカーストとは殆ど関係ありません」

愛紗は丁寧に答える。

「思い出しました。アウトカースト、不可触賤民、というのもありましたね。私はきっとアウトカーストなのですね」と衣織。

「どうも私もそうだったようです」愛紗が答える。

「とんでもない、カリフにまでなられた愛紗さまが、アウトカーストなどと…」

衣織が色をなして言う。

「いえ、そもそもカリフとはカーストを破砕する者、カーストの外に位置付けられるのは当然というものです」

愛紗は言い放って田中に向き直る。

「田中君は石造君の取り巻きの一人ですね」

「えっ？　それは……まぁ」田中は口ごもり、ずれてもいない眼鏡を直す仕草をする。

「それはいいのです。私が言いたいのは田中君が最高位カーストに属するということです」

「僕はそんな……」

「田中君の主観的理解は問題ではありません。スクールカーストは客観的なクラス内の権力の布置ですから。私が興味あるのは田中君が《リア充》ではなさそうに見える事です」

「愛紗さま、申し訳ありません。先ほどから話しておられる《りあじゅう》とは何でしょうか。日本語とは違う響きに思いますが」衣織が口を挟む。

「あぁ、ごめんなさい。《リア充》とは《リアルに充実してる》、という意味の略語で、現実の恋人がいる者を指すのです」

「現実の恋人？　非現実の恋人、といったものもあるのですか？」

「マンガやアニメのキャラクターのような仮想現実の恋人ではなく、という意味です」

「そのようなものが恋人になるのでしょうか？」

「私にもよく分からないの。田中君、どうなの？」

「えっ？　僕にもよく分かりませんが、恋人ととはちょっと違う気がするけど……」

「クラス最高位カーストに属する田中君は当然《リア充》だ、と推定される……でも私にはどうしてもそうは思えないのだけれど」

　そう言って、愛紗が田中の目を真っ直ぐに覗き込む。田中は目をそらせ、眼鏡を外してしきりに眼鏡拭きでこする。

「田中さんには恋人はいそうにないと？」

　衣織が尋ねる。

「僕が上位カーストにいるとすれば、それはただ無碍さんの仲間に入れてもらっているからで、《リア充》とかは全然ないです」

「でもクラスの女子とも仲良くはしているようだけど」

「僕は男子とも女子とも適当に話を合わせるのは得意だから。それで無碍さんが僕を側においてくれてるんです」

「田中君には恋人はいないのね。いえ、別にいても構わないのだけど」

「……」

「田中君はいいとして、石造君や藤田君もいつも女子に囲まれているけれど、《恋人》がいるようには見えないのだけれど。というか、石造君は、この生徒会室にバラの花を持って私を口説きにきたぐらいだから」

「えぇ！　本当ですか？　それでどうしたのですか」

「手裏剣を投げつけてあげたわ」

「……そうですか……」

「だから《リア充》という概念はずいぶん曖昧なもののように思えるのです。そもそも《恋人》という概念そのものが曖昧模糊としており、その上に築かれた《リア充》概念は砂上の楼閣に過ぎません。そんな虚構の上にスクールカーストなどという権力関係が成立するようなことがあってはなりません」

「でも《恋人》が何か、って誰でも知ってるんじゃないですか。恋人がいるってことはその人が魅力的だということだし、無碍さんや藤田君も特定の恋人はいなくてもクラスの女の子全員の憧れだし……」

「クラスの女子全員？　私はその中には入っていないと思います。藤田君はなかなか良い太刀筋をしているので、あの時首を刎ねなくて良かった、とは思いますが、こういう気持ちは憧れとは違いますよね？」

衣織に話を振られた田中が答に窮する。

「話が混乱するのは《恋人》概念が曖昧だからです」

この時ばかりは衣織の言葉をスルーして、納得がいかない顔をしている田中に愛紗が言う。

「つまり《恋人》概念は、法的権利・義務の範囲が明瞭でない、ということです」

「恋人に法的権利・義務なんてあるんですか？」田中がおずおずと尋ねる。

「田中君、《法的権利がある》《法的義務がある》って、どういう意味ですか」愛紗が聞き返す。

「えーっと、《何かをしていい》、《何かをしなきゃいけない》、ってことかなぁ……」尋ねられた田中はおずおずと答える。

「田中君は麻薬は吸ってはいけないけど、スイカは食べてもいいですね。でもだからと言ってスイカを食べる権利があるとは必ずしも言えません。ちがいますか?」

「あっ、そうか。《権利がある》と言うのは、ただ《してもいい》というだけじゃなくて、それを要求する気持ちがある時ですね」

「麻薬と違ってスイカは食べることは許されてるけど、田中君には八百屋の店頭のスイカを食べる権利はないでしょう。でも八百屋でお金を払ってスイカを買ったら、そのスイカを家に持って帰って食べる権利が生じる。そしてお金を貰った八百屋さんには、そのスイカを田中君に渡す義務が生まれる……。

でもスイカは八百屋さんの手の中にあって田中君の手の中にはない。田中君がスイカを手にして食べる権利は、実際にスイカが田中君の手の中に《ある》かないかとは関係がない。権利が《ある》と言う場合、権利は、スイカが《ある》ように物理的に時空の中に《ある》のではありません」

愛紗が息を継ぐ。

「スイカは現実に《ある》時にあり、現実に《ない》時にはありません。でもスイカの所有権は、田中君が現実にそのスイカを所有して手の中にスイカが《ある》場合、現実には所有していなくて田中君の手の中には《ない》場合、現実に《ある》場合にも《ない》場合にも同じように《ある》のです」

「無いときにあって、在るときに無い……なぞなぞのようなものでしょうか？　愛紗さま」

衣織が口を挟む。

「いえ、そうではありません。無いときに無いこと、在るときに在ることも勿論あります。ただ、事実としてその事態が存在しないにも拘わらず、抗事実的に《ある》と信じられることが権利と義務の本質です」

「抗事実的に予期を安定化する、ルーマンの規範理論ですか…？」

田中が小声で尋ねる。

「言ったのがルーマンか、宮台かはどうでもよいのです。重要なのは権利も義務も《ある》、《ない》と言うことができるような《事実》ではないこと、です」

愛紗が答える。

「それで恋人の権利と義務は曖昧だと…」田中が話を元に戻す。

いや、君には話を再開させる、そういう義務はないんだけど。

「恋人の権利と義務って何ですか？」

すかさず愛紗に突っ込まれる。自縄自縛、飛んで火に入る夏の虫だ。

「えーっと、恋人の権利は愛されること…義務は浮気をしないこと、とか…」

「田中君は愛していない恋人に愛を請求されると、愛を与えられるのですか？」

「愛を請求……請求されたくはないなぁ……そんな恋人やだなぁ、っていうか、愛していない恋人って何なんですか?!」

「もし田中君がその恋人を愛しているなら愛を再請求される謂れはありません」

愛紗が答える。

「百円払ってチェリオを買って飲み終わったら、もう百円払えと言われたようなものです」

「そうなんですか?」と衣織。

「そうです」田中の反応を無視して愛紗が話を続ける。

「愛があっての恋人であり、なくなれば恋人ではないのです。恋人であるかないかは愛の《有》《無》による事実です。

《事実的》なものである恋人同士に《抗事実的》な規範システムの一部である権利、義務は本来なじみません。でも田中君が、《恋人の権利と義務は?》という虚偽問題に、愛すること、浮気しないことと答えたように、恋人にも権利や義務があるとの漠然たる想いが社会に広く共有されているようにみえます」

「……すいません……」

「田中君があやまることではありません。これは日本の文化の構造的な宿痾なのですから」

「それで《恋人》は権利、義務の範囲が曖昧、と?」と衣織。

「そう、虚偽による支配の権力関係、それこそ、不正な偶像崇拝の本質、スクールカーストとはそのようなものに思えます。

それならこのスクールカーストなる悪弊の根絶を目指すことこそ、カリフをいただくこの生徒会の目標に相応しいとは思いません？　田中君」

「えっ?!　カリフをいただく生徒会って、なんのことでしょう」田中が恐る恐る尋ねる。

「生徒会とは広義には君府学院の生徒全体の集合、狭義には月例会議のメンバー、つまり運動部と文化部の部長たちと執行部、最狭義には執行部、つまりカリフ、生徒会長の私、副会長の田中君、そして書記の衣織のことです」

「やっぱり、僕も入るんですね……」

28 結婚

「当たり前です。ということで、異議がなければ田中君と衣織にはここで結婚してもらいます」

「御意。サムウ・ワ・ターア」

「えぇぇ～?!」田中と俺とメクが同時に声を上げた。

「御意、って何！　異議あり、っていうか、なんでそんな話に!!　そもそも僕はまだ16歳です、まだ結婚なんてできません!!!」

優柔不断王子の田中が珍しく強硬に反対する。

「《男性は18歳まで結婚できない》と定めた神法に背き人倫に悖《もと》る不法な婚姻法のことを言っているのですか。カリフ生徒会たる者、そのような愚劣な慣行に縛られる必要はありません」

イスラムの結婚

あの衣織と無碍の腰巾着の一人で影が薄い田中を愛紗が結婚させたんだけど・・・
結婚しろ!!
ムッ
ハイン
あわわ・・・
実にカリフ生徒会長らしい仕事じゃあないですか
カリフって結婚の仲人だったんですか?
ズッ
違います
イスラームの婚姻がどう行われるか知っていますか
神前結婚ですよね教会で神父さんに挙げてもらうみたいにモスクでイマームにやってもらう?
その後で婚姻届をカリフ庁とかに届けるとか?
カリフ庁
違います
えーじゃあどうやってるの?
え〜〜〜
まず新郎と新婦の婚姻後見人と二人の証人が必要です
婚姻後見人 新婦の男性血族
新婦
証人
新郎

お父さん！
マハル（結納金）は
これで娘さんと
結婚させてください！
ドヤッ
うむっ
いいだろう
以上で終わりです
これだとカリフは
特にいなくても
いいんじゃないのか？
これ？
え・・・めちゃくちゃ
簡素じゃない？
二人の証人の前で
タザウワジュトゥ
（結婚した）
カビルトゥ
（承認した）
めでたい
うう〜
カリフは身寄りのない者に対してあくまでも私人として親代わりの婚姻後見人となって縁談を纏めるのです
でも田中君も衣織も親健在ですよね？
いい質問ですね
新免さんも田中君もお父様が
健在でもイスラム教徒でない
と婚姻後見人にはなれません
父
ムスリムの後見人
父
新免さん
田中くん
なのでカリフが
必要なんですよ
なるほど・・・でもなんで
学生同士結婚なんか
させてるんだろう？
ザワッ
そこは愛紗さん
なりの考えが
あるでしょう
こんな馬鹿げたことが
カリフの謎と関わりが
あるのか・・・？

「いや、縛られてますって！」

田中が食い下がる。

「愛紗様、こやつを成敗してもよろしいでしょうか？」

衣織が愛紗に尋ねる。

「うわぁ～！　僕はまだ刀の錆になどなりたくない！」

「私がこの銘刀《姥捨》に錆などつけるとでも思っているのですか?!」

「いや、今のはただの言葉の綾だから……それに君との結婚が不満だとかいうわけじゃなくて……」

「衣織、《姥捨》を鞘に納めなさい。無闇に刀を抜いてはいけません」

「申し訳ありません。しかしこやつ、愛紗様に仕える副会長の職にありながら、畏れおおくも、愛紗様の御命令に楯突くなどという不敬の極み…」

「衣織、田中君は私に仕えているのではなく、補佐してくれているのですよ。人々に仕えるのはカリフたる私の役目です。

　バイア忠誠誓約を交わして初めて、神法シャリーアの執行者たるカリフへの服従義務は生ずるのです。それに田中君も衣織との結婚に異存はないそうだから」

「いえ、僕はまだ結婚するとは……」

「田中君には恋人はいませんでしたよね」

「……それはそうだけど……なぜ僕が……先ず会長こそ……」

「結婚においては夫が家長となります。神以外の何者にも従わないカリフたる私は結婚はできないのです」

「いや、それ、天馬さんがカリフやってるのがそもそもおかしいという話じゃ……」

「それに今私はスクールカーストの話をしているのです」

「完全スルーですか……そうですか……」

田中が少し不満そうに呟く。

「最高位カーストにありながら恋人がいないというスクールカーストの矛盾を体現する存在だった田中君が結婚することにより、スクールカーストという虚偽の制度はその悪魔的本質を白日の下に晒し、瓦解するのです」

「悪魔的本質って、僕どうなっちゃうんですか⁈」

「神法に背き人倫に悖る婚姻法のことなど気に病むことはありません。預言者ムハンマドは《カリフは婚姻の後見人のいない者の後見人です》と言われました。だから安心なさい。私がカリフの権限において、ここに田中晶と新免衣織の婚姻を執り行います」

「いや、心配なのはそこじゃないんだけど……」

「あと決めるべきは田中君から衣織に払うマハル婚資の額だけです」

「やっぱり僕の意見はスルーですか……って、マハル婚資って何なんですか⁈」

「マハルというのは婚姻契約にあたって新郎から新婦に贈られる婚資です。額に上限下限はなく分割払い、後払いも許されます」

「いくらでもいいんですか……」

田中がおずおずと聞き返す。

「法的に決まりはないけれど、衣織の価値を値踏みするということだから、心して値段を口にするように」

愛紗が答える。

「そんな人身売買みたいな……」

「正確には夫から妻に払うマハルは生殖行為の許可の対価であり、夫の妻への扶養義務の対価は妻を家に閉じ込めておくことです」

「せっせ生殖行為！　ゴホッ」田中が咳き込む。

「二天超一流宗家の一人娘として、この殿方と世継を残せとの命令、確かに承りました」

「えっ、それでいいの?!」

「二天超一流の後継者の子種を宿すことこそが私の使命。あなたは武家の生まれには見えませんが愛紗様のお眼鏡に叶ったとあれば是非もありません」

「衣織、武道で最も重要なことが何か分かりますか？」

「強靭な肉体と冷徹な精神でしょうか？」

「それらも確かに重要です。しかし武道で最も重要なのは、〈臨機応変〉です。臨機応変、即ち、どのような想定外の事態においても取り乱すことなく最善の選択を即断できることです。

なんの前置きもなく衣織との婚姻の話を振られて迷うことなく承諾した田中君は正しく臨機応

変の人、武人の鑑です」

「いいえ、僕は承諾した覚えは……」

「なるほど！　先程からのやり取り、全て彼が二天超一流の宗家の婿たるに相応しいかどうかを見極めるための試験だったのですね。流石は愛紗様、いつもながら衣織になど思いも及ばぬ深謀遠慮！」

「全ては主のお導きです」

「やっぱり僕の意見はスルーなんですね……」

「やはり新免の家名は継いでもらわないと…」

「彼も〈田中〉などという雑種の犬に踏まれた石ころにでもついていそうな名前になどこだわりはないでしょう」

「石ころには名前つけません、普通！　っていうか、そういう問題じゃありません！」

「で、マハルの話をしていたのでしたね」

「……」

「愛紗様、マハルはお金でないといけないのでしょうか」

「いいえ、クルアーンの暗記している章をマハルとして贈った先例もあります」

「それに後払いでも良いのですか」

「ええ、現在ではアラブの一部の国では離婚の慰謝料のように、離婚した時に初めてマハルを払う、という形もあるようです」

「愛紗様、私たちまだ学生ですので、マハルをお金でいただくのは無理がありますし、衣織には今いただいても使い道も思い浮かびません。ですのでお金以外のもので後払いということでもよろしいでしょうか」

「そうだ、新免さんもそう言っていることだし、お金はなしで後払いということで……」

「ですので、マハルは田中さんの命で、払いは彼が離婚を切り出した時、ではいかがでしょうか？」

「……!?」

「〈命〉をマハル、って聞いたことはないけど、言われてみれば、衣織らしくて素敵ね。田中君、良かったわね、安上がりで済んで」

「安上がりなんですか、僕の命で払うって?!」

「最高位カーストに在りながらリア充の条件を満たしていなかった生徒会副会長の田中君とアウトカーストの生徒会書記衣織の結婚はこの国の教育界を蝕むスクールカーストを瓦解させるにたる衝撃力があることでしょう」

「スクールカーストより先に僕の将来が瓦解すると思うんだけど……」

「スクールカースト打倒のためのカリフ愛紗様の戦いに、新免衣織、この身体と命を捧げます」

「いや、だから滅茶苦茶になりそうなのは僕の人生なんだって…」

「よくぞ言いました、衣織。『一旦決意したならば、後は神に全てお任せせよ』クルアーンにもそう書かれています」

「結局、僕の意見は全スルーなのですね……」

俺たちは、口を挟むことも出来ず、カリフ生徒会での田中と衣織の結婚話の急展開をあっけにとられて見守るばかりだった。

29 結婚報告

旧校舎への帰り道、俺たちは生徒会での出来事を思い返した。

「高校生って結婚できたんだっけ？」

おれはおずおずと聞く。

「あんた、そんなことも知らないの。だから恋人の一人もできないのよ」

メクが勝ち誇ったように言う。それは違うと思うし、もしそうなら、それを知っていて恋人の一人もできないメクはどうなるのか、と思ったが、口には出さない。

「結婚できるのは女の子は16歳、男は18歳。だから衣織はできるけど田中君はダメなの」

「やっぱり、いきなり結婚って、どう考えても無理があるよなぁ……」

「そう、わけわかんないでしょ。でも驚くのはそこじゃなくて、結婚宣言したのがあの衣織と田中君ってとこよ」

「確かに剣一筋、愛紗一筋の衣織が男って……想像できねぇ」

「それもあるけど、一番変なのは、副会長の田中君は無碍の腰巾着、愛紗の親衛隊長の衣織とくっつくなんて有り得ないってことよ」

「田中って影が薄いから気にもしてなかったけど、無碍派だったんだ」

「そうよ。しかも自分が会長になるつもりで副会長に立候補させたんだから腹心中の腹心の筈よ」

「じゃあ、無碍の策略で衣織が無碍派に取り込まれたとか……」

「衣織を取り込むなんてこの世の誰にもできないわよ。それに昨日の展開は、愛紗のあの場での思いつきとしか思えなかったから、無碍や麗美たちにも寝耳に水だった筈よ」

「それじゃぁ、結婚は愛紗が仕組んだということか」

「多分そうね。考えられる？　衣織と田中君がラブラブだったなんて」

「有り得ねぇ……でも何のために？」

「そこまでは知らないわよ。あんたこそ分からないの？　双子は相手の考えが分かるっていうじゃないの」

「そんな能力があるなら、俺だけブロンズクラスで落ちこぼれてねぇよ」

「そりゃそうね」

「それもカリフとしての仕事なのかなぁ」

「まぁ、生徒会長の仕事じゃないのは確かよねぇ」

「昨日の白岩先生のカリフの話では、カリフは部下を敵と結婚させたりしそうもないけど」

「まぁ、どうせ放課後演劇部に行けば、聞かなくても麗美がギャーギャー騒いで説明してくれるさ」

って、お前、昨日先生の話なにも聞いてなかったくせに。

「あぁ、白岩、使えねぇ〜」

「それもそうね」

放課後メクと俺は脚本作りのために、演劇部室にやってきた。いつもと違うのは会議室に麗美だけでなく、無碍に藤田、それに演劇部員でもない田中までいることだ。

理事長の息子無碍が部長を務める演劇部はシドニーのオペラハウスを模した大講堂の全体が部室だ。他の部員たちはステージで劇の練習中だ。

大講堂を部室にしているというか、理事長石造高遠は無碍が君府学院中等部に入学して演劇部に入りたいと言った時、無碍のために演劇部の部室としてシドニーのオペラハウスを模した大講堂を建てたのだ。

あれっ？　あんまり考えてこなかったけど、これって、完全に公私混同じゃないか。

入学式、卒業式以外に殆ど使われない大講堂はほぼ演劇部、いや、無碍の私物だ。だから部員ではない無碍の子分の田中がここにいても少しも不思議ではない。

やっぱりどんなに言葉を飾ろうとも、こんなことをする石造財閥、《リヴァイアサン》が作ろうとしている世界帝国が理想郷であるわけはない！

「お前、愛紗から何か聞いているか？」

俺たちがまだ椅子に座らないうちに、待ちかねたように無碍が俺に尋ねる。無碍の左には麗美、右には藤田が、そして藤田の隣に田中が所在なげに座っている。

「衣織が田中君と結婚したって話？　それなら昨日俺たちが立ち会ったよ。昨日はあっけに取られてお祝いを言い忘れたけど、田中君、ご結婚どうもおめでとう」

「ふざけるな！　そんなことが認められるわけがあるか！」

「衣織と田中君がOKなら他人が口出しすることじゃないだろう」

「OKなわけがないだろう！　結婚宣言したのは愛紗だ！『カリフの権限で二人の婚儀を執り行った』とか言って。田中は何も言ってない！」

無碍が怒声をあげる。

「なんでお前が怒ってるんだよ。OKじゃないんなら怒るのは田中の筈だろう」

「今だって喋ってるのは無碍君だけで、田中君は一言も口きいてないじゃない」とメク。

「う、うるさい！　それとこれとは話が違う。田中、お前もなんとか言ってやれ」

「……僕まだ16歳ですから、いくら会長が婚儀を執り行った、って言っても、そもそも法律的に無理なんですよ」

「とか、心の中で言い訳して、愛紗の言いなりになってたんでしょ」とメク。

「心の中で言い訳って…言いなりというか、言われるままっていうか…」

「ほら、やっぱりOKしたんじゃない」

「だって刀の柄に手をかけた新免さんを前に、この結婚に不満ですかと会長に聞かれて誰がノーと言えます？」

「確かに……天馬愛紗と刀を持った新免衣織に逆らっては、命がいくつあっても足らない……」波瑠哉が呟く。

「クレージーなのはあのサムライガールだけだと思っていましたが、天馬愛紗はもっとクレージーですね」

麗美が口を挟む。

「そういうの、日本の諺で《気違いに刃物》っていうのよ。

だいたい無碍君が落選したのが悪いんで、ただの腰巾着の田中君はちっとも悪くないわよ。

だいたい田中君にはあんたのパシりはできても、愛紗のお目付役なんて出来るわけないじゃない」

とメクが田中に助け船を出す。

「いや、僕は無碍さんが悪いなんて一言も言ってないし、ていうかそれ、僕へのただのディスだから」

田中はあまり嬉しくなさそうだ。

「ひょっとして、子分だと思っていた田中君に結婚で先を越されて、《リア王》のプライドを傷つけられてヒステリーを起こしてるのか。お前も《カリフの権限》で、愛紗に結婚して貰えば、全部丸く収まるんじゃないか？」

俺が無碍に言ってやる。

「誰がヒステリーだ！　なんでこの私が愛紗に結婚して貰わにゃならんのだ！」

「バラを贈ろうとして手裏剣を投げつけられた、として海外でも有名ですね」

「ナオミ、お前は黙っていろ」

「日本人みんなクレージーですね……ともかく、天馬兄妹が仕組んだのでないことだけは分かりました。もう十分です」

「俺を一緒にするな！」無碍の抗議をスルーして麗美が場を仕切る。

「脚本の構想は最初から考え直します。田中さん、一つだけ確認しておきます。結婚止める気ないんですね？」

「……いや、だからこの国の法律では、僕はまだ結婚できないんですよ……」

「そんなことは聞いていません。それともあなたはあのサムライガールともうLove Affairがあったんですか」

「な、なにを言うんですか!!　僕は……」田中が眼鏡を取り落とす。

「無粋ねぇ。この国の諺で《ヒトの恋路を邪魔するヤツは、馬に蹴られて死ぬがいい》って言われているの知ってる」とメクが乱入する。

「あなたはなんでまたそう誤解を増幅するようなことを……」

田中がオロオロと愚痴る。

「それは諺ではありません」

麗美がピシャリと言い捨てる。

「田中さん、私たちに逆らったらどうなるか分かっていますね」

「そんな、とんでもない。逆らうなんて……」

「まぁ、結婚のことは想定外で仕方なかったんだろう。晶が無碍さまに逆らうわけがない」藤田が田中に助け舟を出す。

「藤田さん、あなたが田中さんを庇うなんて珍しいですね」

「なっ、何を言う……別に庇っているわけじゃ……」

「副会長の田中さんがあのサムライガールと結婚すれば、部長の一番側にいるのは藤田さん、またあなたですからね」

「ああ、これだから萌の分からないメリケン娘は無粋で嫌なのよ。後は垂葉と私とその娘でやっとくから、皆さんお引き取りを」

「……行くぞ」メクの声に押されるように席を立った無碍に、ホッとしたように藤田と田中が付き従う。

メクが藤田の後ろ姿をそっと目で追う。そして演劇部の会議室には俺たちと麗美が残された。

30 脚本作り

「今日は折角あんたの話を真面目に聞いて《リヴァイアサン》の世界観を勉強しようと思ってたのに、内輪もめの茶番を見せられたわ。大丈夫なの、『世界皇帝ムーゲの華麗な冒険』？」

「それはあのイディオットとサムライガールの結婚などという想定外のアクシデントのせいです」

「愛紗に負けて無碍が生徒会長に落選したのも想定外だったとか言ってたわよねぇ。当たらない想定ばかりした上で、想定外の事態に対応できないで身内で責任のなすりつけ合いばかりしてるようじゃ、世界制覇なんてできっこないわよ」

うわ〜、いきなり相手方全否定かよ。

「下らない想定外のアクシデントぐらいいくら起きようとも、最初から圧倒的な力の差があれば大勢に影響はありません。ノープロブレム」

「わぁ、嫌だ、嫌だ、ヤンキーの物量主義は」

お前ら、本気で脚本を作る気あるのか？

「え〜と、いくら無碍の宣伝のための劇とはいえ、学園祭で上演するんだから、愛紗が生徒会長になってカリフを宣言し、カリフの権限で副会長の田中と書記の衣織を結婚させたという既成事実を無視した脚本じゃあ、誰も納得しないよな」

なんで俺が麗美とメクを宥めて脚本を考えさせられる羽目に……。

「まぁ、それはそうですね」

麗美が渋々認める。

「高校時代については、カリフ生徒会なんてものが出来ちまった以上、無碍が表舞台で活躍するのはどうしても無理がある。それならいっそ、側近の田中を送り込んでカリフ生徒会を意のままに動かす影の黒幕ということにすればいいじゃないか。

それで、田中を通じてカリフ生徒会を操って、将来の世界制覇の手駒に育て上げる、という筋書きだ」

「カリフ生徒会なんて怪しいものは、《リヴァイアサン》の世界制覇計画の中に入っていません」

「計画に入ってなくたって、実際に出来ちまったものは仕方ないだろう、組み入れなきゃ。でも、まぁ、組み入れるにしても、脚本の最初の構想の原案が分かっていないと。だから、まずお前の原案を聞かせて欲しい」

「まぁ、いいでしょう。昨日の結婚騒ぎのゴタゴタでパワポを用意してないので口で簡単に説明します」

麗美も機嫌を直したようだ。

言いたい放題言ってすっきりしたのかメクも大人しく黙っている。

「先ず高校時代。高校では生徒会長になり、将来の世界皇帝の手足となる側近たちをスカウトします」

「田中君みたいなのをね」

一瞬メクを睨みつけてから、目を逸らせ、黙殺して麗美が話を続ける。

「高校時代のもう一つのイベントは学園祭の演劇『世界皇帝ムーゲの華麗な冒険』です。自由、平等の原則に基づく人類の平和統一の夢を抱く少年がSNSを使って同じ理想を共有する世界中の若者たちを組織化し、グローバル企業《リヴァイアサン》の資本力、技術力を駆使して世界を統一する物語です。

『世界皇帝ムーゲの華麗な冒険』は《リヴァイアサン・メディアミクス》によって漫画、映画、ゲーム化され、英語、フランス語、スペイン語、中国語、アラビア語で世界中に発信されます。そして演劇部は来年からも学園祭の定番として『世界皇帝ムーゲの華麗な冒険』を毎年上演し続けます」

うぇ～……。

「大学では、政界進出の足がかりとして先ず手始めに君府学院卒の側近たちと共に《グローバル・リーダーズ・ソサイエティー》を結成し、政治と経済を学びつつ、国際交流に手を広げていきます。仕上げは4年次の春学期に半年かけて行う。《グローバル青年の船》です」

「それって政府がやってる《世界青年の船》みたいなもの？」メクが尋ねる。

「あんなしょぼいものではありません。世界中の『世界皇帝ムーゲの華麗な冒険』のサポーターの中から《リヴァイアサン》が選び抜いた各国のエリート青年を石造海運が世界に誇る豪華客船シェヒーナー号に乗せて世界を周遊するのです。

そして航海中は世界から集めた経済学、国際関係論、情報工学、国際法などの専門家の講義を聞き高級料理を食べ親睦を深め、彼らの国々に立ち寄ると、彼らを現地法人のＣＥＯとする《リヴァイアサン》の子会社を設立させ、企業経営の実地のフィールドワークを行ってもらいます。

この《グローバル青年の船》プロジェクトでの半年間の共同生活は、『世界皇帝ムーゲの華麗な冒険』のインターネット上の世界中の選り抜きのサポーターたちの結束を固める、いわば《オフ会》です。ここで未来の世界帝国の各国指導者を養成するのです。

勿論、部長にはこれらの未来の指導者たちを纏め上げてもらいます。それだけでなく、各地で彼らに現地法人を立上げさせ、それを支援してみせることで、彼らに《リヴイアサン》の力を見せつけ、同時に部長にも、世界各国の社会、経済慣行の実態を実地に学んでもらうのです。

大学を卒業したら、部長は在学中に培った世界中に広がる《リヴァイアサン》の現地法人のネットワークを利用して、新自由主義経済の旗印の下に、その巨大な資本力とアジア・アフリカの豊かな資源と安価な労働力を結びつけ、グローバルな豊かに発展した経済圏を作り上げることになります。

そして、《リヴァイアサン》の新自由主義の経営理念とメディアミクスの技術を学んだ若い現地法人の経営者たちは、世界に広がる《リヴァイアサン》のメディアミクスのネットワークを通じて、新自由主義経済と民主化を求める世界同時多発デモを演出し、世界中に発信します。

新自由主義の合理的経営と情報工学の知識を持つアジア・アフリカの《リヴァイアサン》の現地法人の若い経営者たちは、まずは《リヴァイアサン》の資金援助を得て国の経済を支配し、それから大規模なデモを演出して国際的な外交的支持を取り付け、各国政権を倒し世界同時革命を起こすのです。

この世界同時革命の中で、部長は世界中を飛び回って革命のヒーローとして顔を売ります。

そして世界同時革命が成功した時、それぞれの国の政権を握った《リヴァイアサン》の現地法人のリーダーたちは連邦の樹立を宣言し、連邦全体の元首として部長を推戴します。

一言で言えば、これが私が考えていた『世界皇帝ムーゲの華麗な冒険』の粗筋でした！」

……話長い……お腹いっぱい……。

う～ん……しかし、ひょっとして無碍の奴、本当に世界皇帝になれるんじゃないか。少なくとも愛紗のカリフより50億倍ほどリアリティがあるような気がしてきた……。

「……なんだ、簡単じゃん」えっ？　どこが？

「主人公を無碍のバカから愛紗に代えればいいだけじゃない」

「バカはあなたです！」麗美がどなる。

「このシナリオは石造財閥の後継者石造無碍あってのものです。タイトルだって『世界皇帝ムーゲの華麗な冒険』ともう決まっているんです。主人公を代えるなんて不可能に決まっています！」

うん、そりゃそうだろう。こいつは俺たちが何のためにここに呼ばれていると思っているんだろう。

「でも、石造財閥の企業理念って、平等主義、業績主義なんでしょ。それなら、理事長の息子で、その上に企業グループの全面的な支援を受けながらあっさり生徒会長に落選した金持ちのバカ息子の無碍より、庶民の出で生徒会長になった将来性ある愛紗を、世界皇帝の候補として支援すべきでしょ、違う？」

「ふん、どんな集団でも、内向けのルールと外向けのルールは違うものです。平等など、大衆向けのルール、選ばれたエリートには無関係です」

麗美が昂然と言い放つ。

大衆は平等だけど、エリートは別……それってただの不平等だろう?!

「何よそれ? 意味分かんない!」メクが口を尖らせる。

「なんとでも言いなさい。ダメなものはダメです。アブソリュートリーにNoです」

「なによそれ? じゃあやっぱり、愛紗に結婚してもらって、《カリフの夫》でいいじゃない。大統領夫人とかファーストレディーとか、言うじゃない。ファーストジェントルマン? 奥さんにくっついて、ただでいろいろな外国にも行かせてもらえて、美味しいものも食べられて、最高じゃん」

「それもダメ、アブソリュートリー、カテゴリカリーにNoです」

麗美が冷たく却下する。

「俺もそれは無理だと思うぞ。そりゃあ、すごく正論だとは思うけど。世の中、そんなものだろう。

カリフって、イスラム教徒の王様みたいなもんだろ。じゃあ、愛紗にはカリフの名前でイスラム教徒の多い国を纏めてもらって、それを無碍の世界帝国の一部に組み込むことにするぐらいが落とし所だろう、《カリフ連邦》とかにして……」

不毛な喧嘩を終わらせようと、俺も思いつきを口にしてみる。

「あんたって本当にツマラナイ奴ねぇ。ここまでデタラメな状況で、そこまでツマラナイこと言えるって、ある意味才能ね。《キング・オブ・ツマラナイ》ね」

誉められた気がしねぇ！　って、誉められてないか……。

「《ツマラナイ奴》じゃなくて、俺はお前らと違って《常識人》なんだ」

「たいした知識も経験もない高校生の常識なんて何の意味があるのよ。でもまぁ、生徒会長愛紗がカリフになったのはいい機会だと思って、愛紗にイスラム教の国を纏めさせといて、そのカリフ連邦を世界帝国に編入するっていう考えは、いかにも姑息な無碍らしいやり方で悪くないわね」

「その姑息なアイデアを出したのは部長ではなくて、そこの垂葉さんです」

「なんだか、あんたがた皆んな似てるわねぇ。皆んな厨二病だし」

「一緒にしないで！　彼女の厨二病の妄想と、《リヴァイアサン》メディアミクス部門のスーパーコンピューターがシミュレートした世界制覇計画を」

「そのスーパーコンピューターのシミュレーション、生徒会長立候補落選って、いきなり最初から外れてるけどね」

「……」

「まぁ、時間もないことだし、過ぎたことは忘れて、これからのことを考えよう。前には有耶無耶になったけど、愛紗を無碍に恋させるって話、もう一度考え直してみないか。

愛紗は男になど興味はないと思ってたけれど、衣織と田中を結婚させたってことは本人も結婚を考えてるってことだろう。それにいきなりあの二人を結婚させたんだから、相手がいるなら、直ぐ結婚してるはず……ってことは相手はいない、ということだよな。考えてみればこれはチャンスじゃないか？　愛紗も無碍と結婚して、《リヴァイアサン》を利用できるようになれば、カリフの夢もずっと近づくし……」

「だからあんたはバカなのよ」

「ええ、それは同感です。珍しく意見が一致しましたね」

えっ、なんで俺ディスられてんの？　しかも二人揃って。いいアイデアじゃないのか、これ？

「今日はここまでにしておきましょう。脚本の筋書きについてもお話ししましたし」

「そうね、なんにも理解してないのが若干一名いるみたいだけど」

それって、俺のことか?!

31　カリフの後見

「愛紗と無碍と結婚させせれば全て丸くおさまるじゃないか」

「おさまるわけないじゃない。それでおさまるぐらいなら、愛紗はカリフになんかなってないわよ！」

「お前、愛紗が考えるカリフが何だか分かったのか?!」

「全然分かんない。でも無碍の世界帝国に居場所がないことぐらい分かるわよ」

「?」

「あんたはホント、夢眠おじさんにそっくりね」

「???」

「今日は授業がない日だけど白岩先生のところに行ってみましょうよ」

「でも先生はアラビア語の講読以外は何も教えてくれないよ」

「いいじゃない、行くだけ行ってみれば。どうせいつも研究室で一人で本読んでるんだから」

「まぁ、いいけどさ」

先生はいつものように研究室で本を読んでいた。

「珍しいですね。ちょうど珈琲でも飲もうと思っていたところです。一緒にいかがですか」

「有り難うございます。でも今日は質問があるのです」

「言った筈です。人から教わったことなど役には立たない、自分で学んだことだけが生きる力になると。でも話なら聞きますよ」

先生はアラビア珈琲を淹れながら、俺たちに話をするように促す。

昨日の衣織と田中の結婚の話、今日麗美から聞かされた『世界皇帝ムーゲの華麗な冒険』のオリジナルの粗筋、あれこれとメクが語っている間にアラビア珈琲が出来上がる。いつの間にか俺たちはそのカルダモンの香りが好きになっていた。

「ほぉ、愛紗君がカリフの大権だと言って婚儀を執り行った、か。面白い。言われてみれば、

スルタンとカリフとイマームの違い

カリフっていえばイスラムの偉い人ってイメージだけど
うーん
オスマン帝国
スルタン
スレイマン１世
イスラムの指導者
イマーム
オスマン帝国とかで出てくるスルタンとかあとイマームとかってどう違うの？
預言者ムハンマド曰く《スルタンは婚姻後見人のいない者の婚姻後見人です》
スルタンとカリフって別物じゃないの？
あれっ
キリッ
少しは勉強したようですねオリエンタリスト的には正しい知識ですがイスラーム学的には間違いです
それってオリエンタリストは間違っているということですか？
垂葉もまだまだねー
そうではありません正しさと誤りもまた糾える縄の如しです
《カリフ》や《スルタン》は基本的に歴史学の用語です
《カリフ》は天皇のような宗教的権威
《スルタン》は将軍のような武家の棟梁の意味で使われます

しかしイスラーム学では《カリフ》の語は殆ど現れず《イマーム》と呼ばれます
この人
それじゃあモスクにいる礼拝の先導者のイマームもカリフ？なんですか？
《イマーム》の語義は《先導する者》でしかなく区別する必要がある時にはカリフを《イマーム・アウザム》と呼び分けます
イランのシーア派指導者ホメイニ師
そういえばシーア派でもイマームっていますがあれも一緒なんですか？
シーア派のイマームはシーア派が信ずる預言者ムハンマドの無謬の後継者なので違うのです
このシーア派のイマームと混同されるという問題もありますすね
先ほどの預言者の言葉《スルタンは婚姻後見人のいない者の結婚後見人です》の《スルタン》はムスリム共同体の最高指導者《カリフ》の意味です
へーー
なるほどーそういう間違いだったのか・・・
微妙に惜しかったわね垂葉

実にカリフ生徒会長らしい仕事だけれど、我々オリエンタリストには思いつかない発想だねぇ」

「オリエンタリストって何ですか？」メクが尋ねる。

「直訳すると《東洋学者》、《非西洋文明》の研究者のことです。西洋の社会科学は、科学文明社会、つまり西洋と西洋化された社会を扱う社会学と、非西欧の《遅れた過去の》文明を扱う東洋学、それに《未開社会》を扱う人類学に大別されます。西洋のイスラーム研究は、インド学、中国学、日本学などと並んで東洋学の一つに分類されるんですよ」

「日本学とイスラーム研究を一緒にして《東洋学》と呼ぶんですか？　それってちょっと変じゃないですか」メクが首を傾げる。

「ドイツやフランスより地理的に西にあるモロッコも《東洋学》の研究対象だからね。要は、自分たち《西洋》と質的に異なるとされる《劣った文明》は何でも全て《東洋》とされたのです。

ちなみに、モロッコのことはアラビア語では《マグリブ》、《西》、文字通りには《日が沈む処》と言うんですよ」

「先生は日本人ですよね。日本人の先生でもオリエンタリストなんですか？」

メクが尋ねる。

「《東洋学》は世界観、ディシプリンであって、地理的概念ではないからね。

東洋学の世界観、ディシプリンを身につけた者は誰でも《オリエンタリスト》です。そして彼らにとってイスラム教徒は、永遠に《我々》となることのない《他者》に過ぎません。オリエンタリストは、人を神に志向させる力、リアリティとしてのイスラームを自分の心の中に決して見ようとしません。

オリエンタリストには、生きた力としてのイスラームは目に入りません。彼らが見ているのはイスラームの死骸だけです」

先生は遠い目をする。

「先生もオリエンタリストなんですか」

「そうです。私はただのオリエンタリストです」

「でも、先生はイスラム教徒じゃないんですか」

俺が尋ねる。

「君たちにはまだイスラーム教徒の本当の意味は分かりません。時はまだ満ちていないのです」

「先生、さっき衣織と田中君を結婚させたのがカリフらしい、って仰いましたけど、それってカリフの仕事なんですか」

「聖預言者ムハンマド曰く《スルタンは婚姻後見人のいない者の婚姻後見人です》」

「えっ、スルタンとカリフって別物じゃないんですか？」とメク。

「少しは勉強したようですね。オリエンタリスト的には正しい知識ですが、イスラーム学的には間違いです」

「それってオリエンタリストは間違っているということですね」

俺はさっきの先生の言葉を思い出して言った。

「そうではありません。正しさと誤りもまた糾える縄の如し、です。《カリフ》や《スルタン》は基本的に歴史学の用語で、《カリフ》は天皇のような宗教的権威、《スルタン》は将軍のような武家の棟梁の意味で使われます。しかしイスラーム学では《カリフ》の語は殆ど現れず《イマーム》と呼ばれます。

ただ《イマーム》の語義は《先導する者》でしかなく、礼拝の先導者もイマームですので、区別する必要がある時にはカリフを《イマーム・アウザム》と呼び分けます。もう一つ、《イマーム》と呼ぶとシーア派が信ずる預言者ムハンマドの無謬の後継者のイマームと混同されるという問題もあります。

先ほど引用した預言者の言葉、《スルタンは婚姻後見人のいない者の結婚後見人です》の《スルタン》は、ムスリム共同体の最高指導者、《カリフ》の意味です」

「成る程、それで、結婚はカリフの権限ということになるのですね！」

俺は言った。やっぱり勉強って必要だなぁ。

「違います」

「えっ?!」

違うの……。

「イスラームの婚姻がどう行われるか知っていますか」

先生が尋ねる。

「え〜と……」

メクと顔を見合わせる。

「神前結婚ですよね？　神社で神主さん、教会で神父さんに挙げてもらうみたいにモスクで、イマーム、え〜と、ウラマーでしたっけ、にやってもらう？」

メクが一生懸命答える。

「あぁ、そうか。その後で婚姻届をカリフ庁？、に届けるんですね！」

成る程！

「違います」

……また違うの……。

「イスラームの婚姻には、通説では、新郎と新婦と新婦の婚姻後見人と二人の証人が必要です。婚姻後見人は新婦の男性血族、普通は父親、祖父、兄弟などが務めます。新郎と、婚姻後見人と相談の上で新婦がマフル婚資で合意すると、二人の証人の前で、新婦あるいは新婦の婚姻後見人が『タザウワジュトゥ（結婚した）』、新郎が『カビルトゥ（承認した）』と言い、これで婚姻契約が成立します。神主や神父のような《宗教家》の出る幕もなければ、登記も不要です」

「えっ、それじゃあなぜ衣織と田中を結婚させたのがカリフの仕事だったんですか？」

思わず俺は尋ねた。

「イスラームには聖職者はおらず、結婚は私事であり、国家には登録によって介入する権限はありません。カリフの権限は宗教者としてでもなく、国家機関としてでもありません。

カリフはただ身寄りのない者に対して、あくまでも私人として親代わりの婚姻後見人となって縁談を纏めるのです」

カリフって仲人さんみたいなものなのか？

「でも、親代わりって、衣織は両親揃ってお元気だし、田中君も孤児だなんて聞いてませんよ」とメクが突っ込む。確かにそうだ。

「いい質問です。婚姻後見人は父や祖父などの男性親族と言いましたが、それはイスラム教徒の社会を前提としています。だからイスラム教徒であることが、婚姻後見人の条件なのです。新免さんもたとえお父様が健在でも、イスラム教徒でない以上、婚姻後見人にはなれないので、カリフが必要なのです」

「でも、先生、日本はイスラム社会じゃないんだから、イスラム教徒の婚姻後見人なんて要らないんじゃないですか」

「きっと愛紗さんはカリフ生徒会長として、先ず今なすべきことは、カリフの権限として若い男女を結びつけるとのイスラームの福音を病める日本社会に伝えることだ、と悟ったのでしょう」

「病める日本社会？」

「人類にとって今も昔も12歳から18歳と言えば、伴侶を得て子孫を儲けるのが、最重要課題。その決定権を若者の手から奪い国家の管理の下に置いて抑圧する社会から、生徒たちを解放する、それが生徒会長カリフとしての愛紗さんの偶像神リヴァイアサンとの闘いの第一歩なのでしょう」

「結婚が解放って……？」メクが納得がいかない、という表情で呟く。

「さぁ、老いたオリエンタリストのお喋りはここまでです。後はあなたたち若者が自分で考えるしかないことです。生きる力になるのは人から教え込まれた知識ではなくて、自分自身で見い出した真実だけなのだから。

今夜はバクラワにドンドルマを添えていただきましょう。

ドンドルマは初めてですか？　トルコの伸びるアイスクリームです。まぁ、伸びたからといって美味しくなるものでもないんですがね。それにしてもこんなものまでコンビニで買えるなんて、日本も便利になったものですね」

32 配役

今日も俺はメクと麗美と、不必要に豪華な演劇部の会議室で『世界皇帝ムーゲの華麗な冒険』の脚本を考えている。

「ところで、これって、コメディーなの、アクションなの、ＳＦなの？」

今更ながらだがメクが麗美に尋ねる。

「ノンフィクションです」

「どこがだ?!」

思わず突っ込んでしまった……。

「《リヴァイアサン》のスーパーコンピューターが計算した未来は《ファクト》、事実、のようなものです」

「だから、初っ端の無碍落選で既に外れてるだろうが！」

「そこは既に脚本を、部長の戦略で、中東宣撫工作のために愛紗を生徒会長選でカリフ・デビューさせた、と書き換えてあります」

「それって、思いっっきり歴史を捏造してるだろうが！　っていうか、《宣撫工作》なんて日本語、どこで習ったんだ?!　お前いったい何者なんだ?!」

「ダブルのセレブ美少女ですが、何か？」

「……ああ、そうですかい……」やっぱり、俺、こいつらのこと嫌いだ……。

「ロマンスで決まりね。主演は勿論波瑠哉さま♡で、ヒロインは私♪」とメク。

「お前、この劇のコンセプト何も分かってないだろう！　っていうか、お前、出演するの?!」

なんで俺がいちいち突っ込まなきゃいけないんだ……。

「主役は部長に決まっています」

麗美が冷たく突き放す。

「劇の役柄の上での主人公が無碍なのは分かってるわよ。でも、それを無碍が演ずる必要はないでしょ。主人公はやっぱりプロの役者で世界のアイドルの波瑠哉さまが演じた方がいいに決まってるでしょ」

「確かにそれも一理あるな。実物の藤田はイケメンなだけの能無しで劇に登場させる必要ないからな」

「でもその場合、部長は何の役を？　主演以外で満足するとは思えませんけどねぇ」

麗美がもっともな疑問を投げかける。

「《王子と乞食》みたいに、帝王と全く逆の宮廷道化師のような役をやらせればいいのよ。『その方が洒落が分かる粋人だと評判が上がる』とか、おだてれば、あいつならきっとその気になって引き受けるわ」

「部長の性格ならそうかもですね……でも、そんな宮廷道化師みたいな人物は《リヴァイアサン・メディアミクス》では想定していませんでしたが……」

「いるじゃない、ここに」

って、俺!?

「石造高遠に学校を乗っ取られた上に住み込みの用務員として晒し者にされた元理事長に輪をかけたバカ息子、自分はブロンズクラスの落ちこぼれなのに、双子の妹はプラチナクラスで、おまけに妹に生徒会長になってカリフを宣言されて、自分だけ蚊帳の外に放置プレー。典型的《引き立て役キャラ》、親子二代だから《引き立て役二乗》、生まれついての宮廷道化師、天馬垂葉君」

セリフなげぇーよ……。

「ふん……案外、部長が演技に新境地を開くきっかけになるかもしれませんね……ノッソーバド」

麗美、お前、本当は無碍のこと嫌いだろ……。

「じゃあ、愛紗は誰が演じるんだ？」

「……愛紗は……愛紗よね」

「……アレはアレに演じさせるのが一番ですね……」

……まぁ、やはりそうだよな……。

「肝心の波瑠哉さまのパートナーのヒロインは誰なの？」

いや、無碍のパートナーだろう。

「それは決まっているわ。ネオ・ローマ帝国皇女よ」

えっ？　初耳だぞ、それは。

「誰よ、それって、いうか、何よそのネオ・ローマ帝国って、どこにあるのよ、そんな国?!

《リヴァイアサン・メディアミクス》のスーパーコンピューターによると202×年に…」

「もういいわよ、それは。じゃあ、その皇女は私ね」

「その iPhone のような平たい顔でネオ・ローマ帝国皇女役は無理です」

麗美が冷たく切って捨てる。

っていうか、演劇部員でもないお前がヒロインって、無理すぎるだろう。いや、そもそもお前なんでここにいるんだよ？

「そのヨーロッパの皇女役をこなせるのは、セレブのダブル美少女。この私、ナオミ麗美しかいないでしょう」

「……じゃぁ、波瑠哉様と絡みの多い役、何かよこしなさいよ」

「……《リヴァイアサン》にＴＯＢ敵対的買収を仕掛ける中国国営企業の女スパイならその iPhone 顔でも……」

「誰が iPhone 顔よ！　でもいいわね、中国の女スパイ♪　政略結婚で南蛮娘と一緒になっても、波瑠哉様は本当はチャイナドレスの私に首ったけ」

「妄想に耽るのはあなたの自由です」

「で、衣織は出てくるの？」

「ノー！　世界史の中にはもう、あんなサムライ・ガールが占める場はありません！」

どうも衣織は麗美の天敵のようだ。

「でも、衣織の出演は愛紗が直々に頼み込んだっていうじゃない。しかも、ニンジャとかじゃなくて化粧した普通の女の娘の役で」

「じゃあ、中央アジアの遊牧民のマッチ売りにしましょう」

「どういう役柄だよ、それ。それに衣織はどう見ても20％増量の日本人顔だろう」

「部長がアフガニスタンに銅鉱石を買付に行った時に道端で見つけた物乞いです。彼の地には日本人にそっくりな顔付きのハザラ人という民族がいるのです」

「いいわね、それ」

いいのかよ、それで?!

「主な配役も決まったし、なんとかいけそうじゃないか」

「まぁ、そうですね。あとは脚本の原案に合わせて部員たちに適当に役を割り振れば……」

「なに言ってんの、一番大切な役がまだ決まってないじゃないのよ」

えっ、無碍が戦うラスボスとか？

「この演劇、世界に放映されるのよねぇ？」

「そう、《リヴァイアサン・メディアミクス》部によって、英語、フランス語、中国語、アラビア語……」

「それなら、現代日本文化の華BLの萌要素がないなんてありえないでしょう」えっ、そうなの？

「リアルの波瑠・無碍が使えないのが痛いわよねぇ。こうなったら、無碍のドS鬼畜攻めに垂葉のヘタレ受けの無碍・垂？」

「それだけは、絶対に断る!!」

「あら、グローバルに名を売るチャンスよ」

「グローバルに名を売る?!　クラスの中でさえ、ステルス偵察機のように目立たず揉め事を避けて静かにひっそり生きてきた俺にそれを言うか?!」

「じゃあ、あんたは、グローバル引きこもりってことで、世界最後の秘境と言われるホラーサーン土侯国の王子ね」

「国ぐるみで引き籠もってる国の住民、どうやって劇中に出てくるんだ?!」

「国ぐるみ引き籠もりからの脱却を目指して、王様に無理矢理《グローバル青年の船》に乗せられたことにでもすればいいわ」

なんだその投げやりな決め方は……。

「じゃあ、残るは田中君しかないわね。彼、存在感ないけど成績優秀で《リヴァイアサン奨学生》だし、副会長に選ばれたくらいなんだから、《リヴァイアサン・メディアミクス》部のスーパーコンピューターは彼は無碍の世界帝国の中で重要な役割を演じると計算しているんでしょ？」

「ええ……まぁそうですね」

「波瑠哉さまが、長身白皙、スポーツ万能の美少年だから、劇中の田中君は、頭は良いけど華奢で小柄なカワイイ系の女の子みたいな《男の娘》で、無碍を崇拝する後輩、ということにしましょう。演劇部にもカワイイ男の子の一人ぐらいいるでしょう？　いなけりゃオーディションよ、オーディション！」

はしゃぐメクを冷ややかに黙殺し、麗美は帰り支度を始めた。

ともあれ、今日は『世界皇帝ムーゲの華麗な冒険』の主な配役が決まったのだった。

33　新婚

衣織と田中の結婚は、無碍が箝口令を敷いたせいでまだあまり知られていない。とはいえ、

「人の口に戸は立てられない」。噂が広まるのは時間の問題だろう。そうなる前に、新婚の衣織と田中を覗いてみようと、メクと俺は滅多に来ない新校舎に遠征してきた。

う～ん、我ながら恥ずかしい野次馬根性だ。しかしこんな恥ずかしいことに付き合わせることが出来るところが、幼なじみのツレの便利なところだ。

覗きに来たと言っても、1キロメートル以内の人の気配は目を瞑っていても察知する衣織の側に近づくことは出来ないので、新校舎を見下ろす丘の頂から双眼鏡で覗いているのだが。どこの出歯亀だよ、俺たち。

俺たちには、二人の話は聞き取れなかったけど。大体の内容は想像がついた。以下のような会話のね。

ブロンズクラスの教室。衣織と田中が二人で座っている。君府学院は全寮制で、新校舎と旧校舎で別だが、どちらも無料だ。新築の冷暖房完備の鉄筋コンクリートと、天井扇付きの明治の木造建築の違いはあるが。新寮にはレストラン、旧寮には食堂があり、朝食、昼食、夕食が食べられる。

レストランは学校関係者以外にも開放されているが、山の中の立地のため、外部からの客は殆どいない。全生徒に奨学金の一部として、プラチナクラスの生徒は朝、昼、晩とプラチナ・セット、ゴールドクラスは同じくゴールド・セット、シルバークラスはシルバー・セット、ブロンズクラスはブロンズ定食を毎日食べられる額が支給される。

学校から一番近い食べ物屋でも、歩くと30分はかかるので、生徒の大半は学内のこのレストラン、食堂で食事を済ませる。俺のようにブロンズクラスで食費の支給も少ない極貧の生徒がブロンズ定食より更に安い購買部のパンで食事を済ませ、支給された食費から小遣いを捻出することもあったが。

これまで田中は普段の昼食は無碍グループとプラチナ・セットを食べていた。理事長高遠が学校に来る月に一度の理事会の日の昼食は、無碍グループは教職員用のラウンジで無碍と一緒に高遠理事長とダイアモンド・コースをとるのが慣行となっていた。勿論、これは高遠理事長の奢りだ。

一方、衣織は愛紗とシルバー・セットを食べるのが常だった。プラチナクラスでも一般家庭の生徒はシルバー・セットを食べることは珍しくはなかった。成績最優秀の愛紗は、田中と同じく進学先大学の学費も免除が約束された特待生で、特別奨学金も貰っていたが、食費を書籍代に振り替え慎ましく暮らしていた。

だから君府学院の昼休み、教室に残っている者は殆どいない。ところが今日は田中が衣織と二人で教室に残っている。二人の前にはお揃いの弁当箱が置かれている。

衣織が弁当箱を包んだ風呂敷を解きながら言う。

「申し訳ありません、我が君……」

「いや、《我が君》はマジ勘弁」

「では、旦那様」

「……《田中君》じゃ駄目ですか？」

「いずれは二天超一流新免宗家を継ぐ御方を《田中君》などと」

「あっ、いや、あの、その話はまた後日改めて……」

「では晶様では」

「……晶君……」

「駄目です」

「はぁ～」

「晶様、申し訳ございません。まさか嫁になろうとは一昨日までは夢にも思っておらず、昨日の今日で、炊事道具、食材を揃えられず、このようなあり合わせのものしか作れませんでした。面目次第もありません。どんな危機にも臨機応変に対応できてこその武人、腹を切ってお詫びしようと思いましたが、愛紗様に止められました」

「僕との結婚って、危機だったんだ……って言うか、切腹って、会長でなくても止めるでしょう」

「はい、妻となった以上、もう私の命は晶様のもの、勝手に切腹などとんでもない、晶様のお許しを得た上で、御前で見事腹を切りなさい、と」

「え～、いきなりそんな重い決断の責任負わされるの?!」

「はい、愛紗様に諭されて恥を忍んで持参したこの弁当、お気に召さなければ切腹をお申し付け下さい」

「それって、もしかして、一生、衣織さんのお弁当を美味しいって言い続けろ、っていう新手の脅迫?!」

「この《姥捨》に誓って、武士に二言はありません」

「ぬ、抜かなくていい、しまってそれ！」

弁当箱を開けると、梅干しを載せたご飯に、塩鮭、玉子焼、ほうれん草のおひたし、ゴボウとニンジンのきんぴらに沢庵の純和風。恐る恐る口をつける田中。

「……美味しい！」

「本当ですか」

「武士に二言はないよ。本当に美味しいよ」

「有り難きお言葉。衣織は命を救われました」

「いや、救ってないから。でも、これ本当に美味しい。やっぱり、イスラームでは料理と家事は妻となる女の義務だ、と会長から言われて普段から特訓してたんですか？」

「いいえ、愛紗様からは、妻の義務は生殖と夫の許可なく家から外出しないことだけ、と教わりました」

「えっ、育児や家事は？」

「逆だそうです。それは夫の扶養義務に含まれ、夫は妻から求められれば、料理や家事をする召使い、赤ちゃんを育てる乳母を雇う義務があるそうです」

「えっ、召使いや乳母を雇う?! 僕、そんなにお金持ってないよ！」

「ご安心下さい。衣織はそんなことを求める気持ちはありません。妻が夫に仕え、お世話をするのは、新免家の家訓です。衣織は父母が男子をなさなかったため、父から二天超一流の奥義を厳しく伝授されましたが、家事、茶道、華道、妻の務めは母に仕込まれております」

「えっ、え〜と……どう考えても、僕、新免家の婿に相応しくないと思うんだけど…」

「いいえ、そんなことはありません。晶様は愛紗様が選ばれた御方です。きっと父上の眼鏡にもかないます」

「でも、お父上の眼鏡にかなわなければ、一刀両断されてしまうの、僕？」

「まさかそのような」

「そうだよね。今のこの御時世に」

「はい、宗家の美作《みまさか》の隠れ里にある道場に3年も籠もって修行すれば、晶様もきっと父上のような鬼神の如き強さを身に付けることが出来るはずです」

「ほ、本当に？　それって確かな話なの」

「はい、隠れ里から戻った者は皆、剣の鬼となった、と言い伝えられております」

「戻った者は、って?!　戻らなかった者はどうなるの?!」

「……隠れ里での修行は秘伝ゆえ、今はこれ以上は申せません。お許し下さい」

「……」

34 オーディション

演劇部内に田中役をやる者がいなくてまさか本当に学内オーディションをすることになろうとは思わなかった。しかも候補者が20人も集まろうとは。無碍は勿論、麗美もこの件は完全に黙殺していたので、オーディションは大はしゃぎのメクが一人で仕切ることになった。

勿論、「学園祭演劇部上演作品『世界皇帝ムーゲの華麗な冒険』田中晶役公募オーディション」のビラやポスターを作り、ポスターを張りビラを配るために、俺が新校舎と旧校舎を駆けずり回らされたのは言うまでもない。

俺の期末試験、どうなってしまうんだろう。

「カワイイ男の子に囲まれて女王様目線って、まさか私にこんな日が巡ってくるなんて、人生捨てたもんじゃないわね」

メクは異常にハイテンションだ。

「俺は何の因果でこんなことにまでつきあわされにゃぁならんのか。この期末テストで落第点とったら、奨学金打ち切り、俺は路頭に迷うんだぞ」

「大丈夫よ、今まで、帰宅部、友達ナシ、コミュ力ゼロで、内申点最悪だったのが、これで内申点アップは確実じゃない。それに垂葉は退学になっても、寮から夢眠おじさんの用務員室に移るだけでしょ。君府学院旧校舎の用務員の地位は子々孫々天馬家のもの。これが本当のスクールカーストね」

それは違う……。

「……」

「まぁ、受験票の写真を見る限り、20人居ても、カワイイ子は数人ね。最近の普通の娘アイドルブームで、自分もアイドルになれると勘違いしてる子が多いのよね。ああ、嘆かわしい」

「勘違い野郎はお前だ！　これはアイドルじゃなくてただの高校の学園祭の素人役者募集だ！」

「なに言ってるの、ただの学園祭の出し物じゃないのよ。《リヴァイアサン・メディアミクス》によって世界に発信され、アニメ化、ゲーム化されて、世界中でキャラクターグッズが売れて、出演者は一生遊んで暮らせるのよ」

「いや、流石に無碍だって、そこまでは考えていないと思うぞ」

「それに相手は正統派超美少年、この劇で国民的アイドルから世界のアイドルに昇格する波瑠哉様よ、勘違い野郎に出る幕はないわよ」

「じゃあ、書類選考で絞っておけばよかったじゃないか」

「だって、女王様目線で男の子選り取り見取りなんて、こんな美味しい話を逃すってありえないじゃん」

「お前、正直だけど性格悪いなぁ……」

「だいたい、眼鏡男子属性分かってない奴が応募してくるなんてありえない」

俺の話聞いてねぇ……。

「まぁ、本命はエントリーナンバー7番のこの子、中等部3年ブロンズクラスの岩橋博美君ね」

「えぇ～、それって違いすぎないか。そもそも中坊だし」

「そんなことどうでもいいのよ。眼鏡男子でカワユければ」

「でも、田中って、副会長で将来世界皇帝ムーゲの側近ていう結構重要な役だぞ。それでいいのか?!」

「いいのよ。エンタメにリアリティなんか要らないの。萌こそ正義、萌が世界を救うのよ」

などと言っている間にオーディション当日。俺とメクはいつもの演劇部会議室に陣取る。

「次、エントリーナンバー7番、岩橋博美君、入って下さい」俺はマイクで控え室の岩橋を呼び出す。

「失礼します」

岩橋が入ってくる。中学3年生にしても小柄な華奢な身体、幼さの残る小顔を引き立たせる大きな眼鏡、声変わり前の透き通った声、さすがメクの一押しだけのことはある。

「君、演劇の経験とかあるの」

わざわざこのために作った《審査委員長》のプレートを前にふんぞり返っているメクの前座で先ず俺が常識的な質問をする。

メクが質問を始めたら、俺は余所を向いて他人のフリをすると決めている。

「いいえ……あっ、いいえ、小学校の学芸会でちょっとだけ……」

「何の役やったの?」

「《浦島太郎》で平目の役です」

「平目のお面をつけて鯛と一緒に舞い踊ったのね。エキストラだね……」

「……はい」

「ズバリ、脱ぐ覚悟はある？」

「えっ?!」って、お前、そんな質問するなんて、俺も覚悟なんてないぞ！

「いや、この話のどこに脱ぐ必然がある?!」

《とらえもん》のしすかちゃんの入浴シーンだって、どこに必然があるのよ！」

「二次元と一緒にするな！」

「僕、脱ぎます！　なんなら今ここで」

「よく言った！」

「いや、脱がなくていいから！　な、なんなんだ、こいつは?!」

「なにも実際に脱げと言ってるんじゃないのよ……まぁ、脱いでもいいけど……私はこの役にかける覚悟を聞いているのよ」

いや、絶対そうは聞こえなかったぞ！

「君の熱意はよくわかった」

どん引きするほど……。

「でも、その熱意はどこからきてるのかな？　やっぱり、世界的に有名になりたいとか？」

「何言ってるの、役の上ではあれ、波瑠哉様の御小姓を務められるからに……」

「副会長は僕の憧れなんです！」と岩橋。

「えっ?!」

「えっ?!」

思わずハモってしまった…

「副会長、かっこいいですよね。頭も良くてクールで。あの変な会長の前でも全然平気で。僕もあんな風になれたらと」

俺たち、田中のことを、役の上では無碍の腰巾着、劇の中では藤田の脇役のおまけキャラとしか考えてなかったけど、「副会長」田中の熱烈なファンがいるなんて……。

「僕、中等部だしブロンズクラスなので副会長は雲の上の人で。でもどうしてもお顔を見たくて昼は新校舎のレストランに行ってたんです。

新校舎は遠いのでレストランにつく頃にはもう副会長は殆ど食事終わってて。だいたいレストランの席もスクールカーストの順に決まってくるので、副会長のいるプラチナクラスの石造先輩のグループは一番いい場所で、ブロンズクラスから新校舎に来てる子は殆どいなくて、しかも僕はボッチだし……。

レストランの端っこの席に独りで座ってお茶だけ飲んでいつも副会長のこと見てたんです。でも、副会長は書記の新免さんと結婚してから、レストランにもぱったりと来なくなり、僕、悲しくって、死んじゃおうかなぁ、とか思ってたんです。そこに、学園祭で副会長を演ずるオーディションのビラを受けとったんです!

夢かと思いました。ブロンズクラスの僕なんて、レストランで遠くから憧れて見ているぐらいが関の山で、お話しすることなんて一生できないと思ってました。でも学園祭の副会長役を射止めれば、きっと副会長も僕のこと見てくれるし、声だってかけてくれるかもしれないじゃないですか！

だから、この役がもらえるなら、脱げ、と言われれば脱ぎます。せんとくんの着ぐるみを着ろと言われたって着ます！」

いや、田中を演ずるのに、せんとくんの着ぐるみを着るシチュエーションはない……。

「この子で決まりね……」

とんでもないのが釣れてしまった……。

35 いじめ

俺たちが演劇部で田中役のオーでションをしていた頃、無駄に豪華な演劇部の部長室では、田中のことで、無碍と波瑠哉が頭を抱えていた。

「この状況はまずいのではないか」

「申し訳ありません。ものの本によると、これは《放置プレー》という高度なイジメのテクニックで、犠牲者はたちどころに精神の崩壊をきたす、ということだったのですが……。

お昼に衣織が作った弁当を食べる田中を、『新妻と二人で愛妻弁当とは羨ましい』と、レストランでのグループの昼食で先ずハブって、教室でも、『俺たちは新婚さんの邪魔をするほど野暮じゃない』と言ってハブれば、田中はすぐに音を上げて無碍様に詫びを入れて衣織と別れるはずだったのですが……」

「全然詫びを入れてこないじゃないか！　いや、それどころか、気のせいか、前より楽しそうにみえないか、あいつ？　なんだかイラッとするぞ。まぁ、あいつはもともと感情表現が乏しいのでよく分からんが……あいつが幸せそうにしていて、この私がなんでこんなことでヤキモキせにゃあならんのだ！」

「あんな奴いなくとも、無碍様は昼も夜も私がお側にいてお慰めします……」

「そんな話をしているのではない！　それに、衣織を田中と二人にすれば、いつも一緒の愛紗と衣織を引き離すこともできて、あいつらの仲を引き離し、愛紗もぼっちにして孤立させることができて一石二鳥とか言ってたよな？」

「はい、そのはずだったのですが……」

「全然、こたえている様子はないじゃないか！」

「でも考えてみれば、愛紗と衣織は教室で一緒の時も、独りでアラビア語の訳の分からない本を読んでいる愛紗の隣で衣織は黙々とあの妖刀《姥捨》の素振りを繰り返してるだけで、元々会話なんて殆どなかったですね」

「だいたい教室内で平気で真剣を振り回しているような奴らに、イジメが通用するはずがなかったんだ。ボッチになって、しょげてる愛紗なんて、想像できるか？　そもそもいきなり独りでカリフ宣言をして、自分のボッチ仮想空間を、この教室内からわざわざ15億人のイスラム教徒にまで広げた奴だぞ」

「でもなんで衣織は学内で帯刀が許されているのですか？」

「それが、あの姥捨は武器ではなくて本阿弥光悦が研磨した国宝級の美術品ということになっているので学校も何も言えないんだ。それにあいつの父無敵斎は警察庁剣道部の最高顧問で衣織本人も時々本部道場に稽古を付けに行ってるという噂だ。

愛紗と衣織の化物二人は取り敢えずおいておいて、我々のイジメ作戦のメインターゲットの田中に全然ダメージがなさそうなのが問題なんだ！　クラス内、というか学内最高カーストの我々のグループからハブられた以上、本来アウトカーストに転落して、不幸のどん底にいるはずなんだ。

そのはずだったのが、妙に嬉しそうにしている。これはもう田中だけの問題じゃないぞ」

「まさか、無碍様も結婚したくなったとか?!」

「違う！　そういう話ではない！」

「よかった。私は、衣織の愛妻弁当をうれしそうに食べている無碍様を想像して思わず涙が……」

「お前はもう黙っていろ！

問題はクラスの奴らの反応だ。集団内の力関係を把握した上で、自分に求められる役割期待を正確に読み取るコミュニケーション力を磨いて、自分の役割を演じきることで評価を上げ、目に見えないカーストを上がっていく、というスクールカーストの精緻な階層構築システムへの疑念が生まれつつある。

そんな面倒なことを考えなくても、適当に相手を決めてもらって結婚してしまえば、面倒なコミュニケーションも駆け引きもせずその相手と黙って一緒に弁当でも食べていれば案外それだけでけっこう楽しく、それで済むなら、その方が楽でいいや、と、衣織と田中を見て勘違いして羨ましがる連中が出てき始めた気配があるのが問題なんだ。

スクールカーストとは、誰が主体であるのかが隠蔽されて分からない匿名の権力からの、《空気》という名の明文化された内実がない状況次第でどうにでも変わる、決して明示的に誰かから下されることがないので忖度するしかない、それ故形式的には自ら自由に己に課した自己命令という形をとった基づく権力構造だ。

このシステムは、文化資本と情報と奸智を持っており、システムを支配しようとする者には、自分の利益を《空気》と偽装することで、自分では責任を負わずに、人々が自己責任で選び取った形で、自分たちの利益を極大化できるように人々を誘導することができる極めて便利なものだ。

このスクールカーストのシステムは、新自由主義と民主主義の仮面を被りつつ人類の階級的再組織化を目指す《リヴァイアサン》がモデルとするものだ。だから愛紗に結婚させられたせいで学内最高位カーストからハブられた田中が幸せになり、生徒たちが奴に靡くことは決してあってはならないのだ！

なぜなら、それは私の《リヴァイアサン》の世界帝国の世界観が、カリフ愛紗の世界観に負けることを意味するからだ。分かるな、波瑠哉」

「……つまり、早く結婚したいということですね、無碍様も」と藤田。

「……」

36 岩橋君

メクの思いっきりの主観で田中役に抜擢された岩橋だが、本能的にメクを避けて、俺に声をかけるようになった。

「先輩、演劇部って、プラチナクラスの中でもとびっきりのセレブしか入れない別世界だって思ってました。それなのに副会長役を決めるオーディションの審査員なんて大役を務めてるのが先輩だなんて、ブロンズクラスにも先輩のようなスゴい人がいるんですね。僕、生きる希望が湧いてきました！」

「お前、思いっきり勘違いしてるぞ。演劇部はとびっきりのセレブの集団というより、『世界皇帝ムーゲの華麗な冒険』なんてものを平気で上演できるとびっきりのKY集団だ。田中役を決めるのも全然大役じゃなくって、麗美にどうでもいいと思われてたからメクが好きにやらしてもらっただけだし」

「先輩、そんなスゴい人なのに全然偉ぶらないで、奥ゆかしくって優しいんですね。こんな素晴らしい先輩に出会えて、僕嬉しいです。一生ついて行きます、先輩～♡」

「田中に対する評価といい、お前の人を見る目は真夏日のゾンビのように腐り切っているぞ！」

「先輩〜♡」

懐かれてしまった……。

というわけで、岩橋はすっかり俺になつき、白岩先生のアラビア語講読にまで加わることになった。勿論、アラビア語初級文法を教えるのは俺の仕事だ。こんなことしてて、俺は今学期ちゃんと試験に合格できるんだろうか。でも本当言うと、勘違いからでも後輩に慕われるのって嬉しいもんだな。

「なんでお前がアラビア語の講読なんか始めるんだよ」

「だって先輩、せっかく同じ演劇部に入ったのに、いつも麗美さんとメクさんと三人で会議室に籠もって密談してて、練習に全然顔出さないからちっともお話できないじゃないですか」

「それって、お前の中では俺の質問への答になってるの？」

「？？？先輩、頭良すぎて、僕、ときどき分かりません♡」

「俺にもお前が分からないけど、きっとお前が頭良すぎるからなんだな……」

「また先輩〜♡僕なんてちっとも頭良くないですよ〜」

「……」

今夜は初めて白岩先生のアラビア語講読に岩橋を連れていく。

「あんたに懐いてるわねぇ、その子」

メクはせっかく大々的なオーディションまでやって取ったお気に入りが俺にベッタリなのが

気に入らないらしい。

「僕、副会長や先輩のようなクールなデキる男キャラ萌えなんです♡

　メク先輩みたいな、喧しいヒトはちょっと…」

「あんたねぇ！」

「あっ、でもメク先輩のことも好きですよ。僕のこと選んでくれたし。今度、藤田先輩に言っときますね。メク先輩が藤田先輩が好きであり藤田先輩と僕の絡みが見たくって僕のこと取ってくれたって♪」

「ちょっと、な、何てこと！」

「今度、藤田先輩とのツーショットの写メ送りますね♪」

「あ、ありがとう……お願いね……」

　おい！　いいのか、それで?!

「でも、あんた最初は田中、田中って煩く騒いでたのに、近頃は垂葉にベッタリねぇ。乗り換えたの？」なんてこと言うんだ！

　嫌いだ……テンネン同士の会話って……。

「嫌だなぁ、メク先輩。アイドルとリアルって違うじゃないですか。副会長はアイドルですから。ただ晴れた日に毎晩新校舎の寮に忍び込んで副会長の部屋の下の壁にもたれて夜を明かすだけで十分なんです。夜中に副会長がふと窓を開けて、外で眠ってる僕をみつけて声をかけてくれないかな、って……」

「それ、警察庁から金縁の鑑定書が貰えそうな立派なストーカーだぞ！」

「妄想しているだけで幸せなんです♪」

「それは完全に妄想だ！　第一新寮は全館自動空調で、窓は全部密閉されてて開けねぇ！」

「だから、妄想だって言ってるじゃないですか！　オトメの夢を壊さないで下さい」

「誰がオトメだ⁈」

「だからアイドルとリアルは違うんですってば。副会長は手が届かない人ですけど、先輩はこうして見つめて、話しかけて、手を握って、抱きしめて、舐め回すことだってできます♪」

「舐め回せねぇよ！」

「先輩～♡」

くっつくな！

「違うわ、私の思っていた《藤‐岩》と違いすぎるわ……」

こうして珍しく俺たちはワイワイしゃべりながら、人気のない静まり返った夜の旧校舎の白岩先生の研究室にやってきた。

「先生、今日から聴講させていただく岩橋博美君です。アラビア文字と名詞文の基本構文、アラビア語の動詞には完了形と未完了形があることぐらいは説明してあります」

「そうですか。では今日はただ君たちが訳すのを聞いていてもらい、次回から一緒に訳してもらいましょう」

「ええ～、無理ですよ」

「今岩橋君が理解すべきことは、理解できることを理解し、理解できないことは理解できないことを理解することとです」

「?・?・?」

「岩橋君はどうしてアラビア語講読を始めようと思ったのですか?」

「はい、垂葉先輩と一緒にいたくって」

うわっ、バカ!

「それはいいですね」

ええ、いいの?!

「先生、イスラーム的にBLストーカーはありですか?」

「BL、ボーイズラブでしたっけ?

『アッラー・ジャミールユヒッブアル=ジャマール』『アッラーはお美しく、美を愛でられる御方』と預言者ムハンマドも仰せです。碩学ナーブルスィーも預言者が美童を眺め愛でられた、と論じています。

あらゆる美しいものの中に神の美の属性の顕現を見て愛する時、その愛は神から来たり神へと還るのです」

「?・?・?」

「先生、BLって分かってます?」

「《必也正名乎》必ずや名を正さんか。私は文献学者です。先ず、言葉を正しく使わなくてはなりません。

愛は神の愛に昇華されるかに応じてその価値が決まりますが、愛の座は心であり、神だけがそれを知ります」

「心のことは分かりました、っていうか分かりません、っていうか……じゃあ、身体はどうなんですか？」

「ざっくり纏めると同性同士の接触の方が異性間より許容度が広いと言えるでしょう。

通説では異性間では大家族のメンバー同士以外では互いに見ることも触ることも許されません。同性間ではそのような制限はなく、握手、抱擁、接吻は親愛の表現としてむしろ推奨されます。あっ、但し子供を除き、口への接吻は夫婦以外では禁じられているとイマーム・サーディクは言っていますね」

「男の子同士なら好きなだけイチャイチャ、ベタベタ、デレデレしてもいいってことですね。ディープキスとかもいいんですね」

「岩橋君が子供か大人かは微妙ですね。どうやらまだ声変わりはしてないようだし。そもそも子供は責任能力がないので全ての罪は免責されます。倫理の基本原則です」

「幼き日の思い出に、悔いが残らぬよう、アレもコレも今の内にやっておけ、ということですね」

「それは岩橋君が言ったことです。まぁ、イスラームでは相手の性別を問わず婚外交渉を全て厳禁しているので、裏から言えば、思春期の男女の性的リソースを婚姻生殖へと誘導していることになります。その意味では、生徒会長カリフとしての最初の仕事として、カリフの婚姻後見人の権限で田中君と新免さんを結婚させた愛紗さんの選択は実に慧眼だったとも言えますね」

「じゃあ、僕も会長に頼んだら、副会長と結婚させてくれますか？　確かイスラームでは奥さん4人までもらえるんですよね」

「妻は女性、夫は男性と定められており、岩橋君は男の子に見えますので、普通に考えればダメでしょうね。でも、まぁ女子高生でカリフになった愛紗さんですから、何か策があるかもしれませんね」

「いや、田中がオーケーしませんから、それ」

「え〜、先輩、非道〜い」

「それでは次回は、今読んでいるナーブルスィーの『イスラームの本質とその秘義』をお休みして彼が少年愛について書いた『愛しき御方への愛の究極の目標』を読みましょうかね」

俺たち、何のためにアラビア語の講読してるんだったっけ……。

37　新婚は愉し

シドニーのオペラハウスを模した君府学院の大講堂は全体が演劇部の部室である。無駄に贅沢な部室の中でも特に豪華なのが部長室だ。このセキュリティー完備の部長室で無碍と麗美が交わす密談は俺たちの耳には入らない。

「部長、そろそろ脚本の粗筋を決めなくてはいけません。部員たちも配役を決め練習に入らないと。

それに《リヴァイアサン》北米総本社からも、早く脚本の完成版を送るよう催促されていますす」

「分かっている。だから脚本作りはお前に任してあったはずではないか。垂葉とメクはどうした？　愛紗の懐柔工作は進んでいるのか？」

「どうやらあの二人は、愛紗に対する影響力はゼロのようです」

「あの役立たずども！」

「直接の影響力はなくても、愛紗の行動を理解するためには利用できます」

「それで、あいつは何を考えているのだ？」

「どうやら語学教師の白岩から何か吹き込まれたようです」

「じゃあ、そいつをここに直ぐに呼び出せ！」

「それが、あの男には近づくなと北米総本社からきつく言われています。アンタッチャブルです」

「なんでそんな奴がこの学校にいるんだ?!」

「どうも《裏》の世界での密約があって、高遠理事長もクビにできなかったようです。ただ、放っておけば人畜無害なので近づくな、ということです」

「あの変人に何か力があるようには思えないが、わざわざ北米総本社とことを起こすこともなかろう。せいぜい、垂葉とメクから話を聞き出すんだ」

「ブロンズクラスにいるだけあって、あの二人、とてもとても頭が悪いです。何を言いたいのかよく分かりません」

「はぁ？」

「昨日もこの前田中役のオーディションで取った新入部員を、愛紗なら田中の第二夫人にしてやれるとかやれないとか…」

「はぁ？　あいつ可愛い顔をしてるが男じゃなかったか？」

「名前も《博美》って女の子みたいですが男です。」

「それがなぜ田中と結婚、ていう話になるんだ？　ワケがわからん…」

「だから、《よく分からない》、と言っています」

「……」

「ただ、愛紗の言う《カリフ》が、歴史上のイスラームの《カリフ》とは全然違うことだけは確かですね」

「何がしたいんだ、あいつは？」

「今のところは、校内のゴミ拾いと結婚仲介ぐらいですが、野望は世界制覇のようですね」

「ゴミ拾いと結婚仲介業で世界制覇ができるのか？」

「日本人の考えることはよく分かりません。竹槍でB29を落とそうとかする民族ですから」

「お前、いつどこでその反日教育うけたんだ？」

「しかし、ゴミ拾いはともかく、結婚仲介の方は警戒が必要です。田中と衣織はどうしてますか？」

「相変わらず、昼休みも二人だけ教室に残って《愛妻》弁当とやらを食べている。クラスでも完全にハブられてるな」

「そうですか。部長の目の届くところではないんですね……」

「何がないんだ？」

「実は今校内では《愛妻弁当》がクールだと、一部の生徒の間でブームなのです」

「《愛妻弁当》がクールだと?!」

「はい、私たち1年プラチナクラスでも数組のカップルが昼休み教室で弁当を食べるようになっています」

「なんだと、パリの3つ星レストランからシェフをスカウトして作らせているプラチナ・セットよりも素人の生徒が作った弁当がいいという奴がいるのか？」

「家庭料理のような風情がいいようです」

「そうか、京都の料亭の花板をスカウトするように父上に進言しよう」

「そういう問題ではありません。自分のためだけの世界にたった一つの手作り、というのがクールらしいのです」

「理解できん……」

「《愛妻弁当》だけではありません」

「なんだ今度は、衣織のヤツ、弁当が意外にウケたので食堂でも始めたとか？」

「そんなことではありません。実は愛紗に婚儀を挙げて欲しいと頼み込んで夫婦になる生徒が増えているのです」

「愛紗に結婚させてもらうって、意味が分からん」

「問題は結婚自体ではないのです」

「では何が？」

「一番の問題は、愛紗に婚儀を頼むということは、愛紗を婚姻後見人と認める、つまり愛紗をカリフと認めることで、愛紗とカリフとしての忠誠の誓い、バイアを交わす者が少しずつですが現れつつあることです」

「なにっ！　まずい、どうしよう。そうだ、取り敢えず、お前、私に忠誠を誓え！」

「そういうことではありません。田中をハブったのはまずかったですね。まずは、やつを我々の陣営に引き戻しましょう」

「そうか、どうしよう……そうか、結婚祝いを贈ろう。やはり、《リヴァイアサン》の株券が一番喜ばれるか…」

「あんたバカ？　You are stupid!」

「な、なにを！」

「Oh, sorry! 私としたことが、つい本音を……ともかく、部長が出ていくと状況が悪化します。

藤田を使者に送りましょう」

「おお、そうか……では任すぞ」

「了解です。藤田には私が言い含めます。部長は《シャヒーナー》に乗った気持ちでいて下さい」

演劇部の練習の後、麗美が藤田を呼び止めたのは以上のような事情によったのである。

「藤田さん、ちょっとお話が」

「あ、あぁ……」

「では、会議室で」

「おお……」

「田中さんのことです」

「あぁ、演技のことではないのだな」

「それは今更言っても無駄ですから」

「……」

「まぁ、でも部長に較べればましですから」

「あっ、当たり前だ。私はプロだ！」

「田中さんのところへ行って下さい」

「あいつはハブってるんじゃなかったのか？」

「作戦変更です」

「何があったんだ?」

「田中さん、ちっともこたえてません。それどころか、楽しそうで、おかげで、学校全体に《愛妻弁当》と結婚が流行りそうな気配なのです」

「そうなのか⁈」

「部長のいる2年のプラチナクラス以外の他の学年では昼は《愛妻弁当》がクールだと、言われているのです」

「お前も作ってるのか、愛妻弁当⁈」

「そんなわけありません。インポッシブル!」

「私もお前の弁当など欲しくないぞ」

「田中さんのことだと言っているでしょう!」

「衣織に代わってお前が田中に弁当を作るのか? それは止めとけ、命がない!」

「No! 違う!」

「私に田中の弁当を作れと⁈」

「シャラップ‼ 黙って聞いて下さい! あなたは、田中さんを仲間に引き戻してくれればいいのです」

「我々全員結婚して愛妻弁当を用意して田中と衣織と教室で弁当を食べろと⁈」

「なぜそうなりますか⁈ 田中君に弁当を止めてレストランに戻ってくるように言うのです!」

「衣織の前でそんなこと言えるか！　即、頭が胴から離れるわ」

「どうしても弁当を止めさせられないなら、二人をレストランに連れてきて下さい。グループから離れて《愛妻弁当》を一緒に食べるカップルが幸せだ、との風評を、なんとしても打ち消すのです。これは部長から藤田さんへの命令です」

「分かった。無碍さまの命令とあれば命に換えてもやりとげてみせよう」

翌日、昼休みのチャイムが鳴り、俺が食堂にでかけようとしているところに岩橋が息をきらせて駆け込んできた。君府学院は平成の新築の豪華な新校舎と、明治に造られた当時はモダンだったが今は廃墟に近い旧校舎に分かれている。旧校舎には中等部と高等部のブロンズクラスだけが詰め込まれている。つまり、旧校舎は教室六つと食堂しかない、昔の君府学院を想わせるこじんまりとした造りだ。だから中等部の岩橋の教室から俺たちの教室までも、走らなくても1分もかからないのだ。でも、昼休みの生徒たちは殺気立っている。食堂でいい席と人気メニューを確保するためだ。

昼休みのチャイムがなると、食堂にダッシュする生徒たちで、一瞬だけだが長閑な旧校舎は修羅場と化す。だから一階の中等部の住人の岩橋が、二階の高等部の俺が食堂に向かう前に会うために、息せききって駆け込んできたのは、それなりに合理的な計算に基づいてはいたのだ。

ただヤツの計算に抜けていたのは、ボッチ飯の俺は食堂に急ぐ必要がないことだった。友達と一緒に座る連中は席の確保に右往左往することになるが、俺はそういうグループの隙間に一つ空いた空間に潜り込むことができる。それを決まり悪いと思う感性など5年のボッチ飯生活でとっくに磨滅している。

俺はいつも独り――「一人」じゃなく、「独り」だっていうコダワリを見せて――悠々と食堂に向かう。時には昼食代を節約するため、食堂には行かずに、朝購買部で父さんから買ったパンで昼をすますことだってある。というわけで、教室に駆け込んできた岩橋の青春の汗は無駄だったのだが……。

「先輩～、よかった～、まだ教室にいてくれた」

お前のために居てやったわけじゃないがな……。

「はい、これ、《愛妻弁当》です～♥ 一緒に食べましょう♪ あっ、驚きました?」

驚いたぞ! 心臓が肝臓になったかと思うほど驚いたぞ、いや、なんとなく……。

「なんで俺がお前の弁当を食べにゃならんのだ?!」

「え～、先輩、知らないんですか? 今、《愛妻弁当》を食べるのが、副会長みたいだって、めっちゃクールなんですよ。《愛妻弁当》さえ食べれば、先輩もボッチからスクールカースト最上位に一躍三階級特進ですよ～」

それはない!

「お前、今、教室に残ってる全員がどん引きして空気がシベリアの永久凍土のように凍りついたのが分からないのか?!」

「嫌だなぁ、先輩、意識しすぎですよ～。この学校の人たちはいつもこんな顔してるんですよ」

「それはお前がいる時だけだ！」

俺の言葉を無視して岩橋が俺の前の机に座る。

岩橋に言われて周りを見渡すと、結構な人数が教室に残っている。俺はいつも昼休みは教室内では情報遮断しているので気づかなかったが、そいつらは皆、カップルで《愛妻弁当》を食べていた。独り卵ロールとパック牛乳で昼食を済ませてたのは俺だけだったんだ！

「はい、これ♡」

風呂敷を開けて現れたのは新幹線の窓から見る富士山のような巨大なオニギリだった。

「このオニギリが《愛妻弁当》なのか？」

「オムスビっていうと可愛さと美味しさが10倍アップですよ〜♡」

「なんねえよ。《愛妻弁当》がオニギリなんだよ」

「だって、ミニキッチンと冷蔵庫までついてるプラチナクラス寮の個室と違って僕らの部屋って水も使えないし、ミニ炊飯器でご飯炊くぐらいしかできないじゃないですか。オニギリぐらいしか作れませんよ」岩橋が口を尖らせる。

確かにそうかもしれないけど、周りの《愛妻弁当》はちゃんと弁当の体裁をしてるぞ。

「それはいいとして……なんだか汚らしい色だけど、中、何はいってるんだ？」

「はい、和洋折衷の味噌ソース味と、ケチャップ醤油味の二つ作ってきました。先輩、どっちがいいですか♡」

「どっちもいらない……食堂行っていいかなぁ、俺？」

「えぇ～、先輩、非道～い」

「非道いのはお前の味覚だ！」

「生姜マスタードむすびの方が良かったですか？」

「それはオニギリに使う調味料じゃねぇ」

「えぇ～、最高の調味料は《愛情》って言うじゃないですか♡」

「お、お前、愛情って……勘違いするな。お前は田中のストーカーだったんじゃ……」

「分かってますよ僕だって。先輩は副会長のただのチープな身代わりでしかないってことぐらい」

「お前がチープって言うな！」

「副会長は副会長でプラチナクラスだけど先輩は……でも僕、副会長だと思って一生懸命先輩にお弁当作ります！」

「作らないでいいよ……」

「先輩～♡」

愛紗が生徒会長になって、君府学院は確かに変わりつつある。でも、これが本当にお前が望んでいたカリフ制再興なのか?!

38
説得

人気のない昼休みの君府学院高等2年プラチナクラスの教室。美しい顔を苦悩に歪めた藤田波瑠哉がまるでギリシャ彫刻のようにドアの前に佇んでいる。しばらくして、意を決したように、100%作り笑いの極上の笑顔を浮かべると、藤田はドアを開けた。

「やぁ、相変わらず仲がいいな、田中」

「学園のアイドルが昼休みに一人なんて珍しいね、藤田君……」

田中が怪訝そうに答える。

「はっはっは……アイドルなんて孤独なものさ……」

藤田は、授業中の一挙手一投足まで、全ての言動が演技にしかみえない異能の演技の天才だ。だから、誰もが安心して藤田の演技の裏読みを楽しむことができる。

「で、孤独なアイドルが僕たちと一緒に昼を食べに来たのかな？」田中が屈託なく言う。

「はっはっは、さすが副会長、何もかもお見通しだな」

「えっ、本当にそうなの？　どうしよう、もう僕のは殆ど残ってないや」

「晶様、ご心配なく。衣織の卵焼とイカナゴの釘煮が手付かずで残っております」

「い、いや、そういう意味じゃなく、明日からでいいんだ」

「そうなんだ……ということは、ひょっとして、藤田君も結婚して《愛妻弁当》仲間になるってこと?」

「いや、違う、違う」

「そうだよねぇ。でも藤田君になら校内にだって、喜んでお弁当を作ってくれるファンの子がいくらでもいるよね」

「いや、俺がお前と弁当を食べたい、という話じゃなくて、二人っきりの新婚生活ももう十分楽しんだだろうから、そろそろグループに戻ってきて一緒に、と無碍さまのお声掛かりだ」

「それはわざわざどうも。嬉しいな。無碍さんが僕なんかのことそんなに気にかけてくれるなんて。無碍さんなら、グループ全員分プラチナ定食を教室にケータリングさせるぐらい平気かもしれないね」

「晶様、それはなりません。必要なら衣織が人数分の弁当を作るまでです」

「衣織さん優しいね」

「晶様の賓客であればもてなすのは私の務め、家計のやりくりは古来より武人の妻の心得の一つです」

「うちで武人は衣織さんだから、家計を考えるのは僕の役割だよ。まぁいつもの弁当の献立なら、僕たち二人分のプラチナ定食の食券を買う額でグループ6名を足しても弁当の食材費には余裕だけどね」

「でも毎朝8人分のお弁当作ってもらうのは悪いよ」

「お心遣いは無用です。伊織は、7日7晩までなら不眠不休でも剣の腕にいささかの翳りもなきよう、普段から精進しております。剣を包丁に持ち替えても同じことです」

「ちょ、ちょっと待ってくれ。《弁当》を止めるっていう選択肢はないのかな」

「二天超一流宗家新免家の家訓ですので」

「ということなんだよ、藤田君。本当言うと、衣織さん、料理上手だけど、僕も時々プラチナ定食食べたくなるんだけど、それを知られたらお父上の無敵斎さんに何をされるかと思うと怖くて言い出せなくてね。君から頼んでくれるかな？」

「えっ？……」

「心配は要りません。骨はこの衣織が必ず拾いますので」

「いや、それマジ心配だから。ひょっとして父上というのは衣織さんより上なのか」

「ええ、衣織が《姥捨》と《過労死》の二刀で打ち掛かっても、割り箸一組で捌かれてしまいます」

「……仕方ない……君たちも昼は弁当持参でレストランに来いよ。僕らは定食を食べるからさ」

「それってまずくありません？　弁当持参でレストランて」

「飲食物持ち込み禁止という明文のルールは無い筈だろ」

「確かに。自販機で買った牛乳とか持ち込んでる奴いたね」

「ほら、そうだろ、気になるなら、アラカルトでデザートでも頼めばいいさ」

「そういう場は衣織は遠慮させていただいた方がよさそうですね」

「えっ、どうして。レストランは公共の場所だよ。衣織さんも一緒に行こうよ」

「男は閾を踏み出すと七人の敵がある、と申します。夫を敵の中に黙って送り出すのも武人の妻の務めです」

「い、いや、僕たちは敵じゃないから……」

「でもそれじゃあ僕、レストランで一人で衣織さんのお弁当食べることになるの？　それって意味なくありません？　それは嫌だなぁ」

「何を聞き分けのないことを。衣織さんも、そう言ってくれてるんじゃないか！」

「でも、それじゃあ、衣織さん、お昼一人になってしまうじゃない？」

「本来、弁当とは、職場の夫に持たせるもので夫婦一緒に食べるものではありません」

「うん、確かにそうだ」と藤田が合いの手をいれる。

「それに衣織は独りでも一向に平気です。小学校の夏休みに、7日7晩の不眠不休に加えて一か月の無言の行も課されておりましたので」

「それって、もう武人じゃなくて忍者のレベルじゃない！　しかも小学生って、スゴくない?!」

「二天超一流は実戦向けですので忍びの技も修行のうちです」

「でも、僕は衣織さんに昼休みまで、修行して欲しくはないなぁ」

「お気遣いなく。武道は常住座臥、いつどこにいても修行です。それに衣織は本当に独りで平気なのです。それに愛紗様とご一緒させていただいても構いませんし」

「ああ、そう言えば新免さんの結婚以来彼女はいつもレストランで独りだな」

「愛紗さんに合流するなら衣織さんもレストランに弁当持ち込むの？」

「愛紗様はそういうことはお気になさりませんから。それにレストランに行くなら、私は弁当など持ち込まずにシルバー・セットをいただきます」

「えっ、僕に弁当を持たせて自分はセットを食べるの?!」

「新免家の家訓はあくまでも夫の昼食は作るべし、であって、妻の外食を禁ずる訳ではありません」

「でも、武人なら他人の作った食事には気をつけて食べるな、くらいの家訓はあるんじゃない？」

「衣織には毒は効きません。子供の頃から、あらゆる毒を少しずつ飲まされ免疫ができていますから」

「お前は村雨兄弟か?!」思わず藤田の口調が変わっている。

「ですから、私は献血などもっての他です。万が一にも勝負で遅れを取ったときには、返り血を浴びた敵も毒が回って死ぬとのこと……」

「柳龍光か?!　本当なのか、それ?!　恐ろし過ぎるぞ、二天超一流！」

「私も人間で試したことは……」

「……あはは……僕で試さないでね……」

などということがあったらしく、ともかくも田中は無碍グループに復帰することになった。

39 結婚の秘訣

田中が無碍グループに復帰したと聞いて、俺は生徒会室に様子を覗きに行った。

午後の生徒会室、愛紗、田中、伊織がまったりとお茶している。

「やぁ、垂葉君、いらっしゃい。今日もカリフ生徒会の視察ですか」

「というより、田中君が無碍グループに戻ったと聞いて様子を見にきたんだ」

「えっ、そんなこと、もうブロンズクラスまで噂が……いや、失礼」

「この学校は外の世界から隔離されてるから、噂話ぐらいしか話題がないんだよ」

「私も田中君の《いじめ》の行方、注目していましたが、田中君の完全勝利で終わったようですね」

愛紗が話に加わる。

「会長、注目してたんですか?! って言うか。いじめと思ってたんなら止めて下さいよ」

「本当言うと、私は《いじめ》ってよく分からないので、取り敢えず注目していたのです。まぁ、まだ死にそうな様子もなかったし」

「会長や衣織さんは、いじめてても、いじめられてても全然気づかなそうですねぇ」田中が言う。

「私もそうですか?」衣織が口を挟む。

「衣織さんをいじめられる人なんていませんよ。それに衣織さんなら、いじめたりせずにいきなり首とか刎ねちゃいそうですよね」

「首を刎ねるのって、いじめの一種じゃないんですか？」

衣織が不思議そうに言う。

「断固違います！」

「田中君は、衣織の《愛妻弁当》のせいで、《調子こいとる》と認定され、最高位カースト無碍グループから《ハブ》られたのです。これは、《いじめ》の典型的な一例に見えました」

愛紗が冷静な分析を述べる。

「えっ、私のせいで晶様がいじめられていたのですか?!」

「あの場にいて気づいてなかったの?!」

「確か、新婚に気を遣って二人だけにしてくれる、とか言っていたような覚えがありますが、あれが世に言う《気配り》かと思っていました」

「武人て、人の敵意に敏感なんじゃないんですか？」田中が突っ込む。

「面目ありません。私の場合、命を狙う刺客たちの殺意の感知に四六時中全神経を集中していますので、微弱な敵意程度ではセンサーにかからないのです」

「えぇ〜?!　刺客の殺意、って、そんなにしょっちゅう出くわすものなの？」

「ええ。といっても殆どは愛紗様からの殺意ですけれど」

「えっ?!　会長への殺意じゃなくて、会長からの殺意?!」

「愛紗様には衣織に隙があればいつでも襲って下さるよう、お願いしております」

「そう言えば、会長も武道部でしたね」

「愛紗様は手裏剣の名手なのです」

「手裏剣？　忍者？」

田中が聞き返す。

「聖預言者は、文字の書き方、水泳、射撃を習え、と仰せです。当時の射撃、ラミー、とは弓でしたが、現代の飛道具といえばやはり手裏剣でしょう」愛紗が答える。

「えっ、そうなりますか？」

田中は納得していない、っていうか、俺だっておかしいと思うぞ。

「安く誰でも手に入りますからね」

愛紗の答えだ。

「はぁ、そういうものですか……それで手裏剣で衣織さんを付け狙って？」

「衣織ほどの達人には、殺す気で狙わなければ修業の助けになりませんからね。といっても、私の腕では、とても隙などみつけられませんけれど」

「…僕、ちょっと怖いです」

「怖くはありません。衣織ほどの腕になると、肉体を斬らずに心の魔だけを斬り伏せることができますから。だから衣織は誰にもいじめられないのです」

「いや、それは単純に怖いからだと……」

「普段から剣気が漏れ出ているというなら、衣織の未熟……」

「いや、そんな難しいことじゃなくて！　会長選挙の応援演説で衣織さんが会長の腕をいきなり切り落としたのは全校生徒が見てましたから」

「まだ覚えている人がいるんですね……」

「いや、あれ、忘れられる人いませんて！　皆、凍り付いてましたよ。僕もトラウマになってます」

「すぐ繋がったんだから、問題ないでしょう」

愛紗がフォローする。

「そういう問題じゃありません！」

「田中君も一度切られてみれば。痛みも感じないのですよ、達人に切られると」

「遠慮します！」

「でも衣織が怖くて田中君への《いじめ》が終わったというのではなさそうですね」

「って言うか、本当は《いじめ》になってなかったですから。実のところ、無碍さんのグループから抜けられてホッとしてたぐらいだから……また明日からグループでお昼食べるのかと思うと気が重くて……

グループに入れてもらってたのも、無碍さんや藤田君みたいに明るくて人気者だからじゃなくて、ただ僕が《リヴァイアサン奨学生》だからで。気を遣って無理に明るく振る舞うの、結構辛かったんですよ」

マフディーの紹介

私はカリフ擁立のファルドルキファーヤ連帯義務を果たすためにカリフに就任しましたが
『正義のカリフ』『ハリーファ・マフディー』ではありません。
チラッ
と言ってたのを盗み聞きしたんだけど…最初のハリーファはカリフだけどマフディーってなにかわかるか？
オイ…
なんで盗み聞きしてるのよ…普通に愛紗に聞きなよ
そんなの怖くて聞けるかよ！
ズンッ…
兄が妹怖がってどうするのよへたれすぎる…
愛紗君がそんなこと言ってたのですねマフディーとはアラビア語では『正しく導かれた』という意味です
ただし、最後の審判の前に正義の救世主が現れるというハディースがあり
その救世主が『マフディー』と呼ばれています
そういえば…シーア派にもマフディーっていますよね？
？
へーイスラムでも救世主とかあるんだ！知らなかった！

シーア派のマフディーはフサインの子孫で８７４年に死んだ
フサイン
息子12代イマーム
11代イマーム
11代イマーム・ハサン・アスカリーの息子ムハンマド・ブン・ハサンとされます
ムハンマド・ブン・ハサンは幼児の時に12代イマームに就任し
そのまま神隠しにあい最後の審判の前に救世主として再臨すると言われています
イラン・ゴム「ジャムカラーンモスク」
１２代イマームが再臨するといわれてる場所
千年以上前に死んだ人の子供が救世主なんですか？
？
そうですシーア派の信仰では
え！その12代って千年前に神隠しって・・・死んでるの？生きてるの？どっちなの？
ズズっ
シーア派ではずっと生きていると言われてますね
すごい！そんな不思議な世界があるだなんて・・・知らなかった
良識の宗教イスラームの教えから逸脱した邪説です
白岩先生はスンニ派？ムスリムなのかどうかも明言してなかったな・・・

「晶様、気を遣ってらしたんですか？　全然明るくなかったですよ。一人浮いているような……」

「衣織さん、正直ですね……僕、そんなに暗かったですか？」

「暗いというか……心の闇から暗黒のオーラが周囲にまで漏れ出ていましたね」

衣織、ひどい。田中が暗いなら、俺はどうなる。

「えぇ～！　じゃあ僕、その心の闇につけ込まれて結婚させられたんですか？」

「そういうことです」

「えっ、否定してくれないんですか？」

「結婚なんて理由はどうでもよいのです。取り敢えず手近なところで空いてる者がいれば、順にくっつけていけばよいだけ」

「成程、副会長と書記、会長から一番身近ですね！」

衣織が感嘆の声をあげる。

「衣織さんもあの時、初耳だったの?!　事前に結婚の話、聞いてなかったんですか？　それで納得?!」

「愛紗様のなさることにはいつも深い意味があります。理由など聞きません。衣織は頭が悪いので聞いても分かりませんから」

「いいえ、衣織、理由など考えなくても正しい答が分かる、それが本当に賢い人です。思考が答を導く、というのは近代の誤謬です。真理はただ神から直接に閃光のようにもたらされるのです」

「はぁ～心の闇の暗黒のオーラを引き裂く真理の閃光で僕は結婚させられたのですね……」

「晶様は、愛紗様の言うことがすぐお分かりなのですね。羨ましいです」

「真理の閃光を結婚の中に見いだした二人とも賢者の名に値します。

　システムに潜在する価値観を読み取って内面化し、それによって他のアクターを操作する複雑なコミュニケーション・スキルを身に付ける。それによってスクールカーストの階梯を登り、恋人と呼ばれる遊び相手を手に入れて《リア充》と呼ばれるこのシステム呪縛を逃れ、それよりも、生まれた運命を受け入れるように、縁があって隣にいる誰とでも半永続的共生関係になることを淡々と受け入れる結婚システムが、人を幸せにすることに、自分を取り巻く通念による催眠術を破って気がついたのですから」

「僕と愛紗さんは相性がピッタリの運命の相手だったとかじゃないんですか？」

「いいえ、田中君に特別な何かがあったからというわけではないのです。誰でもよかったのです。でも誰でもよかったにもかかわらず、他の誰でもなく他ならぬ田中君だけがここにいること、それが《運命の相手》であるということです。

　重要なのは田中君が校内最高位カーストからハブられながら、以前より幸せそうだということ。それはスクールカーストの競争から降りていい、というメッセージとして校内に広がりつつあります。《愛妻弁当》は随分ブームになっているし、何組かは頼まれてカリフとして婚姻後見人を務めました」

「まぁ、僕はもともと独りで本を読んでいるのが好きで、皆んなで仲良く、って大変だったので、グループで皆んなに合わせて楽しそう振る舞うのは辛かったですね。いきなり会長に結婚とか言われた時は泣きそうになりましたけど、もう駆け引きとかいらないんだと思うと楽になりましたね」

「あのとき、泣きそうになっていたのですか？」

「あっ、いや、でも今は楽しいから」

田中が慌てて言い繕う。

「私は随分優柔不断で煮え切らない人だと思いました」

「衣織さん、正直ですね……」

「でも本当は晶様は、優柔不断ではなく、のらりくらりと逃げる体裁きの達人だったのですね」

「……それ褒めてくれてるんですよね？」

「諺にも、柳に風折れ無し、といいます。田中君は武の才があると言ったでしょう」

「はい、いつも愛紗様は正しいです。隠れ里の道場にお連れして、父に稽古をつけてもらう日が楽しみです」

「いや、それだけは全力できっぱりとお断りします！」

「あら、夏休みコースに申し込もうと思っていましたのに」

「えっ、コースがあるんですか?!」

「はい、小学生、中学生、高校生、大学生、社会人とコースが分かれていて、それぞれ料金も違います。美作《みまさか》観光を楽しみ山菜と川魚料理に舌鼓を打つオプション付特別プランもあります」

「それって、本当に強くなるんですか……」

「勿論、それは表の姿。本当の特訓は、参加者の中から選び抜かれた手練れだけが入門を許される、《蟹の穴》と恐れられる秘密のトレーニング場で行われるのです」

「《蟹の穴》？？」

「二天超一流では、蟹を二刀流の真髄を極めた神獣として尊ぶのです」

「あれ、刀じゃなくて鋏だし、腕10本あるし、それどこまで本当なんですか？」

「秘伝ゆえ、これ以上詳しいことは……」

「…………」

「それはともかく、明日から田中君は昼休みはレストランで、衣織と水入らずの昼食が食べれなくなりますね」

愛紗が話をつなぐ。

「そうそう、二人っきりの時間がなくなっちゃうんですよね」

田中が少し残念そうに言う。

「これはゆゆしき事態です。二天超一流の跡継ぎを残すためにも、二人っきりの時間は不可欠。そうですよね、衣織？」

「御意」

「えぇ～っ、跡継ぎを残すためって、昼休み教室で僕たち何してたと思ってるんですか?!」

「分かっています。いくら二人っきりでも教室は相応しい場ではありません」

「いや、そうじゃなくて……」

「心配は要りません。次に打つ手は考えています。《結婚》に実体を持たせるためにカリフ生徒会が行うべきことは夫婦寮の設置です」

「御意」

「えぇ～?!」田中と俺は思わず声を揃えて叫んだ。

40 祖父

実はこの頃、愛紗が白岩先生を訪ねていたことを、先生から俺が聞かされたのは、ずいぶん後になってからのことだった。

「アッサラームアライクム」

「ワアライクムッサラーム」

「先生、ご無沙汰しております」

「久しぶりですね、愛紗さん」

「今日はどうしても先生に確かめたいことがあって参りました」

「まだ私に君に教えられることがあるのかな」

「はい、天馬家に伝わるハディースのことです」

「例の《黒旗のハディース》のことだね」

「はい。父は、天馬家家伝のハディースは曾祖父真人がアブデュルレシト・イブラヒムの影響で創作したものだと言うのですが、辻褄が合わないように思うのです」

「ほぉ……」

「アブデュルレシトは日本にカリフが現れるとは思っていなかったはずです」

「その通りです」

「アブデュルレシトはオスマン朝に忠誠を誓っていましたが、オスマン朝滅亡後はカリフ制再興を真剣に考えていたようには思えません。そうであれば、アブデュルレシトの影響で曾祖父が《黒旗のハディース》の家伝を創作する理由がありません」

「その通りです」

「もう一つの疑問は、《黒旗のハディース》に《マフディー》の語があることです。これもスンナ派オスマン主義者のアブデュルレシトの影響で創作された家伝に選ばれるハディースには相応しくないように思えるのです」

「よく、そこに気がつきましたね。夢眠君は通り一遍のこと以外は何も知らされていないのです」

白岩先生は天馬家の秘伝について語り始めた。

「天馬家の秘伝は当主にのみ語り継がれてきました。だから真筆さんは、それを夢眠君ではなく、次期当主と目された慈覇土君に伝えたのです。ところが、慈覇土君はより急進的な革命路線を選び、この学院を去りました

しかし慈覇土君は学院を去る前に、僕に《黒旗のハディース》の秘伝について話してくれたのです」

「やはり先生はご存知だったんですね」

「ええ、でもこの話は僕が黙って墓場に持って行くものだと思っていましたよ」

白岩先生は遠くを見つめて話を続ける。

「まさか天馬家の者に僕から話すことになろうとは……真人さんが、アブドルレシトと親交があり、一緒にこの君府学院を創立したのは誰もが知る事実です。しかし真人さんが、日本からカリフが現れると確信するようになったのは、中国での馬宗家の馬良駿《まりょうしゅん》との出会いによるものです」

「馬良駿？」

「馬良駿は回儒の一人でオスマン朝カリフに忠誠を誓っていましたが、オスマン朝滅亡後のイスラーム世界の混迷を見て、これこそが馬家家伝の《黒旗のハディース》に言われる東方からマフディーが現れカリフとなる時代だと信じました。そして真人さんはこの馬良駿の弟子だったのです。

真人さんは馬家の日本分家である天馬家の使命として、東洋からのカリフ・マフディーの出

現の支援を日本で準備することを馬良駿に誓って日本に帰国し、君府学院を創立したのです」

「では家伝の《黒旗のハディース》は本物なのですね」

「そうです。少なくとも真斎《しんさい》にまでは遡ることは確かです」

「真斎？」

「明末に来日した馬宗家の回儒の碩学です。宋代に日本に渡った馬家の人々はすっかり日本化しており、当時はもうアラビア語の知識も怪しくなっていました。真斎はそれまで口伝だったハディースのアラビア語本文を校訂し自らの漢訳を筆写したのです。

以後馬家当主は《黒旗のハディース》の口伝とともにこの真斎の真筆を継承したのです」

「その真筆は慈覇士おじさんが持って行ってしまったのですか？」

「慈覇士君は次期当主としてハディースを口伝されていましたが、当主継承者の座を捨てて国外に逃亡したので真斎の真筆は真筆さんの手に残りました」

「それは今どこに？」

「私が持っています。真筆さんから将来天馬の家にカリフ擁立の志を継ぐ者が現れたら渡すようにと預かっていたのです。これがそうです」

先生が本棚の片隅から額入りの書を取り出してきた。

「これが真斎が校訂したサウバーンの伝える黒旗のハディースです」

アラビア語本文は

إذا رأيتم الرايات السود قد جاءت من قبل المشرق فأتوه فإن فيها خليفة الله المهدي

真斎による漢訳は

若見黒旗來自東方　汝等即往　彼有訶黎佛都羅　乃天導者也

読み下すと「若し黒旗の東方より来たるを見ば、汝等即ち往け。彼《かしこ》に訶黎佛都羅《ハリーファトッラー》有り、乃ち天の導く者なり」となります。

「《神のカリフ・マフディー》なのですね」

「そうです。これはスンナ派の預言者の政治的後継者カリフというよりも、むしろシーア派的な神から選ばれた救世主イマーム・マフディーを思わせる表現です」

「馬家はシーア派だったのですか」

「現代の理解を過去に投影してはなりません。

馬家の言い伝えを信ずるなら、馬家の先祖はハサン家の預言者の末裔でウマイヤ家の迫害を逃れて中央アジアのホラーサーンに移住しています。当時、アッバース家を含めた広い意味の預言者の一族の間で、イスラームの正当な政治的指導者は誰であるべきかを巡って様々な党派が乱立していました。

現在ではシーア派は12イマーム派、ザイド派、イスマーイール派に収斂し教義も確立していますが馬家がホラーサーンから唐に移住した当時にはまだそういう教義は固まっていません。《神のカリフ・マフディー》の言葉も様々な解釈を許すものでした」

「まだシーア派ともスンナ派ともいえないと」

「《黒旗のハディース》にも実は多くのヴァリアントがあります。例えば預言者の高弟アブー・

フライラに帰されるハディースには、『黒旗が東方からやって来れば、その最初は内紛、次は混乱、最後は迷妄である』とあります。このハディースでは《黒旗》は反徒の旗印とされています。

また預言者の従兄弟イブン・アッバースの言葉に『ホラーサーンから黒旗が現れればそれは我ら預言者の一族アフル・アル＝バイトのもの』ともあります。ここでは《黒旗》は預言者の一族の旗印です。またサウバーンに帰されるハディースにも《東方》が《ホラーサーン》になっているものもあります。

天馬家は、預言者の末裔として、それらの中でも、東方から神のカリフ・マフディーの黒旗が現れる、というバージョンを奉じてきたのです」

「やはり、そういうことでしたか……」

「預言者は全てを見通しておられました。預言者は他ならぬ愛紗さんに向けてこのハディースを語られたのでしょう。そして天馬家の人々は愛紗さんのためにこのハディースを伝えてきたのでしょう」

「いいえ、そうではないのです。先生が一つご存知ないことがあります」

「何でしょう？」

「ところで先生は水泳はなさいますか？」

「いいえ、生憎私は金鎚ですので」

「聖預言者も水泳を習えと仰せです。先生も水泳を習われると良いです。腰痛にも良いそうですし」

「それで水泳が何か？」

「兄と泳いでみて下さい。そうすれば先生ならお分かりになることでしょう」

「そうですか。アッラーがお望みなら、垂葉君と泳ぐのもいいかもしれませんね」

「インシャーアッラー。有り難うございました、先生。今日はこれで失礼させていただきます」

「まぁ、そう言わずに、アラビア珈琲でも飲んでいきなさい。愛紗さんの好きなバクラワもありますよ」

41 結論

「今日で脚本作成ブレーンストーミングはお終いにします」

いつもの演劇部会議室で、麗美が唐突かつ一方的に宣言した。

「そうね、いい加減飽きたわね」

メクも同意する。

おい！　それでいいのか?!

「それでは、最後に一つだけ決めておかないといけません」

というか、このブレーンストーミング、配役以外今まで一つでも決まったことあったっけ。

「愛紗の役回りです」

そういえば愛紗を無碍の引き立て役にする脚本を作るために俺たちは演劇部に引きずり込まれたんだった。

まぁ正解には引きずり込まれたのは俺でメクは強引に割り込んできたんだが……。

「そうね、君府学院卒業後、起業して、結婚斡旋業者（株）満福カリフ良縁社を設立して、CEOになって、石造財閥の資金援助を得てグローバル企業に成長させ、石造財閥企業グループに組み込まれて、無碍とネオ・ローマ帝国の皇女の結婚式をプランニングする、ということでいいじゃない」

なんだその思いっきり手抜きのアイデアは⁈

「Ｏｈ！　ワンダフォー！　それでいきましょう！」

「いいのかそれで⁈　そんなので愛紗を納得させられるのか？」

「そんなことないわよ、モテない男女を片っ端から結婚させて荒稼ぎして《縁結びの神様》とか呼ばれて崇められて何が不満なの？」

「《縁結びの神様》なんて俺だって呼ばれたくねぇーよ」

「あんたはただの貧乏神ジュニアよ」

「なんだ、それは！　今は愛紗の話を……」

「あんたが混ぜっ返すからよ！」

「いや、そうじゃなくて、正義と人道に基づく真のグローバリゼーションとかいうカリフの理念はどこに……」

「日本人の平民の無碍と白人の皇女の結婚を取り持つんだから、立派な正義と人道に基づくグローバリゼーションを実現してるじゃない！」

「それは違う！　絶対どこか間違っている！」

「うるさいわね、細かいことはいいのよ。ウザい脚本はこれまでにして早く波瑠哉様との演技の練習に入りましょう♪」

　それが本音かよ……。

「では、そういうことで、他の筋書きは私の原案通りということで。垂葉さん、愛紗さんに申し伝えておいて下さいね」

　結局、俺が伝えることになる訳ね……。

「ＫＹ兄妹が会うのになんで私がつきあわなくちゃいけないのよ！」

「お前、《説明責任》て言葉知ってるか？　愛紗が君府学院卒業した後で起業して結婚斡旋業(株)満福カリフ良縁社のＣＥＯになるなんてトンデモ案を出したのはお前だろう」

「あんたがツマラナい案しか思いつかないからよ！」

「イスラム教徒の多い国を纏めて《カリフ連邦》を作って無碍の世界帝国に編入、の方が、(株)満福カリフ良縁社よりずっとまともだろう！」

「だからあんたは皆んなからツマラナいヤツって言われるのよ」

「誰も言ってねー。俺がツマラナいヤツなんてクラスの誰も知らねーよ。ボッチをナメるな！」

愛紗は新校舎の女子寮プラチナ棟に住んでいる。君府学院は全寮制で生徒は全員寮住まいだが、新校舎の新寮と旧校舎の旧寮に別れ、更に新旧の男子寮と女子寮に別れる。旧寮はブロンズクラス生専用だが、新寮は男女それぞれにプラチナ棟、ゴールド棟、シルバー棟に区割りされている。

新寮も旧寮も個室だが、新寮が鉄筋コンクリートで全館自動空調なのに対して旧寮が木造で天井扇なのは校舎と同じだ。俺たちの旧寮の部屋はベッドと机と小さな衣装箪笥があるだけだ。新寮に足を踏み入れるのは初めてだが、愛紗は最も豪華なプラチナ棟に住んでいる。

プラチナ棟は全室バス・トイレとミニキッチンのついたワンルーム・タイプ、世界中の衛星放送が受信できる大画面テレビは壁に作り付けだ。勿論ＷｉＦｉは旧寮も含めて校内どこでも使える。ゴールド棟の部屋はシャワー・ルーム、シルバー棟は洗面台がつく。寮も見事に階級制になっている。

男子寮は女子禁制、女子寮は男子禁制だが、俺は家族だから特別に面会のための入寮が許される。という訳で、俺は、ここにいる。メクに付き添ってもらったのは勿論一人では気後れするからだ。何でも出来る愛紗に俺はコンプレックスがありまともに話すことができない。まぁそういうことだ。

「寮に来るのは初めてね、メク」

「って、俺はシカトかよ」

「双子は離れていても一心同体、いちいち挨拶など要らない、とでも言って欲しい？」

「普通に挨拶とかする気はないのか」

「メク、いい、覚悟はできていますか」

「えっ、いきなり何?!」

「またシカトか？　用があるのはこっちだ！」

「メク、あなた、これを連れて私のところに来た以上、これと結婚して人生投げる決心はできてるんでしょ」

「なんでそうなるのよ！」

「若い男女が二人でいれば、結婚以上に重要な話題などないはずです」

「お前、どういう高校生活送ってるんだ?!」

「複雑性の縮減こそヒトが生きる宿命です」

「??」

「??」

「ヒトが生きる、とはあらゆる瞬間に存在する無限の可能性を一つしかない現実に切り詰めることです。生物はそれぞれの情報処理能力に応じて《物理世界》をそれぞれの《環境世界》に縮減します。ある種の動物には《環境世界》は光の強度、或いは酸性値の強度にまで縮減されます。


ヒトは脳の爆発的発達により大きな情報処理能力が生じた結果、制御可能な高度に複雑な《環境世界》を手に入れました。その代償として、ヒトは複雑性の縮減という負担を背負い込むことになったのです。そのための装置の一つが《認知的予期》と《規範的予期》という予期構造です」

「え〜と……、話の途中で腰を折って悪いけど、愛紗、その話、どこにオチるの……」

「失礼……一言で言うと、話しかけられる相手が一人しかいなくて情報処理において複雑性を縮減する必要がないこの男はアメーバにも劣るということです」

「そこにオトすな！」

「アメーバにも劣るこれには複雑性の縮減の宿命を背負うヒトだけが有する選択の《自由》はありません。だから、問題はメク、あなただけだったの」

「問題って、愛紗、あなたそんなことずっと考えていたの⁈」

「俺がアメーバ以下なのは問題じゃないのか？」

「でも、メク。メクは縮減すべき複雑性を要するという点で十分にヒトではあるけれど、私を訪れるのに、選択の《自由》を持たず《ヒト》の名に値しないこれを選んだ時点で複雑性の縮減を既に終えているの。メク、目を背けたい気持ちは分かるわ。でも現実は時に残酷だけど受け入れる勇気が必要よ」

「お前こそ、俺から目を背けるな！　《これ》とか言わず、ちゃんと《兄さん》と呼べ」

「オェ〜、シスコン、キモ！　なにが《おにいちゃんと呼んで》、よ」とメク。

「誰がそんなこと言った⁈　《兄さん》だ、《兄さん》！」

「ふつつかなこれですが、どうぞ宜しく」

「でも私には波瑠哉様という人がいるし……」

「いねぇ～よ！」

「……あんた、相変わらず容赦ないわねぇ」

「彼の目の中にはいつも無碍しかいないから」

「まぁ、私も波瑠哉様と結婚までは考えてなかったし……」

「では、これで決まりということで」

「ちょっと待て！　俺の気持ちも聞け。って言うか、いいのかメク?!」

「まぁ、垂葉は甲斐性はないけど、将来は君府学院用務員の職が子々孫々約束されてるし」

「約束されてねぇ！　愛紗、お前からも言ってやれ！」

「確かに君府学院の用務員はもはや天馬家の家業、今のこれにも勤まる唯一の仕事。どこまでも複雑性の縮減が必要ない原生動物……」

「ディスれとは言ってねぇ！」

「まぁ、でもこれでも優しいところもあって、子供の頃はヒトも殺さない優しい子だったわ」

「お前の《優しい》の基準って何なんだ？　って言うか、今だってヒトなんか殺さんわ！」

「あんたが人畜無害のヘタレ小市民なのはよく分かってるわよ」

「私の用は済んだけれど、あなたも何か用だったの、メク？」

「おい、まだ話終わってないだろう!?」

「文化祭の劇の愛紗の役考えたので聞いてもらおうと思って」

「その話はあなたたちに任せてあるわ」

聞いてもらおう、って、それもう決定事項だろう。俺たちの役目はただの説得だ。メクもさすがにあの役は非道いと気が引けているのか。

「所詮はエンタメ、面白くて、カリフの名前が観た人々の心に残りさえすればいいのです。イスラム教の国々を纏めてカリフ連邦を作って無碍の世界帝国の一翼を担う、なんていう愚劣なシナリオでさえなければなんでも構わないわ」

「……」

「そう、そうよねぇ……ヤッパリ愛紗はよく分かってるわね」

「用はそれだけ、メク？　それなら後でメールしてくれる？　披露宴の打合せをしたいの」

「えっ、あなた衣織以外にも何組か婚儀を仕切ったって聞いてるけど、披露宴なんてやってたの？」

「いつもは新婦の婚姻後見人として関わるだけだったけど、今回は新郎の親族の立場でもあるのだもの」

「結婚式と披露宴って違うの？」

「ええ、イスラームでは結婚はただの婚姻契約なので式らしい式はないの。新郎と新婦と新婦の婚姻後見人がいて婚資マハルを決め、契約の言葉を一言ずつ交わせばお終い。本当は二人の証人がいるべきなのだけど、証人なしでも有効に成立するので普段はなしにしてるの」

「婚資マハルって、何？」

「婚姻契約にあたって、新郎が新婦に払うものなの。メクには、マハルもまともに用意できそうにもないこんなものを貰って頂くのだから、せめて親族として披露宴ぐらいはしなくてはね」

「へぇ～、愛紗にもそんな気遣いができるんだ」

「私をなんだと思ってたの」

「じゃあ、気遣いついでに披露宴にはメインゲストで波瑠哉様を呼んで、私のために歌って踊って貰ってね」

「えぇ、その口上を持たせて衣織を使者に遣わすわ」

「それ最高。じゃあ日取りとか決まったらメール頂戴。さぁ、帰るわよ」

って、なんでこんなことに……。

目の眩むようなプラチナ棟の愛紗の部屋から懐かしの俺たちの寮に帰る。

「お前、あれでいいのか？」

「なによ、あんた垂葉の分際で私に不満でもあるっていうの？」

「俺の意見を全部スルーされたのが不満だ！」

「あんたなんか意見言ったっけ？」

「聞いてねぇ……」

「マジな話、愛紗の言うことはよく分からないけど結局いつも正しいのよね。あの娘が言うなら結婚ていうのも悪くないんじゃないの。まぁ、相手があんただっていうのはアレだけど……それにあんたなら、《愛妻弁当》はもう岩橋が作ってるから作らないですむ、っていうお得感もあるし……」

「どういうお得感だよ、それ。っていうか、お前、結婚しても岩橋に弁当作らせるつもりか?!」

「コンロもないうちのボロ寮でどうやって弁当作れって言うのよ?! そう言えば岩橋、どうしてるのかしら……まぁどうでもいいわ。そうね、同じ手間だから私のも作って貰おうかしら……」

究極の自己中、こいつはこういう奴だった……まぁ、腹を空かせたゾンビでも目を背ける岩橋の和洋折衷巨大握り飯を食べて、こいつも《愛妻》弁当の恐ろしさを思い知るがいい……。

42 完成

脚本と配役が決まったので、俺たちは麗美と一緒に無碍に報告に行った。

無碍、藤田を前に麗美がパワポでプレゼンする。

「主な配役が決まりました。部長、世界皇帝ムーゲ役は藤田さんにやってもらいます。いいですね」

「私が演ずるのも奥ゆかしくないし、まぁ、仕方ないな」

「無碍様になりきり、一世一代の演技をおみせいたします。そのためにも無碍様と身も心も一つに……」

「その話は後だ！　で、愛紗はヒロイン役を受けたんだろうな？」

「ええ。本当ならクライマックスで皇帝ムーゲに戴冠するネオ・ローマ皇女役の私こそヒロインに相応しいんですが……。

部長のたっての頼みなので、彼女を説き伏せヒロイン役を割り振りました」

「それでどういう役だ」

「グローバル結婚斡旋業（株）満福カリフ良縁社CEOです」

「なんだそれは?!」

「本人からの申し出です」

「意味がわからんぞ」

「時代遅れのカリフに出来ることなど、所詮こんなものです」

「そうなのか、本当に?!」

「稽古が始まれば分かることです」

「……そうか……で、他は」

「部長の腹心の田中さんの役はオーディションで選んだ新人の中等部の岩橋です」

「うん、それで私は何の役だ？」

「天馬垂葉役を」

「なっ、ななんだそれは?!」

「愛紗さんのパシリです」

「なんで私が愛紗のパシリをやらんとならんのだ?!」

「この劇は《リヴァイアサン》の能力主義で世界を再編成する物語です。登場人物の順位も可視化されておりその頂点がムーゲです。ムーゲ役を藤田さんに割り振った以上、部長が演ずるべきはマイナスの頂点、キングオブ無能、この垂葉役しかありません」

「なんだその理屈は?!」

こいつ、本人の前でよくそこまでディスれるな……。

「道化を演ずることで愚民たちに親近感を抱かせるのも大衆操作の帝王学の一つです。それに愛紗さんとの絡みも多い役です」

「そ、そうか……うまく言いくるめられたような気もするが、取り敢えずやってみよう……でこいつ、垂葉本人は?」

「彼は《リヴァイアサン》の企画《グローバル青年の船》シェヒーナー号に載ってくるホラーサーン回教土侯国の王子です」

「王子なのか?」

「王子といっても、いまだに国民の主な乗り物がロバの国のです。シェヒーナー号で啓蒙され、《リヴァイアサン》の忠実な僕になり帰国後革命をおこします」

「衣織はどうなる?」

「ホラーサーン回教土侯国の路傍のマッチ売りです」

「なんだそれは？」

「垂葉さん扮する王子が革命で国を乗っ取った後、藤田さんが扮するムーゲを招待した時に道端で目にするマッチ売りの少女です。ムーゲが情けをかけマッチ箱と一緒に買い取り婢にします」

「お前、その配役、私怨が入っていないか？」

「《リヴァイアサン》が作る新世界秩序の中にはカリフにもサムライガールにも居場所はありません。それに愛紗さんから出された条件は彼女に化粧をさせることです。せいぜい中東っぽい厚化粧をさせ婢あがりらしくゴテゴテと金銀細工を纏わせます」

「波瑠哉、怒らせて一刀両断されないように気をつけろよ」

「お任せ下さい。必ずや、世界皇帝の威光を見せつけ、足元にひれ伏させてみせましょう」

「このメクさんは」

「ムーゲを狙う中国の女スパイということにしておきました。以上で主な配役は終わりです」

「後の役は部員たちに適当に割り振っておけばいいな。では来週から全員で練習に入るぞ。ところで主題歌は出来ているか？」

「はい、部長の作詞・作曲と発表しますが、密かに《リヴァイアサン・メディアミクス》に命じて某有名作曲家、作詞家に大金を積んで作らせてあります」

「演奏は器楽部の連中にやらせるがボーカルは波瑠哉、お前で、生録でDVD化世界同時発売だぞ」
「はい、不詳、この私が歌えば、この曲は世界中の若者の心を魅了するでしょう」

「陸も海も空も」（作詞・作曲石造無碍）
広がる大地聳える山脈山と見紛う摩天楼
地表悉く開発発展地上統一世界皇帝ムーゲＯｈ！
波打つ海面冥き水底波を蹴立てる豪華船
海底迄も開発発展海を征服世界皇帝ムーゲＯｈ！
突き抜ける空煌めく星座軌道を回る通信衛星
天にも昇り開発発展宇宙進出世界皇帝ムーゲＯｈ！

「藤田さんには、今日から演技の練習に加えて、主題歌のレッスンにも励んでもらいます」麗美がニッコリと微笑んだ。

43 おめでとう

「今週末はお休みです」いつものようにアラビア語の講読を終えて、バクラワを食べながらアラビア珈琲を啜っていると白岩先生言った。

「君たちの結婚披露宴で沢山入り用なので、ちょっとシリアまでバクラワを買い出しに行ってきます」

「えっ、結婚ってなんのことです?!」岩橋が小さく叫び声をあげる。

「いや、そのぉ……」俺がしどろもどろになる。

勿論結婚の話は誰にもしていなかったのだ。

「子供は知らなくていいことよ」

メクがピシャリと言う。

「非道い、メク先輩」

「おやこれはまだ秘密だったのですか、それは失礼」

「でもお菓子のためになんでわざわざ海外まで、しかもトルコじゃなくて戦争しているシリアに？」俺は話を逸らす。

「私がいつも君たちにバクラワを出しているのは何故だか言っていませんでしたね」

「先生がバクラワが好きだからじゃないんですか」岩橋が尋ねる。

「それはそうです。でもそれだけではありません。正しい答えは幾つもあります。世界は君たちの理解のレベルに合わせて違った相貌を現します。

ダマスカスのカショーン山の中腹に私の先生ナーズィム師の先生ダーギスターニー師が眠っています。

その廟を詣でた時、墓を守るアブドッラー師は、初めて会う私にバクラワを振る舞い、ニッコリ笑って、我々の道《タリーカ》は甘味《フルワ》だからね、と仰いました。私はこの《道》を歩んでいるのですよ。バクラワはダマスカスよりアレッポの方が美味しいんですよ。

ダマスカスでダーギスターニー師の墓前に愛紗さんがカリフになったことを報告した後で、アレッポに足を延ばして買ってきましょう」

「今、シリアってビザ取れるんでしたっけ」

「天地の主権は神に属します」

白岩先生はそれだけ言って口を噤んだ。

「でもシリアって大丈夫なんですか」

メクが少し心配そうに尋ねる。

「主は仰せです。『たとえ堅固な要塞に籠もっていようとも死はお前たちを摑む』どこに居ようとも死ぬ時が来れば死を避けることは出来ないし、時が来なければ死ぬことは出来ないのですよ……」

先生が遠い目をして深く溜息をついた。

先生の研究室を失礼して戻った男子寮。

「先輩、非道いです。僕に黙ってメクさんと結婚するなんて！　今日のお昼だって僕の《愛妻弁当》食べたくせに！」

岩橋が口を尖らせる。

「しーぃっ、声がでかい！　ともかく、話は部屋で」

「えっ、先輩、お部屋行っていいんですか」

「だから声がでかい！」

「わぁ～、汚い部屋」

「仕方ないだろう。お前が来るなんて思ってなかったんだから」

「僕を呼ぶ時には綺麗に片付けてシャワー浴びて待っててくれるつもりだったんですね♡」

「なんの話だ！　そもそもこの部屋に来たヤツなんて誰もいない。この部屋だけじゃない、中等部から5年間のどの寮室もだ」

「うわ～、感激です！　僕が先輩の初めての人だなんて」

「紛らわしい言い方をするな！」

「そんな僕に黙ってメクさんと結婚するなんて、浮気者！」

「浮気者って、お前は何者なんだ！　っていうか、お前に黙ってもなにも、俺だって昨日メクと愛紗に会いに行ったら、寝耳に水で決められたんだ。

いや、ていうか。俺自身まだOKした覚えすらないうちに有耶無耶に決まったっていうかなんというか……」

「……先輩、何言ってるんだか分かりません……」

「だからそれだけ難しい話だってことだ。大人には大人の子供には分からない事情が……」

「またそうやって誤魔化す～。先輩、僕が子供か身体で試してみます？」

「うわ～、勘弁してくれ。俺はまだ婿入り前の身体なんだ！」

「先輩、可愛い～♡」

「いや、本当に俺にもよく分からないんだ。愛紗にいきなり結婚しろって言われて、そしたらメクが即ＯＫって、普通断るだろう？　そもそも結婚って。確か田中んとこも田中が躊躇ってるのに衣織が即ＯＫしたんだったよな」

「なんで女はこんな大切なことをあっさり決められるんだ？」

「僕も先輩だって、もちろん、副会長なら尚更、即ＯＫです♡」

「このエロガキ、浮気者、って、俺は何を言っているんだ……」

頭を抱える俺の頬にそっと岩橋がキスをした。

「口じゃなきゃいいって白岩先生も言ってましたよね。

先輩、今日はこれで帰ります。お部屋入れてくれて有り難うございました。明日からおむすび三人分作りますね。おやすみなさい♡」

44　夫婦寮

今日は俺とメクは例の夫婦寮の件でカリフ生徒会の活動を傍聴に来ている。

「次の生徒会で夫婦寮（仮称）の設置を学校側に申し入れようと思います」

愛紗が発議する。

「会長、お言葉ですが、新寮の設置は、巨額の予算措置を要しますので、生徒会からいきなり申し入れるのはいかがなものかと」

田中が異論を唱える。

「それは正論です。だから要望を提出しつつ自助努力をします」

「自助努力というと、敷地の山の木を切って私たちで建てるのですね」

「衣織らしい発想ですね。でも私が考えていたのはもっと簡単な一時凌ぎです。新寮プラチナ棟の部屋はバス・トイレ、ミニキッチン付のワンルームタイプで夫婦で住むに耐えます。だからプラチナ棟の一部を夫婦寮に転用するのです。

ゴールド棟の部屋もシャワー付で無理をすれば住めないこともありません。ですからプラチナ棟とゴールド棟の部屋を臨時の夫婦寮とするのです。これなら夫婦がプラチナ棟の住人どうしだった場合には、プラチナ棟は一部屋空くことになり、他の棟の夫婦を一組受け入れられます。

田中君と衣織の場合も二人ともプラチナ棟だから二人で一部屋に住めば一部屋が空きます。でも元々一人で住んでいたのに同居人ができて手狭になるので、窮屈で嫌かもしれないわね」

「衣織は平気ですが、晶様は衣織が鼻先で真剣の素振りをするのは目障りなのではないかと心配です」

「目障りじゃないけど、怖いです……」

「心配ありません。衣織が間合いを見誤る可能性は田中君が衣織の子を身籠る可能性より低いですから」

「晶様の宿した命なら、衣織は大切に育てます」

「もうすっかり世継ぎを育てる用意のできた夫婦ですね」

「今の会話って、そうなんですか?!」

「残念ながら我が校の階級システムでは、クラスを超えた付き合いには心理的抵抗が強そうだし、リア充は上位クラスに多いようだから、夫婦寮志願者はプラチナ棟、ゴールド棟の居住者同士が多いと予想されます。そうであれば、なんとか夫婦寮の部屋は確保できると思います。

　それでもプラチナ棟とゴールド棟の部屋しか夫婦寮に転用できないなら、プラチナ棟は、夫婦どちらかがプラチナクラスの生徒、ゴールド棟はどちらかがゴールド棟の夫婦が優先され、シルバークラス、ブロンズクラスの生徒の夫婦は空き室待ち、などにせざるをえないかと思います」

「会長、根本的な疑問があるのですが？　そもそも日本の法律では男性は18歳まで結婚できないので僕は結婚できません。それで学校に夫婦寮を求めるのは無理筋に思えるのですが？」

「田中君の疑問には一理あります。答は用意しておく必要がありますね。いくつものレベルの答がありえます。

　まず、田中君が現時点で18歳未満であっても、18歳の高校生は理論上可能で、いつ法律上の夫婦が生まれてもおかしくありません。そうであるなら今から夫婦寮を作っておくことは意味があります。またそもそも男子の結婚年齢を18歳とした現行の婚姻法は憲法の定める両性の平等に反し無効です。

であれば憲法に反する婚姻法上のステータスより、夫婦関係の実態を考慮し夫婦寮を用意する方が公序良俗に合致します。更に言えば婚姻年齢の下限設定は、生物学的に根拠がないばかりでなく、歴史学的、人類学的知見にも反します。よって自然法に反する人権侵害であり破棄されるべきなのです。

中学、高校の学齢は、昔の元服、つまり成人年齢です。その意味でも中学、高校は成人を迎える通過儀礼復活の場として今こそ再組織化されるべきであり、夫婦寮は、通過儀礼を終えた者、即ち《リアル・リア充》に与えられるステータスの象徴です。そして我らが君府学院こそその先鞭をつけるのです。

婚姻を国家から解放し最低年限を廃止し、自然法にかなう結婚を中学、高校から普及させることで、日本社会は再び若さと活力と成熟を取り戻し、少子化問題、高齢者問題も克服できるのです」

愛紗が一息に語り終えた。

「といったことを、夫婦寮設置要望書の前文には書いておけばよいでしょう」

45 結婚式

今日は俺の結婚式＋披露宴だ。

といってもイスラームでは結婚式は無味乾燥な契約締結でしかない。前もってマフル婚資を定め、二人の証人の前で新婦の婚姻後見人、つまりカリフ愛紗が「《タザウワジュトゥ》結婚した」と言い、新郎、つまり俺が、「《カビルトゥ》承諾した」と言えばそれで終わりだ。

俺たちのばあい、証人は披露宴の客たちだ。マフル婚資は白岩先生がこれをマフルにしなさい、と言ってくれた掛け軸だ。中東では披露宴は一応日時は決めて招待もするが、通り掛かりの者も誰でも入っていいらしい。なんともファジーだ。招待者選びはメクと愛紗に任せてある。

自慢じゃないがボッチの俺に友達はいないし、究極の自己中のメクは誰でも臆せずちゃっかり利用し利用されているが友達らしい友達はいないはずだ。招待客は父、白岩先生、田中、衣織、岩橋ぐらいのものだろう。通り掛かりでも自由に入れるといっても日曜午後の旧校舎食堂に通り掛かる者などいない。

「愛紗、なんだこれは？」

「お友達代表として無碍を呼んだらなんだかワラワラ寄ってきたの。白岩先生、わざわざシリアまでバクラワを買いに行かれたのは正解でしたね」

「流石に180人だと一人一切れにしかならないね。

垂葉君、いつか私の言った通りになったね」

「はい、あの時も《時の徴》を読まれて言われたのですか？」

「アッラーファァラム。アッラーのみが御存知です」

「では、先生、契約の前に一言お願いします」

「慈愛遍く慈悲深いアッラーの御名によって。

では、地上における神の代理人、預言者ムハンマドの後継者カリフの婚姻後見人の大権に基づき、ここに天馬垂葉と越誉メクの婚姻契約、続いて披露宴を執り行います。契約に先立って、白岩先生から、結婚について一言お願いいたします」

「慈愛遍く慈悲深いアッラーの御名によって。神は聖クルアーンにおいて言われます。

هو الذي خلقكم من نفس واحدة وجعل منها زوجها ليسكن إليها

仮に日本語に訳してみると、『彼こそはあなた方を一つの魂から創造され、それからそれに安らぎ頼るようにとその配偶者を作られた御方』といった意味になります。

ところがここで《魂》と訳した原語《ナフス》は《我》《生命体》《自体》とも訳せる言葉で女性形です。

そして、お気づきの通り、この話は聖書アダムとイブの創造物語に対応します。つまり聖書が男アダムから女イブを創った、と言っている箇所は、クルアーンでは一つの魂からその配偶者を創った、と言われているわけです。更に、《魂》は女性形だと言いましたが《配偶者》は男性形なのです。

ですから先ほど訳した箇所の代名詞を直訳すると『あなた方を一つの魂から創造され、彼女から、彼が彼女に安らぎ頼るようにと彼女の配偶者を作られた』となるわけです。人は内に、アニマとアニムス、女性像と男性像を併せ持つ存在ですが、イスラームは人の本質的女性性を示唆しています。

婚姻とは、《女性性》を本質としながら男性アダムとして発現した《魂》が、イブの《配偶者》としての男性性に触発され本来の完全性、一体性を回復する物語ということができるでしょう。それゆえ、クルアーンの別の箇所では以下のように言われています。『や――……』」

「先生、有り難うございました」愛紗が容赦なく話を打ち切らせる。

「なんか有り難いお説教でもするのかと思ったら、先生、普通の生徒相手でも容赦なく訳わかんないわねぇ」

「僕、な～んにも分かりませんでした」

まぁ、岩橋に分かるわけはないわな。

「分からないことなんて、どこにも存在しない。お前が分かったことだけが、お前のために用意されていた存在なのさ」

俺は先生の真似をして言ってみた。

愛紗に促され、俺とメクは食堂の正面にしつらえられた机に座らされる。

愛紗が婚儀を始める。

「ではこれから婚姻契約を執り行います。イスラームでは、婚姻契約にあたって新郎から新婦に渡されるマフルと呼ばれる婚資が決められますが、マフルについて既にこの掛け軸ということで合意が成立しています。

婚姻後見人無き者の婚姻後見人カリフの大権に基づき、越誉メクの婚姻代理人として、私はこの巻物をマフルとするとの条件で天馬垂葉と結婚します。アラビア語の定型句で私が《タザウワジュトゥ》と言います。そこで新郎が《カビルトゥ》と言うと、それで婚姻は有効に成立します」

「タザウワジュトゥ」と愛紗が言い、メクが頷く。

「カビルトゥ」と俺が言う。

「これで結婚は成立しました。おめでとうございます。アラーバラカティッラー。神の祝福を。結婚式はこれで終わり。これから披露宴に移ります」

拍子抜けする程あっさり。永遠の愛を誓ったりしないのはいいが……。

「披露宴と言っても、イスラーム式では、自由に歓談していただくだけ、席にお配りしてあるお茶とバクラワを召し上がりながらおくつろぎ下さい。尚、このバクラワは白岩先生が昨日戦火のアレッポから買って来られたものなので、少し硝煙の臭いはしても、揮発性なのでサリン付着の心配は無用です」

「メク先輩綺麗〜、っていうようなことは全然ありませんねぇ」

「ウルサいわね、私の大人の魅力はお子ちゃまには分からないのよ！」

「にしても誰も寄り付きませんねぇ、この席、一応主役二人が座ってるっていうのに。先輩がボッチなのは知ってましたけど、メク先輩も友達いなかったんですねぇ」

「ちっち、違うわよ！　こいつの負のボッチオーラが人を遠ざけてるのよ！　それにあんたもよ。新郎の背中に背後霊みたいにあんたが貼り付いてたら気味悪がって誰も近づかないわよ！」

「あっ、非道いメク先輩。明日からおむすびなしですよ！」

「こっちから願い下げよ、あんなもの！」

「非道～い」

「お席のバクラワも片付いたようですので、そろそろ御開きにしたいと思いますが、その前に友人代表として演劇部長の石造無碍さんから贈り物があります」

えっ、なんだこのサプライズは?!

「只今ご紹介に預かりました石造です。実は僕と天馬垂葉君とは浅からぬ因縁があります」

こいつ何を言い出す気だ?!

「実は秋の文化祭で我が演劇部はロマンチック・アクション『世界皇帝ムーゲの華麗な冒険』を上演します。そしてこの垂葉君はその脚本作りを担当してくれました。勿論、垂葉君は役の上でもこの劇に登場しますが、垂葉君役を演ずるのが、不肖この石造無碍です」

あぁ、その話か。理事長職を巡る天馬家と石造家のドロドロの因縁話を始めるのかと思った。しかし今の紹介じゃ、『世界皇帝ムーゲの華麗な冒険』を俺が考えたみたいに聞こえるじゃないか。

「そこで、この垂葉君の目出度き門出を祝って、君府学院演劇部長石造無碍が垂葉君の物真似を贈ります。

『僕は天馬垂葉、ブロンズクラスだけど天馬家の当主だ！　ボッチじゃないぞ、結婚だって出来たぞ！　カリフの大権の婚姻後見人のおかげなんかじゃないぞ！　俺の妹がカリフなわけがない！　お兄ちゃんと呼べ～！』

以上」

似てねぇ、っていうか、これイジメだろう?!

「石造さん、有り難うございました。そっくりでしたね。続いて石造さん作詞作曲の『世界皇帝ムーゲの華麗な冒険』の主題歌『陸も海も空も』を副部長藤田波瑠哉さんが歌って下さいます。では藤田さん、どうぞ」

広がる大地聳える山脈♪山と見紛う摩天楼♫
地表悉く開発発展♪地上統一世界皇帝ムーゲOh!♬
波打つ海面冥き水底♪波を蹴立てる豪華船♫
海底迄も開発発展♪海を征服世界皇帝ムーゲOh!♬
突き抜ける空煌めく星座♪軌道を回る通信衛星♫
天にも昇り開発発展♪宇宙進出世界皇帝ムーゲOh!♬

初夜、といっても、何があるわけでもない。俺はメクと岩橋と白岩先生の研究室でアラビア語の講読だ。週末、先生がシリアにバクラワを買い出しに行っていて休みだったので3日ぶりのアラビア語だ。講読が終わって、いつものように披露宴の残り物のバクラワを食べながらアラビア珈琲をいただく。

「先生、今日の結婚式はイスラーム式にやったわけですが、イスラム教徒でない日本人がイスラム法に従ってみて何か意味があるんでしょうか?」

「ありません」

「えっ、本当にないんですか?!」

「イスラームが《服従》、《帰依》を意味することは知っていますね」

「はい」

「では、何に服従、帰依するのですか？」

「アッラー、ですよね？」

「そうです。イスラーム法の定める命令、禁止は全てアッラーへの服従を求めています。つまり、礼拝がイスラームであるのは、手足の動きによるのではなく、アッラーの命令に従おうとの気持ちによるのです。喜捨も同じでお金を払うこと自体ではなく、喜捨によってアッラーに従おうとの気持ちによってイスラームになるのです」

「だから、アッラーを信じないで形だけ真似しても意味がない、ということですね」

「ではないのです」

「えっ、でも今、アッラーに服従する気持ちがイスラームだと……」

「それはカリフがいる場合の話です」

「えっ、こんなところにカリフが出てくるんですか」

「そうです。今読んでいるナーブルスィーの《イスラームの本質とその秘義》の序文のちょうど直ぐ後、第1章の冒頭にその話が出てくるので読んでみましょう。取り敢えず直訳してみましょう。

『全ての二人の使徒の間の中間時の民は、彼らの時代には宣教が成立していないために、彼らの諸々の行為は罪ではない。人々から隔絶された場所で成長した者、戦争の家でイスラームに入信し、その後で《イスラームの家》に移住しなかった者も同様である。但しこれらはすべて四肢による行為についてである』

神は人類に多くの預言者を遣わされました。《二人の使徒の間の中間時の民》とは、預言者が誰もいない時代を生きた、預言者から教えを聞くことができなかった人々のことです。イスラームとは《アッラーに対する服従、帰依》と言いましたが、実際には《神の預言者に対する服従、帰依》なのです。

なぜなら神の命令、神の法は預言者を通じてしか知られず、預言者だけが神の命令、神の法を伝える権限を有するからで、神に服従するとは神の命令と法を伝える預言者に服従することだからです。因みに、イエスからムハンマドまでの約600年の間はこの預言者不在の時代、《中間時》にあたります。

ムハンマド以前の預言者たちは信徒に恵まれませんでした。彼らは預言者の教えを歪曲、改竄しました。イスラーム教徒だけが例外で、預言者ムハンマドの教えを忠実に守り伝えてきました。預言者ムハンマドの後継者カリフの指導の下にイスラーム法を正しく遵守し、施行してきました。

だから、これまでの預言者たちの場合に彼らの死後にイスラームが消滅して何をしてもよくなったのと違い、ムハンマドの死後は、彼の教え《イスラーム》を護る彼の後継者カリフに服従、帰依することがイスラームになったのです」

「じゃあ、イスラム教徒の礼拝はカリフに帰依してるのですか？」

「勿論礼拝はアッラーを拝みます。しかし預言者が生きていらした頃は、どうやっていつアッラーを礼拝するかについては預言者に聞き従ったわけです。独りで礼拝している時はあまり問題になりませんが、今でも年に2回街中で祝う大祭礼の礼拝をいつどこで行うかは、カリフが決めるべき事柄です」

「でもテキストにはカリフという言葉は出てきませんね」

「『《戦争の家》でイスラームに入信し、《イスラームの家》に移住しなかった者』と書かれていますね。この《イスラームの家》というのが、カリフがイスラーム法に則って統治を行う地であり、イスラーム法の支配が及ばない地が《戦争の家》です。

だから預言者の後継者カリフが権威を有さないこの《戦争の地》で生まれ育った者は、正しいイスラームを実践する手立てがないので、何をしようとも許されるということです」

「じゃあ、人を殺してもいいのですか？」

岩橋が口を挟む。

「構いません」

「いいんだ、人殺しても」

「《構わない》というのは、来世で地獄の罰を受けないということです。警察に捕まって刑罰を受けたり、遺族から復讐されたり、社会で村八分にされたりすることは当然あります。でもそれは宗教とは無関係な現世の事柄だ、ということです。現世で困ったことが生じない、と言っているわけではないのです」

「じゃあ、カリフのいない国でのイスラームって、《何でもあり》の教えなんですね。僕、カリフなんていない方がいいなぁ」

「《何でもあり》というのは、国家権力や世間の目を気にしなくていいだけではなく、地獄の罰の脅しをびくびく恐れて生きる必要もないということです。

預言者ムハンマドは『お前が恥かしいと思わないならば、好きなことをするがよい』と仰せです。カリフ不在の地に生きる私たちのイスラームとは、現世や来世の罰の脅しを恐れて汲々として生きず、ただアッラーの前で恥かしくないように良心の声にのみ聞き従って生きる、ということなのです」

「やっぱり僕、カリフなんていない方がいいです」

「……」

46 学園祭

こうして俺たちは学園祭当日を迎えた。

この間に、夫婦寮設置の件は、リアル・リア充である《夫婦》はスクールカースト最上位の特権が与えられるべき、との極論で愛紗が生徒会の激論を正面突破し寮委員会が部屋割りの調整に入ることになった。

我らが演劇部はアフガニスタンに夏合宿に行ってきた。

アフガン合宿では、米国籍を持つ麗美が反体制武装勢力に誘拐されたり、それを反テロ・プロパガンダに利用しようとする政府の秘密警察に襲われたのを衣織が撃退したり、結局ムッラー・オマル師の仲介で解放されたり、とちょっとしたエピソードがあったが、それはまたの機会に語ることにしよう。

『世界皇帝ムーゲの華麗な冒険』はスポンサー《リヴァイアサン》からの潤沢な資金援助もあり、《学生編》、《企業戦士編》、《世界革命編》の3部構成で、休憩時間を含めて総上演時間7時間、つまり学園祭の開会時間中、シドニーのオペラハウスを模した大講堂を占有するという超大作になった。

舞台も日本に始まり、《グローバル青年の船》豪華客船シェヒーナー号、アメリカ、中国、ホラーサーン回教士侯国、ネオ・ローマ帝国と目まぐるしく変わる。ホラーサーンのシーンでは、王子役の俺はアフガニスタンで買ってきた民族衣装を着て登場したが、すっかり俺はその服装にハマってしまった。

パシュトゥーンのブルカではないハザラの衣装を身に付け、化粧をした衣織は驚くほど綺麗になった。最前列生徒会特別席の田中が夢中でビデオを回していたのを俺は見逃さなかった。マッチ売りの少女役なので長刀《姥捨》は外していたが短刀《過労死》はしっかり腰に差していたのはさすが衣織だ。

究極の自己中メクは、強引に脚本に入れた本筋とは全く関係ないチャイナドレスの中国人産業スパイ役で、ムーゲを演ずる藤田に色仕掛けでハニートラップを仕掛けるシーンを、観客も相手方も一顧だにせぬ怪演で独りおおいにエンジョイし悦に入っていた。

チャイナドレス姿で藤田に迫るメクが普段と違ってエロエロで、密かに俺が嫉妬していたことは内緒だ。

岩橋もムーゲを支える頭脳明晰で寡黙な腹心という役柄を完全に無視したメクの演出で女の子と見紛うBLショタキャラを活き活きと素で演じていた。

藤田と岩橋の美少年二人の絡みは、腐女子たちをして、《リヴァイアサン・メディアミクス》によって厳禁されたカメラのシャッター撮影を決意させるに十分な観物だった。

しかし圧巻はムーゲの世界皇帝の戴冠式を兼ねたネオ・ローマ帝国皇女を演ずる麗美との世紀の結婚式だった。

アメリカ人の血を引き日本人離れしたスタイルの麗美が私物の宝石を散りばめたティアラを被った姿は本当の皇女と言っても通るものだった。しかしこのためにわざわざ特注した五大陸の覇者を表す五重冠を被った藤田の完璧な帝王の立ち姿は、この劇の虚構性を何よりも雄弁に語っていた。

無碍は悪ノリして、俺をあくどく徹底的にコケにする演技にコメディアンの《新境地》を拓いた。ミダス王の手に触れるとなんでも黄金に変化するように、スクールカースト最上位者の手にかかるとどんな演技もイジリに化ける。観客に一番ウケていたのは無碍が演じた俺役だったかもしれない。《民衆》はいつも残酷なものだ。

勿論、ボッチ歴17年の俺はこんなイジリなどで傷ついたりはしない。いや、正確には傷つくことで傷つくことはない、と言うべきか。傷つく自分を俯瞰して憐れむ自分と笑う自分がいる。まぁ、そんなものだ。

メクに迫られても、岩橋に絡まれても、麗美と並んでも、100%作り笑いの極上の微笑みを浮かべて婉然として動じない藤田は流石にプロの役者、日本のアイドルだけのことはあり、見事に主役を演じきった。

しかしこの7時間に及ぶ超大作で最も存在感があったのはやはり《ヒロイン》愛紗だったろう。最初から最後まで繰半月の兜を被った外見もその理由の一つに違いない。しかし愛紗を他の誰でもない愛紗たらしめているのは、一人のJKであっても、生徒会長になろうと、カリフになろうと、結婚斡旋業のCEOになろうと、少しも変わることがない、ただ空の彼方のみを見つめる瞳だろう。

この半年、色々なことがあった。妹がカリフ宣言をする、という60億の人類の中でも俺だけだろうSP体験をし、そのせいでアラビア語を学び始め、学園祭の演劇に脚本作り、出演と巻き込まれることになった。そしてそのおかげで1学期の期末は赤点の嵐だった。大学進学どころか卒業も怪しい。

『世界皇帝ムーゲの華麗な冒険』は、理事長の息子の宣伝のために、グローバル企業《リヴァイアサン》が総力をあげて応援し学園祭を私物化した赦すべからざるメチャメチャな企画だった。
愛紗が何を考えているのかは今も謎だ。
無碍や麗美や波瑠哉はきっともう二度と交わることのない敵だろう。
頭の中に主題歌がずっと反響している。

広がる大地聳える山脈♪
山と見紛う摩天楼♬
地表悉く開発発展♪
地上統一世界皇帝ムーゲＯｈ！♬
世界皇帝ムーゲＯｈ！♬
世界皇帝ムーゲＯｈ！♬
世界皇帝ムーゲＯｈ！♬……………∞

でも、俺は楽しかった。二度とない高校2年のこの時間が。
無碍は《リヴァイアサン》のスーパーコンピューターのシミュレーションに従って世界皇帝への道を確信をもって、愛紗は客観的に考えれば1プランク定数の可能性もなさそうな前人未踏のカリフへの道を不退転の決意をもって、俺は行き当たりばったりの名もないフリーターの道をトボトボと、歩いていくだろう。

『世界皇帝ムーゲの華麗な冒険』はどこから突っ込めばいいのか分からない、メチャメチャなトンデモだったけど、未来は俺たち誰もに無限に開かれていることを思い出させてくれた。白岩先生なら無限にも濃度の違いがある、と言うかもしれない。でも、そんな違いなど俺たちの知ったことじゃない。

そして俺たちは皆んな繋がっている。世界の果てまで。ある時は敵になり、ある時は味方になり、俺たちの生の意味は死を迎えるまで分かりはしない。いや、アダムの裔《えい》、俺たちの先祖たちは今も俺たちを動かし、導いている。俺たちの生は死してもなお、世界が終わるまで完結しない。

俺たちの未来は無限に開かれている。

エピローグ

君府学院学園祭で上演された『世界皇帝ムーゲの華麗な冒険』は即日英語、フランス語、スペイン語、中国語、アラビア語に翻訳され、字幕付で《リヴァイアサン・メディアミクス》によりインターネットを通じて世界に無料で配信された。

『世界皇帝ムーゲの華麗な冒険』は海外の一部の日本オタクの間で静かなブームを巻き起こした。日本のメディアも海外の評判を聞きつけ後れ馳せながら君府学院に注目し始めた。大半は《リヴァイアサン・メディアミクス》を率いる石造財閥の御曹司無碍が目当てだったが、愛紗に取材を試みた者もあった。
マイクを向けた記者への愛紗の返事は、衣織の《姥捨》によるマイクの一刀両断だった。それならば、愛紗のところから尻尾を巻いて逃げてきた記者たちの質問に対する俺の答えも、ただこの一言だ。

「俺の妹がカリフなわけがない！」

岩橋君の独り言

俺の妹がカリフなわけがない！

スピンオフ1

1 君府学院中学

中学から全寮制の学校に入れられてうまくやっていけるなんて。ペンギンか蜜蜂ぐらいなもんだと思う。いや、ペンギンや蜜蜂なら全寮制の中学に入ってうまくやっていける、っていいたい訳じゃないよ、分かるよね？

家族を作ったり、群れを作ったり、って習性は、動物毎に異なっている。類人猿は家族はあっても、大きな群れなんか作らないんだ！

動物にはそれぞれ適正な密度ってものがあるって、有名な動物行動学者だって言っている、ような気がする。

まだ自分でエサも取れないコドモが「家族」から引き離されて、30人もの「他人」と小さな箱の中にずっと押し込められていれば、そりゃ問題も起きるさ。僕はペンギンでも蜜蜂でもないんだ！　僕はペンギンの群れの中の鷲、蜜蜂の巣の中の雀蜂だ!!

でも、君だって、日本猿の群れの中のボノボになるか、って言われたら二つ返事で断るだろう？　僕の気持ちが分からなくても、生き辛さだけはちょっと想像できるかもしれない。

小学校では、僕は優等生だった。身体は小さくて運動も苦手だったけど、勉強は学年トップだった。灘や開成はちょっと難しくても東太寺学園やオ・サールになら入れる偏差値だったんだ。

でも僕の親は学費も寮費も無料の君府学院に僕を放り込んだ。「被造物に仕えることで創造主に仕える人材を育てる」なんて理念など気にもかけちゃいなかった。ただ僕にお金も手間もかけなくていいから飛びついたんだ。

君府学院は僕みたいに学費寮費が無料なのに惹かれてくる貧しい家庭の子だけじゃなくて、旧貴族・華族、財閥の子弟、芸術、運動の天才などが集まってきていた。勉強だって僕程度に出来るのは当たり前でしかなかった。

気持ち良いまでに露骨に階級化された君府学院で、僕は最下層のブロンズクラスに入れられた。田舎の小学校の優等生の小さなプライドなど、ピカピカに輝いて聳え立つ山頂のインテリジェントビルを見上げる麓の木造旧校舎の寮の古ぼけた一室を与えられた入学当日に粉々に砕け散ったさ。もう春先の杉花粉のレベルにまで粉々にね。

小学校では優等生だった僕も、君府学院では、ブロンズクラスの中でさえ、成績は下の方だった。運動も出来ず、身体も小さく中3になっても声変わりもしていない僕は、化粧を塗られたり、服を脱がされて、女の子の服を着せられたり、格好のイジリの対象だった。

君府学院にはイジメはない。っていうか、身体に傷が残るようなイジメはない。それは、何故かいつも真剣を腰に差し、気配を殺して校内を巡回している新免武道部長にそんなイジメの場を見つかったら問答無用で腕を切り落とされる、と全生徒が固く信じているからだ。あの人ならきっとやる。うん。

でも、身体のことなら10キロ先の一滴の血の臭いでも嗅ぎつけると言われる新免先輩は、人の心の機微にはまるで疎い。だからあからさまな暴力沙汰のイジメを見事に根絶した新免先輩の巡回もイジリを防ぐには全然役に立たないんだ。使えねぇ～。

僕がいつものように放課後の教室で女の子の服を着せられ化粧を塗られているところに、なぜかプラチナクラスの新免先輩が通りかかったことがあった。僕を押さえつけて化粧を塗っていた同級生は気がついてみんな真っ青になった。震えている子、腰を抜かした子もいた。

でも、新免先輩はつかつかと僕の方へ寄ってきて、暫くしげしげと僕の顔を眺めて、「化粧なしでも綺麗だと思う」と言い残すと、そのままスタスタと去っていってしまった。ちょっと、嬉しかったけど、そういう問題じゃないんだ。それから僕へのやつらのイジリがエスカレートしたのは言うまでもないよね。

これはイジメじゃないんだ、こういうキャラなんだ、と自分を騙し、自分を笑い物にし慰み物にする奴らをトモダチだと自分に言い聞かせ、僕の中学生活なんてこんなもんだ、って自分に思い込ませて生きていたんだ。だってしょうがないじゃない。他にどうすればいいの？

2 生徒会選挙

僕は入学そうそうイジラレキャラがすっかり定着してしまった。君府学院は中高一貫なので、高校デビューで起死回生、心機一転というわけにもいかない。僕の人生こんなもんだと諦めていた、ちょうどそんな頃に、生徒会長選挙があったんだ。会長には理事長で石造財団の御曹司石造無碍先輩が立候補するというので校内あげてお祭り騒ぎのようだった。テレビの国民的アイドルスターの藤田波瑠哉先輩を連れて石造先輩が僕のクラスに選挙演説に来た時は、選挙演説会はもう、藤田先輩のサイン会だったね。

会長選挙がお祭り騒ぎだったのに対して副会長選挙は無碍先輩の腰巾着と言われた田中先輩しか立候補者がおらず、信任投票、つまりほぼ自動的に当選となるのが分かっていたので、全然盛り上がらなかった。

でも田中先輩は中等部のブロンズクラスまで、律儀に一人で一つ一つ回って、副会長の抱負を訥々と語っていった。田中先輩の演説はクラスの誰も聞いていなかった。先輩の演説ははっきり言ってとてもつまらなくって、今となっては僕だって一言も思い出すことはできやしない。

誰も聞いていない教室で話をする先輩は僕だけに語りかけてくれているように思えた。妄想だよ、勿論。でもボッチの中学生から妄想を取ったら何が残るのさ?

多分そのせいだろう。自分でも思いがけず僕は先輩に声をかけ、尋ねていた。

「副会長になったら、イジメをなくしてくれますか」って。そうしたら先輩は顔をしかめて暫く黙ってしまった。そしてこう言った。「僕にはできないと思う。でも君がいじめられたら、一緒に逃げてあげることならできるかも」

本当に先輩がそんなことを言ったのか、僕のいつもの妄想だったのか、今となってはもうよく分からない。でも、確かなのは、その日から僕にとって世界は全く別のものになった、ということだ。

田中先輩は順当に信任され副会長になった。ビックリしたのは、武道部長の驚きの応援演説、っていうかパフォーマンスのせいで、天馬愛紗先輩ていう奇人が会長になったことだ。まぁ、僕も面白そうだったんで投票したんだけど……。

愛紗先輩は会長就任演説で、淡々とカリフ宣言をした。といっても、全校生徒の99%は、「はぁ?-?-」って思っただけだと思う。きっと。

会長就任演説に次いで壇上に上った田中先輩は、「皆さんの信任に応え、生徒会長がカリフなら、スルタンになって、カリフを支えようと思います」ってやっぱり淡々と抱負を述べた。生徒会長がカリフになったから、自分はスルタンになる、って何それ?! 田中先輩って超クール!! 僕と駆け落ちしてくれちゃう田中先輩は、スルタンにもなれるスゴいひとだった……これって、スゴくねぇ?!

ひょっとするとこの世界は僕のために創られたのかもしれない。なんてさえ、思えてくるよね。誰に何を言われようと何をされようと、もう全然平気だ。それは僕だけのために選ばれた運命なんだから。

3 田中先輩

僕はもうボッチ飯なんて気にかけなくなった。もう無理してクラスの子たちと一緒に食堂に行くこともなければ、パンと牛乳を買いにパシられることもない。昼休みのベルが鳴れば、脇目もふらずに新校舎のレストランに駆けていく。なんでだって？　決まってるじゃない。先輩が目に入る席を確保するのが僕の日課になった。

田中先輩は石造先輩のグループの一番外が定位置だ。遠くなので何を話しているのかはよく分からない。先輩はあまり話をしない。大体いつも聞き役でニコニコ笑ってただ黙っている。でも時々話を振られて答えると、周りが沸いているから、きっと本当は話も面白いんだろう。先輩はオクユカシイんだ。

僕はただ遠くから先輩を見つめているだけで幸せなんだ。時々先輩がこちらを向いて目が合いそうになる。僕は慌てて目を逸らす。だって僕と先輩の特別な関係は誰にも知られちゃいけないから。

お昼休みには新校舎のレストランで遠くから先輩の姿を見つめる。じゃあ、夜は？　そりゃあ、先輩の寮に忍んで行くに決まっているじゃないか。

新校舎の寮はインテリジェントビルで、ニンジャでも入れない、と謳ったセキュリティーが売り物だから中には入れない。でも、いいんだ。

寮の庭に忍び込んで、先輩の部屋の下に寝袋を敷いて眠る。ひょっとして先輩が窓を開けて僕を見つけて、驚いた顔をして「そんなとこで何をしてるんだい、中に入りなよ」なんて言ってくれるんじゃないか、と妄想しながら。新寮は全館空調で窓は全部開けられない造りだと教えてもらったのは後の話だ。

雨の日なんかは屋外で寝るのは辛いけど、旧寮の自分の部屋にいて、夜に誰かに押し入られるよりはずっといい。

ということで、僕は先輩と二人でスルタンへの道を目指している、というヴァーチャルな夢の世界の全能感と幸福感の中に微睡んでいたんだ。

でもそんな僕の束の間の夢のような幸せは、それこそ夢のようにあっという間に消えてしまった。先輩が人の心を解さないあの武道部長、《狂犬》新免先輩と結婚してしまった!!、って……そもそも16歳の男子高校生が結婚て……ありえねぇ!!

それっきり先輩は昼休み、レストランにも来なくなってしまった。もう遠くから顔を見ることもできない……また僕は独りになってしまった。

なんだか僕には二度といいことなんか起きない気がするし、死んじゃおうかなぁ……って思ってたそんなその時だった。

4 演劇部

学園祭の演劇『世界皇帝ムーゲの華麗な冒険』の田中副会長役、「いし・たな」を演じられるメガネ属性の小柄な男の子募集、ていうイカレたビラが舞い込んだのはそんな時だった。

やるっきゃないじゃん!

やっぱり僕と田中先輩は運命の糸で結ばれていたんだ!

オーディションの日、やたらハイテンションの女の先輩と、顰めっ面をした強面の男の先輩が僕を迎えてくれた。いきなり僕に「脱げ！」って言ったのがメク先輩。それをたしなめたのが垂葉先輩。二人は僕を選んでくれた。僕に新しい世界を開いてくれた。

先ず驚いたのはメク先輩も垂葉先輩も僕と同じブロンズクラスの生徒だったこと。理事長の息子石造先輩が部長、国民的アイドルの藤田先輩が副部長で東京ドーム程もある大講堂を占有する演劇部は、ブロンズクラスの生徒にとっては、望遠鏡で太陽を見るような目が潰れる程眩しい存在だと思ってたから。

だから副会長の田中先輩役を決めるオーディションの審査員なんて大役をブロンズクラスのメク先輩と垂葉先輩がやってるというのにびっくり、しかも垂葉先輩はあのカリフの愛紗会長の双子の兄だと聞いて二度びっくり。

でも本当に驚いたのは奇人の愛紗先輩の思いつきのネタだと思っていたカリフ宣言が天馬家千年の悲願の実現であって、しかも天馬家の嫡男の垂葉先輩は当主の意を承けてその阻止のために立ち上がり、垂葉先輩はそのために宿敵石造家の無碍先輩と手を組んだ、って聞かされたことだ。

石造財閥は愛紗会長がカリフになって世界を制覇するのを総力をあげて阻止する気だそうだ。僕がオーディションに受かったこの『世界皇帝ムーゲの華麗な冒険』も石造財閥による愛紗会長の懐柔工作らしい。

って、何それ?! 君府学院って、日本の普通の中高等学校だよね？ 何なの、このわけの分からない展開は!?

副会長の田中先輩は元々は無碍先輩派だった。ところが、新免武道部長の色仕掛けで愛紗派に寝返ったとか……それはきっと嘘だ。

5 生徒会長

垂葉先輩の結婚式が終わって、部屋に帰ろうとしていると、司会の務めを終えた愛紗会長が僕の方にそっと近づいてきた。

まぁ、「そっと」と言っても、繰半月の兜をかぶった愛紗先輩は何処にいてもメチャクチャに目立ちまくっているので、皆の目にはとまっていたとは思うけどね……。誰かが見てたかどうかなんてどうでもいい。僕的に大切なのは愛紗会長が僕のところに来てくれて僕だけに話しかけてくれたことだ。

愛紗会長は垂葉先輩の妹だけど、新校舎のプラチナクラスの住人だから、先輩や僕のようなブロンズクラスの旧校舎の住人とは普段は会う機会なんかない。

愛紗会長を身近で見るのは僕もこれが初めてだ。

いつもは思いっきり学校には場違いな繰半月の兜にどうしても目がいってしまうので、顔の印象が薄かったんだけど、こうして目の前でまじまじと見ると、凄く綺麗な人だなぁ。

遠くアラブ人の血を引いているだけあって、高い鼻、二重瞼の大きな目、彫りの深い顔、ほのかに碧みがかった瞳、まるでテレビで見る中東の女の人のようだ。

よく見ると、二卵性だとはいえ双子だけあって、垂葉先輩とそっくりだ。雰囲気が全然違うので今までちっとも気がつかなかった。

会長を身近にして固まっている僕に、会長はそっけないけれど、どこか暖かい調子で、小声で囁いた。

「愚兄がいつもお世話になっているそうですね。有り難う」

グケイ……？？　思わず口に出してしまった。

「グケ～……？？」

「…兄にいつも昼食を作ってくださっているそうですね」

あっ、「グケイ（愚兄）」かぁ。中坊相手に使う言葉じゃないよ～……。

「いつも喜んでいる、とメクから聞いています」

えっ、先輩、本当は喜んでくれてたんだ！

「あれはあの通り愚昧で、メク以外に周りに人もいませんが、あなただけが世話を焼いてくれているそうですね。感謝します」

グッ、グマイ……多分、愚マイ……なんだろう……いや、ここは否定すべきなんじゃないか、先輩は賢いです、って……。

「あれは、あなたを随分頼りにしているようです」

あ～……迷ってる間に言いそびれてしまった。先輩～、ご免なさい……って、言うか、えっ、今何言われたの、僕？

僕が先輩に頼りにされてる、って!?

「ふつつか者ですが、これからもどうか宜しくお願いします」

フツツカモノ、ってテレビで聞いたことあるぞ。カリフって、中坊相手にもこんな話し方するんだ。

「あ、えーと、こちらこそ宜しく……」

とっさに気の利いた言葉が浮かばない。しどろもどろだ。

会長の表情が心なしか柔らかくなった気がする。きっと微笑んだんだろう。

軽く頭を下げて行こうとする会長に、自分でも驚いたことに、僕は思わず声をかけていた。

「会長、会長と先輩は預言者ムハンマドの血を引いた子孫なんですか?」

「ええ、そうです」

「凄いなぁ。日本の天皇家より凄いんですよね?」

「人間は全て預言者アダムの子孫です。『ただ神を畏れる気持ちによる以外、アラブ人が非アラブ人より優れているということも、非アラブ人がアラブ人より優れているということも、白人が黒人より優れているということも、黒人が白人より優れているということもない』と預言者ムハンマドも仰せです」

「でも、預言者ムハンマドの子孫て凄く神秘的ですよね。前になんかの映画で観ました。イエス・キリストには実は子孫がいて、彼らを護る秘密結社があって、イエスの子孫はその秘密結社に匿われて人知れない場所で今も生きているんだって」

「それはただのフィクションです。それに預言者ムハンマドの子孫はそんなに珍しくありません。世界中に何十万人といます。モロッコやヨルダンの王様や今のイランの最高指導者も預言者ムハンマドの子孫です」

「え〜、そうなんだ。珍しくないんですかぁ……」

するとと会長はほんの一瞬だけど、言葉を続けるか迷ったように口を閉ざした。

それから意を決したように会長は話し出した。

「預言者には、肩に預言者の印がある、と言われています。また預言者ムハンマドは子供の頃に、天使が舞い降り、その胸を切り開き心臓を取り出し、その後で決して罪を犯すことがないようにと、洗い清めて再び胸に戻して傷口を縫い合わせられました。

これは預言者ムハンマドの言行を集めた多くのハディース集に記録されている話です」

「白岩先生に教えて貰いました。ハディースって、日本語にも訳されてるんですよね。確かブハーリーとか言う人の本。文庫で6巻もある長い本ですよね？」

「そう、よく知っていますね。他にも沢山あります。

でもここから先は慈覇土伯父様の先生のユースフ・バッフール師から伺った話です。

預言者ムハンマドの心臓を洗い清めた時の聖痕はその子孫に受け継がれているのです。しかし普通は預言者の聖痕が子孫たちの胸に顕れることはありません。ただ神から特別な使命を授かった者だけが、聖痕が胸に浮き上がるのです」

「えっ、じゃあ、会長がカリフになったのは、会長の胸にその聖痕があるからなのですか?!」

「全てのことには時があります。今はそれを明かす時ではありません。時の徴が満ちた時、きっと真実が明かされるでしょう。

アッラーのご加護を祈ります。今後もあれを宜しくお願いします」

そう言うなり会長は僕を後に残して結婚会場から姿を消した。

僕にはまだ分からないことが沢山ある。

でも構わないよね。だって僕はまだ中学生なんだから。

6 世界皇帝ムーゲの華麗な冒険

『世界皇帝ムーゲの華麗な冒険』の中の副会長の役は現実のクールな田中先輩とはぜんぜん違う。腐女子のメク先輩が、無碍先輩というより、アイドルの美少年藤田先輩の相手役としてでっち上げたキャラで、出番も本筋とはぜんぜん関係ない藤田先輩との絡みだけだ。なんでこんな脚本通ったんだろう……。

絶世の美少年に愛を囁くシーンとかはちょっとドキドキしたけど、藤田先輩は僕に１ミリの興味もないことが２００％伝わってくる１００％の作り笑いで相手をしてくれた。うーん、ちょっと残念だったかなぁ。

本番の講演が終わって舞台裏に引き上げると、思いもかけずそこに田中先輩が居た。

僕は思わず告ってしまったんだ。

「先輩〜♥、僕の演技どうでした。僕の先輩への想いを全部詰め込んで、無碍先輩を慕う先輩を一生懸命演じたんです」

いや、あれは告ったことにはならないかな。

でも先輩、「ありがとう。でもあんまり、似てなかったかなぁ。いや、君の方がずっと可愛い、って意味で……」と、僕のこと可愛い、って言ってくれたから、僕はこれで良かったんだ、と思うことにした。

藤田先輩はいつもの作り笑いを浮かべて、田中先輩に「現実にお前が無碍様に手を出そうとすれば、俺が手を下さなくても、あの狂犬がお前の首を刎ねてくれるだろうね」とだけ言うと、無碍先輩と二人で演劇部長室に消えてしまった。

7 神さまに感謝

『世界皇帝ムーゲの華麗な冒険』は上演と同時に、石造り財閥の関連企業《リヴァイアサン・メディアミクス》によって日本語、英語、フランス語、スペイン語、中国語、アラビア語でホームページが作られ世界中に無料で発信された。

上演の翌日、僕は世界のアイドルになっていた。

《リヴァイアサン・メディアミクス》の宣伝もあって、『世界皇帝ムーゲの華麗な冒険』の公式ホームページ6か国語版のアクセス数は初日だけで一千万件を超えた。主役のムーゲ（石造無碍）役の藤田先輩には百万通以上、主役級に扱われた無碍先輩、愛紗先輩、ナオミ先輩にも数千通のメッセージが届いた。

僕宛のメッセージの殆どは、「晶君カワイイ」、っていった他愛ないものだった。

あっ、晶って、僕が演じた田中先輩の名前ね。でも中には、僕の国にもムーゲ様が来てくれて晶君みたいな側近の一人になるのが僕の夢です、なんてメッセージもあった。

それで僕は改めて思い出した。

無碍先輩は世界皇帝を目指しており、田中先輩はその片腕であること、そしてカリフを名乗る天馬愛紗先輩は無碍先輩の野望の前に立ちふさがる障害であり、垂葉先輩はカリフ擁立の千年の使命を担う天馬家の本来の当主であったことを。

そして皆んなでアラビア語の勉強をして、バクラワをお茶請けにアラビア珈琲をいただいて御開きになった後で、いつかこっそり先生に尋ねよう。本当のカリフは先輩じゃないのかって。

高校生になったら、きっと僕にも田中先輩や垂葉先輩みたいに素敵なお嫁さんが見つかる。

うん、大丈夫だ。

僕は神さまに感謝する。今この人たちと出会って一緒に生きているこの奇跡を。

田中君のお仕事

俺の妹がカリフなわけがない！

スピンオフ2

プロローグ――ツイッター

「衣織さん、メシヤマ・ヨウ先生のツイッター見ましたか？　バグダーディーがアフガニスタンに逃げたんですってね」
《飯山陽 @MeshiyamaYou ２０１８年9月28日：パキスタン治安当局者らの情報によるとイスラーム国の指導者バグダーディーはイランを経由してアフガニスタンの東部にあるナンガルハル州に到着したとのこと。【返信 Baghdadi Reportedly Reached Afghanistan Via Iran http://aawsat.com/node/1403801】》

ツイッターのＴＬに久しぶりにバグダーディーの名前を見つけた僕はなにげなく衣織さんに声をかけた。

「晶さま、そのことで後ほど愛紗さまからお話があるそうです」

高校２年生の時に君府学院生徒会長に当選しいきなりカリフ就位を宣言した天馬会長に衣織さんと婚姻契約を結ばされた僕は、高校を卒業するなり、会長が創立したカリフ・ブライダル社の副ＣＥＯに就任させられた。衣織さんは一応社長秘書ということになっている。勿論、実質はＳＰなんだけど。

ところが、僕たちが、結婚斡旋業カリフ・ブライダル社を立ち上げた途端に、とんでもないニュースが飛び込んできた。イラクにイスラーム国が樹立され、アブー・バクル・バグダーディーがカリフの名乗りをあげたのだった。

でも会長はその時もただ「彼はカリフではありません」と一言述べただけだった。そしてその後もカリフ・ブライダル社のCEOとしてカリフの業務——と言っても、結婚の斡旋と会社の前の道の掃除だけだけど——を粛々と続けてきた会長が、話があるって、いったいどういうこと?

「えっ、衣織さん、バグダーディーのことで会長が僕に何の用?」

生徒会時代の名残で、僕は会長のことを未だに会長と呼んでいる。

「詳しくは聞いておりませんが、重大な使命を託される、とのことです」

「重大な使命って、《蟹の穴》の特訓で3回も落第してる僕にできることなの?」

「はい、誘拐や暗殺のような任務は私が承りますので、晶さまには別のお仕事があるのだと」

「いや、バグダーディーの誘拐や暗殺って、《私戦予備及び陰謀罪》で捕まるから、そういうことは軽々しく口にしない方が……」

「失礼しました。では、アフター5にCEO室にお越しください」

1 カリフの黒旗

5時になったのでCEO室に赴く。カリフ・ブライダル社は創業以来、会長、いや愛紗CE

Oと秘書の衣織、双子の兄で専務取締役の垂葉と副CEOの僕の4人でやっている。全員が役員だから、誰一人、給料はない。日本は最低賃金法があって、労働者の権利は保護されているが、最低役員報酬法というものはなく、役員は搾取し放題だ。我が社でなぜまだ誰も飢え死にしていないのかは謎だけど、今はその話はおいておこう。CEO室といっても会長と衣織さんの相部屋で、これまた相部屋で僕と垂葉君がいる事務室の隣部屋になっている。だからCEO室に赴く、と言っても、要は扉をノックして開けるだけのことなのだけれど。

「会長、失礼します」

部屋に入った僕に会長がいきなり切り出した。

「私と衣織はナンガルハル州に行ってきます。留守中の業務は全て田中君に任せます」

「えぇー、なんなんですか？　そのいきなりな展開は！」

「本来なら、垂葉が担うべき責任ですが、あの無能な愚兄は……」

「いや、まったく話が見えないのですが……」

「田中君、天馬家がイスラームの預言者ムハンマドの血を引く第5代カリフ・ハサンの家系なのは知っていますね」

「はい、まぁおぼろげには。平安時代に中国から渡ってきたイスラーム教徒の馬氏が祖先だとか」

「そうです。詳しくは、まだ衣織にも話していなかったことです。一緒に聞いてください」

「御意」衣織が答える。

「第5代カリフ・ハサンの子孫の天馬家の祖先はウマイヤ朝の迫害を逃れて、ホラーサーン、今のアフガニスタンに移住しました。世が乱れた末世に、東方から黒い旗を掲げて義なるカリフを奉ずる民が世を救う、との預言者ムハンマドに遡る家伝のハディースを奉じ、義なるカリフの出現を待ってホラーサーンに身を潜めていました」

「なんですか、そのハディースというのは？」僕が尋ねると会長は答えた。

「預言者のお言葉です。イザーラアイトゥム・アッラーヤートゥッスード・ミンキバリルマシュリク・ファートゥーフ・ファインナフィーハー・ハリーファトゥッラーヒルマフディー」

「すみません、アラビア語わからないんで、日本語に訳してもらえませんか？」僕がおずおずと尋ねた。

「もし黒旗が東方に現れるのを見たなら、そこに行きなさい。なぜならそこには正しく導かれたアッラーのカリフがいるからである、となります」

「正義のカリフが東洋に現れる、と、それで天馬家の祖先は東洋の日本にわたってきたのですね」

「『東方』と訳したアラビア語の『マシュリク』は、アラビア半島の東から中国、日本までを指す広い概念です。天馬家が伝えるこのハディースには多くの別伝があります。アフマド・ブン・ハンバルやハーキムなどが預言者ムハンマドの従者サウバーンから伝えたバージョンでは『マシュリク』、『東方』の代わりに『ホラーサーン』になっています」

「なんだかよくわかりませんが、ホラーサーン、アフガニスタンに黒旗が現れるのですか？」

「そうです。黒旗のハディースにも実は多くの異伝があるのです。例えばジュールカーニーが彼のハディース集成に収録している預言者の従兄弟イブン・アッバースの言葉に『ホラーサーンから黒旗が現れればそれは我ら預言者の一族アフル・アル＝バイトのもの』ともあります」

「ジュー……って誰ですか？」

「フサイン・ジュールカーニーは、11世紀から12世紀に生きた中央アジアのハディース学者ですが、固有名詞はいちいち気にしなくて構いません」

「そういうものなんですね」

「ともかく、当時ホラーサーンに潜んでいた預言者の子孫であるアリー家の人々とその支持者たちの多くが、このハディースを聞いて、預言者の末裔の一人がいつの日か黒旗を掲げて立ち上がってシリアに攻め上り、ウマイヤ朝の圧政を倒して正義のカリフとなって君臨すると信じこんだのです」

「ウマイヤ朝って、確か第4代正統カリフ・のアリーと戦ったムアーウィヤって人が開いたんですよね。それでアリーの息子のフサインを殺したので、アリー家の人たちからずいぶん恨まれている、って高校で習った気がします」

「そうです、実は、これらのハディースを利用して、アブー・ムスリムという素性の分からない男が、ホラーサーンの預言者の子孫たちを動員し大軍を編成し、黒旗を掲げてシリアに攻め上り、ウマイヤ朝を倒したのです。ところが蓋を開けてみると、この男が担いでいたのは、預言者の一族と言っても、預言者の子孫アリー家の者ではなく、預言者の伯父のアッバースの家系の者だったのです。それがアッバース朝です」

「あっ、その名前は聞いたことがあります」

「そこでアリー家の人々は騙されたと気づきましたが、すでに後の祭りでした。

カリフ位は、アリー家の手に戻ることはなく、アリー家の人々はアッバース朝の中で権力から遠ざけられていったのです」

「天馬家はその遠ざけられた方のアリー家でしたっけ？」

「そうです。天馬家はアリーの息子ハサンの家系です」

「遠ざけられて日本に移住したのですね」

「いえ、そうではありません。預言者ムハンマドにアリー、ハサンと直接遡る我々の家伝のハディースは『マシュリク』、『東方』としか言われておらず、正義のカリフが黒旗を掲げて蜂起する場がホラーサーンであるかどうか、我々の先祖は疑っていました」

「そうなんですね」

「黒旗のハディースにも実は多くのヴァリアントがあります。例えばヌアイム・ブン・ハンマードは第4代正統カリフ・アリーから『黒旗を見たなら、大地に張り付き、手も足も動かしてはならない』との、預言者の高弟アブー・フライラからは『黒旗がやって来れば、その最初は内紛、次は迷妄、最後は不信仰である』というハディースを伝えています。これらのハディースでは黒旗はむしろ悪の旗印とされ、近づいてはならない、とされています。我々の先祖は、ホラーサーンの黒旗を疑っていたのでアブー・ムスリムの誘いにはのらなかったのです。

そしてアッバース朝の正体が明らかになると、正義のカリフが現れる『マシュリク』とは極東のことであると考え、中国、そして日本に渡ったのです」

2 天馬一族

天馬兄妹がイスラームの預言者ムハンマドの末裔だ、という噂は学園中に広がっていたけれど、こんな詳しい話を聞くのは初めてだった。と言うか、天馬家の使命の話はこれまで敢えて話題にせず、聞かないできた。だって怖いじゃない、聞いてしまったらもう後戻りできそうもなくて。

まぁ、聞かなくても、会長と衣織さんはどうせ僕に後戻りなんてさせてくれないだろうけど。

そして会長も今まで自分から話を切り出すことはなかった。

あぁ、できれば一生、聞きたくなかったなぁ。

とはいえ、聞いてしまった以上、仕方ない。というか、何、このわけのわからない話。

「それで日本でずっと黒旗掲げて立ち上がるカリフが出てくるのを待っていたのが、ついに会長が待ちくたびれて、自分で黒旗掲げてカリフになることにしたんですか」

「そうではありません。衣織も聞きなさい。この機会に我が家の歴史を教えておきましょう」

「御意。晶さまも、心して聞いてください」

うわぁ、やっぱり聞かないといけないのかぁ。

天馬家歴史：アラブ編・後編

第五カリフのハサンからカリフの位を奪いウマイヤ朝を開いたムアーウィーヤがカリフを継承していましたが
第五代カリフのハサンが亡くなってしまった後・・・
次のカリフは息子のヤズィードだ！
ムアーウィーヤ
オイッ
え！ 今度こそアリー家のハサンの弟フサインだ！
アリー家の人々
このまま無視しつづけるとはアリー家をゆるせん！
オオーーッ
この出来事が原因でフサインはウマイヤ朝に反旗を翻します
カルバラーで戦いますがウマイヤ朝軍に完全に負けてしまいます
フサイン様も亡くなってしまった・・・
ううっ
しくしく
天馬家のハサンの子孫たちもウマイヤ朝の迫害をうけ
このままではわれわれの命も危ない・・・どうしたら
ざわ
そうだ！ 預言者ムハンマドに遡る家伝のハディースに・・・
世が乱れた末世に東方から黒い旗を掲げて義なるカリフを奉ずる民が世を救う

東方・・・そうだ
ホラーサーンへ移住して
そこで義のあるカリフの
出現を待とう！
こうして天馬家の先祖は
今のアフガニスタンの
ホラーサーンに移住しました
その後アブー・ムスリムという
素性のわからない者がやって来て
私は預言者の子孫こそが
カリフの位につくべきと思います！
ハディースにも東方から
カリフが現れるといわれてます！
一緒にウマイヤ朝を
倒しましょう！
おお！まさしく
アリー家の子孫の俺達を
さしてくれてる言葉！
キ ワイ ワイ キ
アブー・ムスリムに
手を貸してシリアへ
ウマイヤ朝を
倒しにいくぞ！
ホラーサーンの預言者の他の子孫達
ム～
本当にそうなのか・・・
怪しい・・・私達はここで
静観しておこう・・・
天馬家の祖先
ウマイヤ朝を
倒したぞ！
ついにアリー家
からカリフが！
ワー
キ
実はカリフは
私の主の・・・
？ ？

預言者の叔父
アッバース家系の
サッファーフ様になります
なんだと
コイツは
ホラーサーンの者でも
ないし預言者の一族って
いったら
アリー家のだろう!
後は俺達アッバース家が
やるから君達は
ホラーサーンに帰って
じゃあね~
おい!話が
違うぞ!
くそう…
だまされた
くそ~
く…サッファーフも
正義のカリフでは
なかったか…
カリフ位はアリー家の手に戻ることはなく
アリー家の人々はアッバース朝の
中で権力から遠ざけられていったのです
あの伝承の東方とは
ホラーサーンではない
もっと東…
ホラーサーン
中国
東へ
正義のカリフは
中国に現れると
いうことか!
こうして天馬家の先祖は
中国へ移住したのでした

「アブー・ムスリムの呼びかけに応じず。ホラーサーンに残った我々の先祖はアッバース朝の創始者サッファーフが正義のカリフでないことが明らかになったのち、正義のカリフの黒旗が中国に現れると信じて中国に移住し、やがて中国文化を身につけて漢化し、預言者ムハンマドに因んで馬姓を名乗ります。そして時代が流れ宋の時代、馬一族の中で、伝説の黄金の国ワクワーク（倭国）へと旅だった勇者が我々天馬家の名祖馬至善です。11世紀初め、至善は宋の貿易商に混じって日本に渡り、博多に居を構え、日本人を妻に娶り日本に定住し日本の文化、習俗に同化しますが、やがて東方で預言者の家系の者がカリフの黒旗を掲げて挙兵する、との教えは代々の当主によって秘かに伝えられてきたのです」

「そういえば中国人で馬の姓を名乗る人は回教徒が多いって聞いたことがあります。天馬家ってもともとは馬家だったんですか」

「先祖が天馬家を名乗るのは、明末の中国の混乱の中で馬宗家の碩学真斎が来日して婿養子に入ってからです。真斎は父から儒学と査拳を、王岱輿の経堂でイスラームを学び存在一性論の奥義を会得し、若干17歳にして院試に合格し、南京国子監で鄭成功の知遇を得た大秀才でしたが、清によって明が滅ぼされると、真斎も鄭成功と共に反清軍に身を投じました。ところが真斎は、鄭の意を受けて日本に明復興の軍事支援を要請する使者として派遣されることになったのです。結局軍事支援要請は失敗し、真斎は博多の馬家を頼って日本に住み着き、婿養子に入りました」

「あれ、中国では同姓同士は結婚できないんじゃなかったですか」

「それは儒教の場合です。馬家はイスラーム教徒ですので、同姓であっても遠縁の結婚は問題ありません」

「そうか、中国人でも中国の慣習よりイスラーム法の方を優先するんですね」

「そうです。その学識・教養を日本人に認められた真斎は、備前の小藩小松家に儒者として召抱えられ、後に士分に取り立てられました。以後、馬家は、『天方の馬氏』にちなんで『天馬』姓を名乗ることになったのです。

　真斎はこのハディースを漢訳しました。『若見黑旗來自東方　汝等即往　彼有訶黎佛都羅乃天導者也（若し黒旗の東方より来たるを見ば、汝等即ち往け。彼《かしこ》に訶黎佛都羅《ハリーファトッラー》有り、乃ち天の導く者なり）』となります」

「預言者のカリフではなく『神のカリフ・マフディー』なのですね」

「そうです。名ばかりのカリフではなく、世界に正義をもたらす真のカリフなのです。真斎が来日してから日本では鎖国政策が強化され、天馬家と大陸の馬宗家との連絡は途切れましたが、この黒旗のハディースは、天馬家の当主に一子相伝で伝えられたのです」

「えっ、では、天馬家の当主は垂葉さんじゃなくて、会長なんですか。まぁ、確かになにをとっても会長の方が優秀なのは確かですが。っていうか、一子相伝の秘伝を私なんかにペラペラしゃべってよいのですか」

「いいえ、違います。今はもう天馬家に当主はいません。愚兄垂葉に輪をかけた愚物夢眠は黒旗のハディースを信じず天馬家の当主の座を継がなかったのです」

「いやたしかに夢眠さんはぼんやりした方ですが、自分のお父様を愚物って……」

「いえあれは天馬家の崇高な使命を理解できなかっただけでなく、曾祖父真人が作った君府学院をつぶし悪の国際秘密結社に経営権を奪われた夢眠はキング・オブ・バカ、いやエンペラー・オブ・バカの愚物です」

「エンペラー・オブ・バカ、って……いや、それより、今、『悪の国際秘密結社』って、さりげなく、とんでもないこと言いませんでした？　それ、石造財団のことですよね?!」

「些細なことです。それより、今は黒旗のハディースの話です」

今の話、聞かなかったことにしよう……。

「あの愚物が当主の座を継がなかったので最後の当主となった祖父の真筆は天馬家の秘伝の全てを親友の白岩先生に伝えたのです」

「白岩先生って、怪しい言葉をいろいろ教えてる、なんでこの学校にいるのかわからないあの謎の教師ですか？」

「そう、あれです」

「じゃあ、会長は白岩先生から天馬家の秘伝を聞いたのですか」

「そういうことになります。勿論、全てを鵜呑みにしたわけではありません。私なりに検証した上で蓋然性が高い話を総合して纏め直していますが」

「それで結局、会長は黒旗のハディースを信じているのですか」

「預言者ムハンマドの予言は単なる未来の予告ではありません。曖昧な言葉も、全て我々一人一人がそれぞれ自らの置かれた立場からどのように人類の未来に参与できるかを考える余地を残すために、そのような表現が選ばれているのです」

「なんだかよくわかりませんが、結局、正義のカリフは東洋の日本に出現し、それが会長だ、ということなんですね」

「そうではありません。しかし私は自分が黒旗のハディースを伝えてきた天馬の家に生まれた運命を信じています。正義のカリフ出現の先触れとなること、そのために私は一生を捧げることにしたのです」

「そういえば、会長は、カリフ宣言された時も、黒旗は掲げませんでしたね」

「カリフ制は義務であり、カリフには誰かがならなければなりません。だから私が名乗りをあげたのです。しかし、世界を救う正義のカリフは、神に選ばれた特別な存在です。黒旗を掲げるのは私の役目ではありません」

「じゃあ、会長の役割は何なんですか」

「わかりません」

「えっ、そんな行き当たりばったりな」

「人は誰にもその人の器というものがあります。神は誰にもその器以上の義務を課されることはありません」

「愛紗さまが何処へいらっしゃろうとも、何をなさろうとも私はお供いたします」

衣織が初めて口をはさむ。それは知ってる。だけど……。

「えーっと、一応僕たち、夫婦じゃなかったっけ」

「はい、晶さま。ですから、晶さまも、愛紗さまと一蓮托生……」

「そういうことではありません。勿論、私たちは天の経綸の中で共に結びつけられた身ですが、田中君には田中君が天から授かった使命があります」

「失礼いたしました。考えが足りませんでした」

「いえ、田中君に来てもらったのはそのためです。衣織には一緒に来てもらおうと思います。今日は田中君に許可をいただき、留守中、カリフの任務の全ての代行をお願いしたいのです」

「ホラーサーン、てアフガニスタンのことですね。ナンガルハルに行くってその話ですね。そもそもなんでカリフ・ブライダルの社長がいきなりナンガルハルに行かなきゃならないのですが」

「わかりませんか？」

「普通わかりませんて」

3　ホラーサーンに黒旗が掲げられる時

「《黒旗のハディース》にホラーサーンのバージョンがある話はしましたね」

「なんかさっき聞いたような。アッバース朝とか預言者の一族とか……」

「アブー・ムスリムがホラーサーンに黒旗を掲げた時、我々の先祖は彼を信じませんでした。彼は実際にウマイヤ朝を倒しアッバース朝を樹立しましたが、結局は正義のカリフではありませんでした。我々の先祖の判断は正しかったのです。アブー・ムスリムの立てた黒旗は正義のカリフの黒旗ではなかったからです。しかしまたホラーサーンにカリフの黒旗が掲げられたのです」

「ひょっとしてそれが今朝のツイッターのバグダーディーがナンガルハルに潜伏というニュースに関係あるのですか」

「そうです。バグダーディーをカリフにいただくIS、イスラーム国は、イスラームの信仰告白を白く浮き出させた黒旗をシンボルマークにすることで、ムスリムの間では知られているのです」

「そういえば、黒っぽい旗、テレビで見た気がします。ISの旗だって」

「正確には、あれは預言者ムハンマドの印章を旗にしたもので、アルカーイダのフロント団体であったヌスラ戦線も使っていました」

「そうなんですね。ややこしくて頭がついていきませんが」

「いいのです。重要なのは、彼らが掲げているのが黒旗であって、その指導者バグダーディーが正義のカリフを名乗っており、そして彼が今やホラーサーンにいるらしい、ということです」

「そうなんですか」

「詳しく説明しましょう。我々の家伝の《黒旗のハディース》は、東方に黒旗が掲げられる時、そこには正義のカリフがいる、というものですが。より具体的にホラーサーンに黒旗があがる、というハディースも多数伝えられています。これらのハディースは信憑性に問題がありますが、偽作とも言い切れません。真正なハディースであるか調べる必要があるのです」

「どんなハディースがあるのですか」

「『それは預言者の一族のもの』というハディースがあることは言いましたね。それから我々の《黒旗のハディース》の『東方から』が『ホラーサーンから』に替わっているだけのものもあります。また『そこに赴け』の後に『たとえ雪の上を這ってでも』という言葉が加わっているバージョンもイブン・カイイムから伝わっています。大切なポイントは、《黒旗のハディース》にはネガティブな内容のものも多い中で、『ホラーサーンから』のバージョンは黒旗を掲げるのは正義のカリフである、と明言していることです」

「じゃあ、正義のカリフはホラーサーンに現れるんですか」

「その確率は高いということです。しかし、正義のカリフがホラーサーンから現れるとしても、ホラーサーンで黒旗を掲げる者がすべて正義のカリフというわけではありません。だから、アブー・ムスリムが黒旗を掲げた時、ホラーサーンのアフルルバイトの徒党の多くは彼に従ったのです」

「アフルルバイト、って何でしたっけ?」

「『アフル』は『人』、『バイト』は『家』で、『家の人』という意味です、ああ、『ル』は定冠詞、『アル』ですがエリジオンで『ア』が消えたものです。

我々の用法では『家』とは預言者ムハンマドの娘ファーティマとアリーの息子、ハサンとフサイン、そしてその子孫を指します」

「会長もその『アフルルバイト』なんですね」

「そうです。そして当時、『アフルルバイト』の多くがアブー・ムスリムに従ったなかで、我々の先祖は、アブー・ムスリムの動向を探り彼を山師と判断し、挙兵に加わらず、さらに東方を目指し中国に向かったのです」

「でも黒旗を掲げるカリフはホラーサーンに現れる確率が高いんでしたよね」

「そうです、しかしホラーサーンの《黒旗のハディース》は必ずしも、正義のカリフがホラーサーンで生まれたり挙兵したりすることを意味しません。どこか別の場所で生まれ、別の場所で挙兵し、ホラーサーンで支持者を集める、という可能性も排除できません。我々の先祖は、その可能性にかけて、中国、そして日本に渡ったのです」

「会長、やっぱり正義のカリフになってホラーサーンに行くつもりじゃあ？　ナンガルハルに行くって、そのためですか？」

「ちがうと言ったはずです。君府学院の創立者の曽祖父の真人は大東亜共栄圏とカリフ制を重ねて第二次世界大戦に乗じてカリフになろうと考えていたようですが」

「え、そうだったのですか」

「テキストの意味は開かれており、それゆえ現在を規定し、未来を創ります。曽祖父の解釈は間違っており、彼が正義のカリフになる夢はかないませんでしたが、《黒旗のハディース》は、彼をして日本に君府学院を設立させ、曽孫の私をホラーサーンに導くのです」

4　ISの黒旗

「やっぱり、アフガニスタンに行くんですね。でも会長が正義のカリフになってホラーサーンで兵を集めるんじゃないなら、何しに行くのですか？　まさか、ISのバグダーディーが正義のカリフだと思って会いに行くんですか？」

「《黒旗のハディース》には実は4種に大別されます。第一に黒旗とだけあって、どことも言われていないハディース、第二にマシュリク、東方とだけあるもの、第三にホラーサーンから、と言われるハディース、最後にメルブの名前があるものです」

「メルブって、どこですか？」

「現在のトルクメニスタンにある都市の名前です。しかしメルブのハディースは偽作の可能性が濃厚です。それにメルブはチンギス・ハーンによって滅ぼされ、廃墟になっているので考慮する必要はありません」

「ああ、そうなんですね。じゃあ、実質は三つだけと考えればいいんですね」

「そういうことです。簡単に言うと、ホラーサーンの名が挙がるハディースは肯定的なものが多く、マシュリク、東方からと言われているものは肯定的、否定的なものの両方があり、地名がないものは否定的なものが多いということです」

「地面に張り付いて、手も足も出すな、とか言われてるんでしたっけ」

「ヌアイム・ブン・ハンマードがアリーから伝えて『キターブ・フィタン』に収めているハディースですね。『フィタン』はフィトゥナの複数形でいろいろな意味がありますが、この文脈では『内乱』を意味します。《黒旗のハディース》に限りませんが、イスラームでは、内乱が起きてムスリムどうしが殺しあう場合には、中立を保ち家に籠っているのが良いとされています。


だから、バグダーディーがイラクのモスルでカリフを名乗ったとき、イスラーム学徒の多くが、彼の支持を躊躇ったのです」

「バグダーディーが悪い奴だからじゃないんですか」

「何が善で悪かは簡単に判断できません。特にカリフ不在の末法の世にはそうです。だから正義をめぐって内乱も起きるのです。バグダーディーを極悪人に仕立て上げたのは、カリフの権威を簒奪する中東、ムスリム世界の腐敗堕落した邪悪な支配者たちの御用学者たちです。ムスリムが善悪を判断するには、イスラーム法を知っているだけでなく、事実を知っていなければなりません。バグダーディーの行動の善悪を判断するのは、イスラーム法の知識だけでなく、複雑なシリアとイラクの現地の一般的事情と個々のケースの事実関係の詳細を把握している必要があります。いやしくもイスラーム学徒を名乗る者であれば軽々しく判断を下せることではありません。だから、一般的な《黒旗のハディース》に基づいて、家に籠って中立を保つ、という判断をくだしたのです」

「会長もそうだったんですか？」

「そうです。だから私はここ日本でカリフの職務を果たしていたのです」

「あれ、会長、今、自分は正義のカリフになって黒旗を掲げる気はない、と言いませんでした？」

「そうです。私は、カリフ擁立のファルドルキファーヤ、連帯義務を果たすためにカリフに就任しましたが、『正義のカリフ』、『ハリーファ・マフディー』、あるいは『ハリーファ・アラー・ミンハージュ・ヌブーワ』ではありません」

「えっ？　えっ？　何と言ったんですが？　全然わかりません」

「『マフディー』とはアラビア語では『正しく導かれた』という意味です。ただし、最後の審判の前に正義の救世主が現れる、というハディースがあり、その救世主が『マフディー』と呼ばれています。ですから、『ハリーファ・マフディー』とはただのカリフではなく、最後の審判の前に現れる救世主であるカリフという意味になります。シーア派では、マフディーはフサインの子孫で874年に死んだ11代イマーム・ハサン・アスカリーの息子ムハンマド・ブン・ハサンとされます」

「えっ、千年以上前に死んだ人の子供が救世主なんですか」

「そうです。シーア派の信仰では、ムハンマド・ブン・ハサンは幼児の時に12代イマームに就任し、そのまま神隠しにあい、最後の審判の前に救世主として再臨すると言われています」

「なんだかキリスト教みたいですね」

「良識の宗教、イスラームの教えから逸脱した邪説です」

「会長はスンナ派なんですね」

「私には党派はありません。『ハリーファ・アラー・ミンハージュ・ヌブーワ』とは『預言者の道を歩むカリフ』という意味ですが、これはタバリーやバイハキーなどのハディース学者が伝えるハディースに出てくる用語で、いったん途絶え、不正な王、暴虐な専制君主の時代を経た後に、再び現れる正義のカリフである、と預言者ムハンマドが預言されています」

「それはスンナ派のハディースで会長はそれを信じているのですか」

「そうです。これは、現代のハディース学者故アルバーニーなども真正と認めたハディースですから。そしてこの『預言者の道を歩むカリフ』というのは、ISの指導者バグダーディーの正式名称であり、ISはバグダーディーを、『預言者の道を歩むカリフ』に戴き、不正な王、暴虐な専制君主たちを倒すために彼を奉じて黒旗を掲げたのです」

「ええーっ!? バグダーディーって、本当はそんなに偉い人だったんですか?」

5 カリフの条件

「その前に、イスラーム法の定めるカリフの条件の通説をお話ししておきましょう。まず、イスラーム法の責任能力の条件である理性、成人、イスラーム、それに加えてカーディー、つまりイスラーム法裁判官の条件であるイスラーム学の知識、公正さ、自由人身分、男性、それにカリフの独自の条件として、政治力、四肢と五感の健常、クライシュ族の出自になります」

「今まで怖くて聞けなかったのですが、やっぱり、カリフって、男性しかなれないんじゃないですか。会長、カリフになれないじゃないですか！　えっ、それとも会長、ずっと女性だと思ってましたが、本当は男性だったとか？」

「愛紗さまを嘲弄すると晶さまでも許しません」衣織さんが鯉口を切り妖刀《姥捨》に手をかける。

「いや、嘲弄なんて、そんな恐ろしいことを。ふつう誰でも疑問に思うでしょう」

「衣織、無益な殺生はよくありません。田中君の疑問ももっともです」

「いや、有益でも殺生はダメでしょう」

「大丈夫です、衣織にならら首を切られても痛みなど感じません」

「いや、そういう問題ではありません」

「それに切られてもまた繋げばよいのです。保健室のドクター和田の腕と『ガーマ∞』の薬効は知っているでしょう」

忘れるわけはない。君府学院の会長選挙で、衣織さんが副会長候補だった僕の目の前で姥捨を抜き放ち目にもとまらぬ早業で会長の腕を切り落とし、ドクター和田がその腕を縫合したのを。

「いや、腕と首とは違います。死にますって」

「生と死のあわいを体験してみるのもよいかもしれませんね、田中君は」

「流石、愛紗さま、いつもながら深いお言葉。武道とは、生と死のあわいに立つ術。3年にわたって二天超一流の免許皆伝試験に落ち続けている晶さまも、一度首を落とされて生と死のあわいを体験すれば、奥義に開眼するかもしれません」

「いや、あの《蟹の穴》の《山菜と川魚料理に舌鼓を打つ美作観光付社会人コース》では百回受講しても、免許皆伝は無理でしょう」

「どうもそのようです。やはり、ここは一度首を落としてみるのが合格の近道かと」

また衣織さんが刀の柄に手をかける。うわぁ、目が本気だ。っていうか、衣織さんが本気じゃないところなど結婚してから一度も見たことないけど。

「か、会長、話が逸れています。カリフの条件の話を続けていただけますか」

「そうでしたね。衣織、田中君の首はしばらく預かっておきますので、今は刀を収めなさい」

しばらく預かってもらうだけ？　いや、なんでもいいから話題を変えよう。

「そ、そうですよ、衣織さん。会長、女性はカリフになれない、って話でしたよね」

「確かに、女性は通説ではカリフの条件を満たしません。しかしそれはかならずしもカリフになれないことを意味しません」

「どうしてですか？」

「さきほど、ハリーファ・アラー・ミンハージュ・ヌブーワのハディースの話をしましたね。『預言者の道を歩むカリフ』はいったん途絶え、不正な王、暴虐な専制君主の時代が続き、その後に再び『預言者の道を歩むカリフ』が現れる、と言われています。通説では、公正さはカリフの条件に入っている、と言いましたよね。おかしいと思いませんか」

「そうか、そういえばそうですね。気づきませんでした」

「世の中は矛盾に満ちています。しかし、我々はそれに気付かずに生きています。人間とはそういうものですが、気付いた人は正しく生きる責任を負います」

「すいません、ぼんやり生きていて」

「責めているのではありません。神は全知におわしますが、人間は愚かな存在なのですから」

「ありがとうございます……」って、これ、ありがたいんだろうか。

「実は、イスラーム法上は、イスラーム共同体全体の指導者は全てカリフと呼ばれますが、教義学は、法学上のカリフを、預言者の道を歩むカリフの条件を満たすカリフ『正統カリフ』と、条件を満たさない世襲のカリフ、『マリク』、つまり『王』に分けます」

「『正統カリフ』は聞いたことあります。たしか、アブー・バクル、ウマル、ウスマーン、アリーでしたっけ」

「そうです。アリーの後のウマイヤ朝の創立者ムアーウィヤ以降のカリフたちは、世襲のマリク、王であり、かならずしもカリフの条件を満たしているとは限らないのです」

「それでいいんですか？」

「それではいけない、カリフは最も優れたムスリムであると考える人たちがシーア派になっていきます。しかし、シーア派が尊崇する指導者はカリフとして実権を握ることはできず、実権を持ったスンナ派のカリフ、つまり、マリク、王たちは、資格を欠いても武力によりカリフ位に就任します」

「それでいいんですね」

「スンナ派は、13世紀初めに、シャーフィイー法学派の大成者ラーフィイーとハンバリー法学派の大成者イブン・クダーマによって、武力によって実効支配を確立した者のカリフ位を承認する『覇者のカリフ理論』が成立し、後に主としてハナフィー派の法学者によって政治力をカリフ位の本質とする権力国家論が発展します」

「会長、なんでそこまで詳しいんですか」

「カリフですから。といっても、大半は白岩良先生の論文『スンナ派法学カリフ論の展開』の受け入りですが」

「あの先生、論文なんて書いてたんですね」

「昔の話です。あの論文は優れた作品でしたが、今ではもう時代遅れで、ラーフィイーの貢献は私が調べたものですが。

ともあれ、スンナ派では必ずしもカリフの条件をすべて満たさなくともカリフになることはできるのです。田中君もオスマン帝国は知っていますね」

「ええ、コンスタンチノープルを征服したり、ウィーンを包囲した大帝国ですよね。スルタン・カリフ制とかを作ったけど、結局革命で共和国になってスルタン・カリフ制も廃止されたんでしたっけ」

「不正確ですが、ポイントは、オスマン帝国は中国の北部から移住してきたトルコ人――最近ではチュルク系民族、と呼ぶことが多いですが――が建てた王朝ですので、オスマン朝のスルタンはクライシュ族の出自というカリフ条件を満たしません。しかし覇者のカリフ理論により、スンナ派の法学者たちはオスマン朝のスルタンをカリフと認めてきました」

「なるほど、クライシュ族というカリフ条件を満たさないオスマン朝のスルタンがカリフだったように、会長も男性というカリフ条件を満たさなくともカリフだということですね」

「違います」

「えっ、違うんですか？」

「正確には違います。女性であっても欠格のカリフとしてカリフになることは可能ですが、だから私がカリフである、ということにはなりません」

「でも、会長はカリフであると自分で宣言されたのでは？　何が何だかさっぱり分かりません」

「分からないことが分かっていたのでこれまで誰にも話さなかったのです。しかし、田中君に後事をすべて託す以上、説明しないわけにはいかないでしょう」

6　カリフは誰？

会長は話を続けた。

「イスラーム法は、アラビアの砂漠から、アフリカのサバンナ、東南アジアの熱帯雨林まで、9世紀から13世紀頃に完成して最後の審判まで続く不磨の大典です。逆に言えば、イブン・タイミーヤが言う通り、カリフ制度の詳細はイスラーム法に定めはなく、時と場所に応じて決めればよいのです」

「言われてみれば、そうですねぇ」

「イスラーム法は、さきほど述べたカリフの条件のほかに、カリフの就任手続として、カリフ選挙人による推戴、前任のカリフによる後継指名、そして武力征服の三つの手続きを定めているだけです」

「カリフ選挙人って誰ですか」

「カリフ選挙人も、カリフと同じく、資格が決まっています。責任能力のほかには、公正さと信用、カリフ適任者を選ぶ見識が必要です」

「それだけですか」

「そうです」

「ムスリムって、何人いるんでしたっけ、世界中で」

「イスラームには、ムスリムの認定制度も登録機関もないので正確にはわかりませんが、13億人から16億人いると言われています」

「それで、カリフ選挙人って誰なんですか」

「ですから、責任能力、公正さと信用、カリフ適任者を選ぶ見識を兼ね備えた人です」

「え、それじゃどうやって決まるんですか？　何百万人もいそうですが。みんなで集まってカリフを選ぶのですか」

「いいえ、全員が集まる必要はありません」

「そうなんですね。では何人で決めるのですか」

「それも決まっていません。第三代正統カリフ・ウスマーン選出の故事にならって六人とも言われますが、一人でも良いとも言われます」

「えぇー、10億人の中の一人がカリフを決めて、それで選挙と言えるのですか」

「シーア派では、カリフは――彼らは普通イマームと呼びますが――神によって任命されます。と言っても、神が人々に語りかけるわけではないので、預言者ムハンマドが神の任命を伝えた、と彼らは言いますが、我々は信じていません。カリフが神によって任命されるのではなく、人間が選ぶ、という意味で、たとえ一人の人間によって選ばれたのであっても、スンナ派のカリフ論は選挙制と言われるのです」

「ごまかされた気しかしませんが……」

「田中君が納得してもしなくてもイスラーム法とはそういうものです」

「それで結局、カリフが誰かはどうやって決まるのですか」

「誰もが決まったと思った時に決まるのです」

「はぁ？」

「イスラーム法学の用語で『イジュマー』と言います」

「いえ、アラビア語で言って欲しいわけではないんですけど」

「流れの中で決まるべくして決まるのです」

「それって答えになっていないと思うんですけど」

「衣織は私がカリフだと思いますか」

「愛紗さま、私はカリフになられた愛紗さまにこの命を捧げて従うことを誓いました」

「田中君はどうですか」

「えぇーっと。よくわかりませんが、自分でカリフだと言う以上カリフなのでは」

「ＩＳのバグダーディーも自分でカリフを名乗っています。田中君はバグダーディーもカリフだと思うのですか」

「いえ、そういうわけでは。だって、みんな、認めてないいんじゃないですか」

「では私は、みんながカリフだと認めているのですか」

「そう…じゃなさそうですね」

「では、自分で名乗ったからといってカリフということにはなりませんね」

「……そうですね」

カリフ選挙とは

そういえばカリフってどうやって決まるんだ?
え?この前生徒会の選挙で決まったじゃないのー愛紗に
ホラッ
あれはままごとみたいなもんだろ!そもそもカリフって･･･
イヤ…
ボケにきまってるでしょーマジレスしないの
カリフの就任手続としては
カリフ選挙人による推戴 前任のカリフによる後継指名 そして武力征服の三つの手続きを定めていますね
後続指名と武力征服はわかるけどカリフ選挙人って誰?
カリフ選挙人とはカリフと同じく資格が決まっています
責任能力の他には公正さと信用 カリフ適任者を選ぶ見識が必要です
あ!わかった イスラムなんちゃら団体とかの代表なんじゃないの?
イスラームにはムスリムの認定制度も登録機関もないですね
カリフ選挙人って誰なんですか?
それは決まっていません
え･･･じゃあどうやって決めるんだ?

わかった！世界のムスリム全員集まって決めるとか！
世界のムスリムって13億以上いるんだぞどこに集まるんだよ！
オイ
いえ全員が集まる必要はありません
特に決まっていないのですが第三代正統カリフ・ウスマーン選出の故事にならって六人とも言われますが一人でも良いとも言われます
いきなり人数めちゃくちゃ減ったな
え・・・一人って！選挙じゃないですよね？
シーア派のカリフは（彼らは普通イマームと呼びますが）神によって任命されます
言っても神が人々に語りかけるわけではないので
預言者ムハンマドが神の任命を伝えたと彼らは言いますが
ムハンマド
任↓命
イマーム
シーア派
スンナ派の我々は信じていませんカリフが神によって任命されるのではなく
スンナ派

人間が選ぶという意味でたとえ一人の人間によって選ばれたのであっても
スンナ派のカリフ論は選挙制と言われるのです
すなわち一人選挙!?
ズッ
?
結局カリフってどうやって決めるんですか?
誰もが決まったと思った時に決まるのです
ハイ?
??
えっ
イスラーム法学の用語で『イジュマー』と言います流れの中で決まるべくして決まるのです
あいつがカリフ!!
ぜんぜん意味がわからなさすぎる
愛紗さんは周りからカリフだと思われていますか?
う〜ん
衣織とかはカリフと信じてるし学校全体みんな受け入れてる空気あるよな・・・

自分で名乗ってるしカリフなんじゃないの？
？
メクさんはバグダーディーもカリフだと思うのですか？
ISのバグダーディーも自分でカリフを名乗っていますよ
ドッ
メクお前・・・そうなのか？
ええええ！なんでそんな話に！思ってないしみんな認めてないですよ！
では愛紗さんもカリフだとお二人は認めてますか？
うがーっ!!
俺は認めてないぞ！
そういえばここに認めてないやついたわ・・・
では自分で名乗ったからといってカリフということにはなりませんね
エッヘン
オレカリフ
なるほどーみんなが認めたと思ってないと「イジュマー」にならないのねー
ん〜っ
ん〜っ
みとめな〜い!!
愛紗はバグダーディーよりも1年前に言い出したものね
あっ
そもそも愛紗がカリフとか言わなければカリフなんて忘れさられてたよな

イスラームでは本来ムスリムはカリフの下に団結しなくてはならないのです
カリフ擁立はムスリムの連帯義務なんです
カリフがいなければカリフ擁立の義務を怠っているムスリム全員が罪に陥ります
なので愛紗君は全てのムスリムの罪を救うためにカリフに立候補して
衣織君から忠誠の誓いを受けてカリフに就任したということじゃないですかね
え！そんな壮大なことしてたのかあいつ・・・
なんかカッコいい！
キャー
というわけなので愛紗君の責任は果たされたわけで
ボールは世界のムスリムの手に投げられたのですこの後どうなるかはすべてはインシャーアッラーですね
ハハ
みんなの中で誰もが認めるカリフが出てくるのを待つってことか・・・

「ムスリムはカリフの下に団結しなくてはなりません。カリフ擁立はムスリムの連帯義務です。カリフがいなければ、カリフ擁立の義務を怠っているムスリム全員が罪に陥ります。だから、私は全てのムスリムを罪から救うためにカリフに立候補し、衣織から忠誠の誓いを受け、カリフに就任しました。これで、バラアト・ズィンマティー、私の責任はこれで果たされました。ボールは、世界のムスリムの手に投げられたのです。だから私は粛々とカリフの仕事を果たしていました」

「結婚斡旋所カリフ・ブライダルの仕事と、道路掃除ですか」

「そう、それが私が果たすべきカリフの職務です。しかし、世界のムスリムたちは罪の泥沼に沈んだままでした」

「ISのバグダーディーはどうだったのですか」

「彼はアフルルバイト、フサインの系統、アリー・アルハーディーの血を引く預言者の末裔ですのでクライシュ族の出自の条件を満たしています。また彼はバグダード大学からクルアーン解釈学で博士の学位を授与されたイスラーム学者です。イラン最高指導者ハーメネイーを除き、現在のムスリム世界で、クライシュ族の出自とイスラームの学識というカリフ条件を満たす国家元首はいません。しかし、イランのハーメネイーはシーア派です。つまり、スンナ派ムスリム世界には、彼以外にカリフに相応しい為政者がいないことは確かです」

「ではやっぱりバグダーディーがカリフなのですか」

「ムスリムたちが、カリフを選ぶ義務を果たすなら、そうなっていたかもしれません。しかし現在にいたるまでそうはなっていません。それに私は天馬家の者として《黒旗のハディース》を信じています。前にも述べた通り、《黒旗のハディース》には、地名のないもの、東方とだけあるもの、ホラーサーンと限定したものがあります。我々天馬の一族は、東方のバージョンを奉じてはるばる日本に移住しました。しかし、地名のないバージョン、東方のバージョンが、黒旗が現れた場合に警戒せよ、というハディースもあるのに対して、ホラーサーンのバージョンには正義のカリフがいるので会いに行け、としか言われていません。

東方で黒旗を掲げ、それからホラーサーンで兵を集める者こそ真の正義のカリフの確率が高いのです。しかしバグダーディーはイラクでカリフ就任を宣言しました。たしかにイラクも、マッカ、マディーナから見ればマシュリク、東方ですが、我々のマシュリク理解とは少しずれています。だから私は彼のカリフ宣言には判断を保留してきました」

「ややこしすぎて私にはわかりません」

「私は天馬の者として個人的に家伝のハディースを信じています。つまり、黒旗を掲げカリフを名乗る者は多く出現します。しかしその殆どはただの反徒ですが、東方で黒旗を掲げる者の中には本物の正義のカリフもいる。そしてその本物のカリフは東方のどこで旗揚げしようとも必ず一度はホラーサーンに立ち寄り、そこで正義のカリフに忠誠を誓おうと世界から駆け付ける支持者を集め、カリフの名乗りをあげて、ムスリム世界を統一するのです」

「じゃあ、会長は、日本でカリフの修業を終えたので、いよいよアフガニスタンに渡って、カリフになって、メッカに攻め上るのですか？」

「田中君、いままで何を聞いていたのですか？」

「すみません。でもいきなり、こんな話聞かされて、理解できる人いませんて。おなかいっぱい、というか、戻してもいいですか、というか……」

「晶さまは、この5年間、カリフの副官として何をしていらっしゃったのですか？」衣織さんが冷たく言い放つ。

「……会長がカリフだということはできるだけ忘れるようにしていましたので」

「忘れるなどと不謹慎な」怖いよ、衣織さん。

「だって会長、カリフの仕事といっても、結婚の斡旋と会社ビルの前の道路掃除をしていただけではないですか」

「衣織、田中君を責めてはいけません。これまでイスラームの話は意図的にできるかぎりしないようにしてきたのですから。田中君が知らなくても仕方ありません」

「ありがとうございます……でもよかったぁ。アフガニスタンに行くのはそこで挙兵するためじゃなくて」

「私がアフガニスタンに行くのは、バグダーディーが正義のカリフかどうかを見極めるためです」

「ああ、そうか、いままでイラクに居たので無視してきたけれど、ホラーサーンに移住したので、正義のカリフになった、ということですね」

「正義のカリフになった、とは言い切れません。私の先祖がアブー・ムスリムの呼びかけを聞いて、偽物と判断したように、バグダーディーも偽物かもしれません」

「じゃあ、バグダーディーが偽者だったらどうするんですか？」

「第二代カリフ・ウマルが伝える預言者ムハンマドの言葉に、二人のカリフが立った時は、後の方の首を刎ねよ、とあります。カリフを宣言したのは私の方が1年前です。だからバグダーディーが正義のカリフでなければ、その場で切り捨てます。私一人では心もとないので衣織に同行をお願いしようと思います。それで夫である田中君の許可を得たいと思い、来てもらったのです」

「いや、許可できません、っていうか。切り捨てるって、いくら衣織さんでも無理です、というより、そもそも見つかるんですか？　ＣＩＡとか血眼になってずっと探してるんですよね。10億円とか20億円とか懸賞金がかかっていたような。いや、もうどこから突っ込んでいいのか分かりません」

「ナンガルハルにはタリバンの友人がいるので居所を突きとめるのはそう難しくないと楽観しています」

「えぇー、いったいどうやってタリバンと友だちになったんですか？」

「アフガニスタンに高2の夏休みに演劇部の夏合宿で行った時です」

「でもあの時は、麗美さんがタリバンに捕まって大変な目にあわされたのでは」

「あれはナオミが実際スパイだったので解放交渉は大変でしたが、交渉相手のタリバンのエージェントに結婚相手を斡旋してあげたら仲良くなりました」

「いつの間に？　ぜんぜん気が付きませんでしたよ」

「あの時はダリー語でやり取りしていましたからね」

「会長、ダリー語もできるんですか」

「まぁ、ペルシャ語の方言ですからだいたいわかります。パシュツゥー語はできないのでナンガルハルでバグダーディーを探すのに一抹の不安はありますが」

「不安なのそこですか？　っていうか、タリバンを日本人と結婚させたのですか？」

「日本に帰ってからメッセンジャーで結婚条件の交渉をしましたが、ナオミの解放交渉に比べれば楽なものでした。ムスリム世界では、日本人女性は貞淑で従順で忍耐強く働き者という幻想があり、人気が高いのです」

「海外ではそういう幻想がある、という話は聞いたことがあります。いや、でもタリバンて、確か学校に通う女の子を撃って怪我させた、怖い人たちですよね。それで被害者がノーベル平和賞を取った。トトロだかトロロとかいう女の子」

「マララですね。あれはパキスタン・タリバンで、アフガニスタンのタリバンとは別物です」

「そうなんですか？　いや、でも国際テロリストじゃなかったでしたっけ、そのアフガニスタンのタリバンも？　よくその女性、結婚する気になりましたね？」

「アメリカを相手に15年間戦いながら18人の家族を養っているんですよ。それだけの生活力がある男は日本にはそういないでしょう」

「そういうのを生活力というんですか。って15年アメリカと戦ってるって、いったいいくつなんですか？」

「26歳です」

「えーっと、それ計算合わないでしょう」

「11歳から戦っています。アフガニスタンでは普通です」

「普通じゃないでしょう。それに18人の家族って」

「内戦で両足を失い働けなくなった父親に代わって一家を支えているのです」

「やっぱり計算合わないでしょう。弟や妹が15人もいるのですか？」

「まさか。両親と3人の妻と10人の子供です」

「え、3人も奥さんいるのですか」

「イスラームでは4人まで妻帯が許されているのは、面白半分のトリビア知識としてイスラームに無知な日本人でも知っていると思っていましたが」

「いや、知ってましたが、今でも現実にあるとは。それに26歳で子供10人ですか」

「長男は14歳の時の子供で、将来、子供たちでサッカーチームを二つ作って家の中で試合をするのが夢だそうです」

「家の中で自分の子供だけでサッカーの試合って、すごい夢ですねぇ……って、確か15年もずっとアメリカと戦ってるんじゃなかったでしたっけ？」

「そうですすアメリカと戦う片手間に18人の家族を養ってサッカーチームを作ろうとしているのです。これだけ生活力がある男性は今時の日本にはあまりいません。すぐに結婚が決まったのも当然です」

「それ全然当然じゃありません。いや、タリバンの結婚の話はおいておいて、もしバグダーディーが見つかって、本物の正義のカリフだと思ったならどうするんですか」

「忠誠の誓いを立て、共にマッカに攻め上ります」

7　後は任せます

「私もお供します。晶さまも勿論、その時は一緒に来てくださいますね」

「いや、絶対無理です」

「大丈夫です。その時には、父上に頼んで、《蟹の穴》で《死の特訓》をしてもらい二天超一流の免許皆伝を取れるようにしますので」

「いや、そんな話をしているんじゃありません。それに剣道の免許取ってもＩＳに襲われたら死ぬでしょう。それに何ですか、その《死の特訓》て？」

「死ぬより苦しい修行で、死んだ方がマシだと思うようになる特訓です。この特訓に耐えた者は死ぬことなど少しも苦にならなくなります。だからＩＳに襲われても平気です」

「平気じゃありません。それに特訓に耐えた者って、耐えなかった者はどうなるんですか？」

「帰ってこないので……」

「帰ってこないって、まさか?!」

「美作《みまさか》の国は川魚も山菜も美味しい桃源郷ですから」

「いや、どう考えてもそんなほのぼのとした話じゃないでしょう」

「田中君、バグダーディーに会ってからどうするのかの仮定の話をしてもしかたありません。預言者ムハンマドも『ラウタフタフアマッラッシャイターン』、『もしもという言葉は悪魔の業への道』と仰せです」

「えーっと、衣織さんのナンガルハル行きを許可する、って話でしたっけ」

「そうです」

「その前に会長に行ってもらっては困ります。うちは、会長と衣織さんと私と垂葉さんしかいないんですよ。会長と衣織さんがいなくなったら、あのもともと使えない上に大学の片手間に顔出してるだけの垂葉さんしか残らないんですよ。会社回りませんって」

「あの愚兄が迷惑をかけていることは謝ります。しかし、留守中のことは心配ありません。抜かりなく手は打ってあります」

「バイトとか雇うんですか？」

「岩橋君です」

「えっ、確か浪人生ですよね。受験で忙しいんじゃないですか」

「いえ、我々の留守中、田中君と二人っきりで何でも好きなことをし放題、と我が社でインターンに誘ったら、無休のボランティアで働いてくれることになりました」

えっ、あのＢＬ設定まだ生きてるの。わからない人は「オレカリ」スピンオフ『岩橋君の独り言』を読み返すように。

「会長、何気に鬼畜ですね」

「岩橋君には留守中インターンとして働いてくれれば、カリフ・ブライダルへの就職内定を出すと約束しました」

「えっ、正社員になるんですか？」

「まさか。彼には常務取締役のポストを用意します」

「また役員ですか？」

「いきなり取締役だと聞いて大感激していました」

「会社役員には労働基準法が適用されないので最低賃金も払わなくてもいいって知らないんですね」

「そのように喜びと悲しみを交互に繰り返して人は大人になっていくのです」

「きれいに纏めればいいというもんじゃありません」

「岩橋君は田中君にならば身も心も捧げると言ってます。存分に使ってやってください。というわけで私たちが留守の間の体制は十分です。明日私は残務を片付けて、引き継ぎの準備をしておきますので、田中君はビザを取ってきてください。これが私と衣織のパスポートと申請書類です。ではよろしく。今日はこれで帰っていいですよ」

8　石造財閥

会社を出るや、僕は高校時代の同級生、無碍さんにラインする。

「無碍さま、大変なことに」

なんで、同級生なのに「さま」なのかと言うと、石造無碍は、石造財閥の御曹子で系列企業《リヴァイアサン・メディアミクス》の社長、僕の母校君府学院の理事長の息子であり、貧しい家庭に育った僕は石造財団の支援によって学校を卒業したからだ。というより、君府学院の会長候補に無碍さんが立候補した時、僕は彼の腰巾着として副会長候補に立候補したからだ。それで僕は無碍会長の補佐役を立派にこなし、大学に進学し勉強しながら、無碍さんの《リヴァイアサン・メディアミクス》でインターンとして働き、卒業したら、正社員に採用してもらい、石造財団の中で出世コースを歩む……はずだった。

ところが、突然彗星のように現れた天馬愛紗が会長に当選してしまい無碍さんはまさかの落選。立候補者が僕一人だった副会長は無投票で僕が当選してしまった。君府学院の会長を足掛かりに世界征服を画策していた無碍さんは、その後も僕を時々呼びつけては、カリフ宣言をした愛紗会長の動向を報告させていた。成り行きで僕が衣織さんと結婚させられ、愛紗さんが会長の任期が終わるや卒業を待たずにカリフ・ブライダル社を立ち上げると、うやむやのうちに副会長から横滑りで副ＣＥＯにさせられたんだけれど、僕は引き続き会長の監視係として、惰性で今もこうして無碍さんの腰巾着もやっている。本当は今頃、推薦で有名私立大学の法学部に入って、やがては《リヴァイアサン・メディアミクス》に入社し、総務部秘書課の配属になり、無碍さん付きの秘書になるはずだったんだけど……。

「何事だ」

「会長と衣織さんがアフガニスタンにバグダーディーに会いに行きます」

「はぁ？」

「二人のパスポートとビザ申請書の写真を送ります。これからうかがってもよろしいですか」

「今夜は財団連会長と夕食の予定だが10時過ぎには終わるので、いつもの場所に来るように」

無碍さんは、都内に23か所、全国に69か所の別邸を持っており、僕と会うのはいつもカリフ・ブライダル社を見下ろす豊島区のタワーマンションの最上階だ。ちなみに、僕はそのマンションの合鍵をもらっている。といっても、読者の皆さんが期待しているような関係じゃない。合鍵は、藤田君と麗美さんというふいつものメンバーがみんな持っている。

マンションに着くと合鍵を使うまでもなく、藤田君と麗美さんがもう来ている。子役出身の美少年アイドルだった藤田君は推薦入学で君府学院に入学し無碍さんが作った演劇部に入部し卒業後、大日本大学芸術学部に入って勉強しながら《リヴァイアサン・メディアミクス》の専属タレントをしている。今日ここに呼ばれている理由はよくわからないが、まぁ、藤田君は呼ばれなくても無碍さんがいるところにはどこにでも現れる。僕は自分のことを腰巾着と言ったけど、本当の腰巾着は藤田君だ。

帰国子女の麗美は一年後輩。詳しいことは知らないけど、麗美の父は多国籍企業リヴァイアサン・グループの総帥らしい。石造財閥もリヴァイアサン・グループの中では片隅の石でしかない。後輩なのに無碍さんと対等に話ができるのも、ただの帰国子女のアメリカ流儀じゃない。

「麗美さん、お久しぶりです」

「ちっ、その顔、もう一生見ないですむかと思っていたのに」

「はっはっは……久しぶりのアメリカンジョーク……インパクトありますね」

「雑魚キャラとして消えると思っていたら、アフガニスタン?! バグダーディー?! いったいどういう魂胆だ。無碍さまの愛人、いや側近の座に返り咲こうとのはかりごと、この藤田波瑠哉の目が黒いうちは決して陽の目をみることはないぞ」

僕を黙殺した麗美さんを尻目に藤田君が絡んでくる。物心ついた時から役者をやっている藤田君は、何を言うのも芝居がかっている。

「はかりごとも何も、僕だって寝耳に水でさっき聞いたばかりで、大急ぎで報告に来たんです」

わぁー、「大急ぎで報告に来た」って自分で言ってて、情報屋のチンピラっぽくて、雑魚キャラ感半端ないなぁ。

「そもそも返り咲くって、僕、愛人だったことなんか金輪際ありませんから。今も昔もこれからもずーっとその座は藤田君のものだから」

「ふん、まぁ、それはそうだがな。身の程をわきまえるなら、これからもたまには無碍様を仰ぎ見るぐらいのことは許してあげよう」

藤田君は、１００％作り笑いの極上の笑顔を浮かべて言った。

「待たせたな」そこに無碍さんが入ってくる。

「早く来たかったんだが、財団連の会長が何度も引き止めるもので」

聞いてませんけど。時間通りに来てますし。

「さすが無碍さま、財団連会長も籠絡されて」

お約束の藤田君の言葉はみんなスルーして話を進める。

「生徒会長を辞めてからずっと結婚斡旋と道路掃除しかやってこなかった愛紗が今頃どうして
こんなことを」と無碍さんが不思議そうに尋ねる。

9 リヴァイアサン

「バグダーディーがナンガルハルに入ったことと関係していますね」

麗美さんが言う。

？？？、と狐につままれたような顔の無碍さんに構わず、「どうしてそれを、僕まだ何も
言ってませんよね？」思わず僕が声をあげる。

「リヴァイアサンは何でも知っています」

うわ～ぁ、怖ぁ。マジ怖い。

「バグダーディーがカリフ宣言をして以来、我々の世界制覇の障害になりそうなカリフ制再興につながる動きは世界のどこであれどんな些細なことでもすべてチェックしています。我々はバグダーディーのナンガルハル入りをしばらく前からつかんでいました。日本担当の私がメシヤマヨウのツイートを見て愛紗の動きに着目するのは当たり前です」

「メシヤマ・ヨウ？　なんだそれは」

僕はメシヤマ・ヨウ先生のツイートを無碍さんと、藤田君に転送して説明する。

「今、売り出し中の在野のイスラーム研究のツイッタラーです」

「お前、そんなものフォローしてるのか」無碍さんが怪訝そうに尋ねる。

「一応、カリフを名乗る生徒会長の補佐役の副会長だったので、ちょっとはイスラームの勉強しようと思って。最初、アラビア語教師の白岩先生に聞きに行ったんですが、あの先生の言うことはぜんぜん要領を得なくて」

「ああ、お父様があいつをなぜクビにしないのかは理解に苦しむ」

「どうしてかお尋ねにならなかったのですか」と藤田君。

「その話をすると父上は苦虫を嚙み潰したような顔をして黙ってしまわれるのだ。まぁ、あいつの話はおいておいて、それでどうしたんだ」

「自分でいろいろ本を読んでみたんですが、どれも難しくてよくわからなくて。それで簡単な入門書を探していて、グレート・トキオ大のメグミ・イケウチ先生の分かり易い本見つけたんです。愛紗さんもカリフになってから道の掃除と結婚の斡旋以外にイスラームの話は殆どしないので、それで十分だと思って。そしたらメグミ先生がツイッターやっているのを見つけてフォローしたんです。メシヤマ先生はメグミ先生の後輩でツイッターでべた褒めしてたんで」

「それでメシヤマとかのツイートは本当なのか」

「あれはオリジナル情報ではなく、ネットの受け売りです。リヴァイアサンでもバグダーディーの行方はずっと追っていますが、残念ながら確認はとれていません」

「バグダーディーがアフガニスタンにいるかもしれないとして、なんで愛紗がアフガニスタンに行くんだ?」

「それはリヴァイアサンの情報網でもわかりません。田中君、何か聞き出しましたか」

「いろいろ難しい話をたくさん聞かされましたけど、よくわかりませんが、要するに本物のカリフかどうか確かめに行くらしいです」

「あいつはバカか。リヴァイアサンでも居所がわからないのに、見つけられると思っているのか」

「なんだかタリバンの友達がいるので何とかなると」

「なんであいつにタリバンの友達がいるんだ」

「なんか日本人の奥さんを紹介したとかで」

「あいつ、そんな目的で婚活屋やってたのか」

「いえ、そういうわけでは。普段は日本人のモテないオタクとメンヘラ女性を地道にお見合いさせてるだけですよ」

「それでバグダーディーを見つけたら、どうすると言っていたのですか」麗美さんが冷静に話を元に戻す。

「本物の正義のカリフなら忠誠を誓って、一緒にメッカに攻め上るそうです」

「ついにあいつも気でも狂ったか。あんなお尋ね者のテロリストが正義のカリフだと？　この私の側室になるのを断って、そんな奴と心中するというのか」

何をいまさら。気が狂った、というならとっくにカリフになった時に狂ってる。バグダーディーに付いて行くのはともかく、無碍様の側室には普通ならないと思う。

「それは、好都合。あんなやつ、衣織と一緒にアフガニスタンでもメッカでも行ってしまえ。無碍様の目の前に二度と現れるな」会長に嫉妬し、衣織さんには恨みを抱いている藤田君が言う。

「それでバグダーディーが正義のカリフでなければどうすると」

藤田君に構わず麗美さんがまた話を戻す。

「その時は首を刎ねるそうです。そのために衣織さんも連れて行くと」

「イスラーム国って、もう何年も前からあったよな。バグダーディーがカリフとか宣言した時は、愛紗の二番煎じだと笑ったもんだが。確かまだ君府学院にいた頃だ……」

「２０１４年6月30日です」

「よく覚えてますね」

「リヴァイアサンはカリフに関する情報は全てチェックしていると言ったはずです」

そうでした。

「もう4年もたっている。なんで今頃」

「田中君、それについても何か聞きましたか」

さっきのわけのわからない話を読者諸賢に繰り返すのは気の毒だ。というより、ほとんど理解していない、というか覚えていなかったので、これからは再録不能なグダグダの対話が続いた。ザクっとまとめると、正義のカリフがアフガニスタンで黒旗を掲げるので会いにいけ、というイスラームの教えがあるから、黒旗を掲げてカリフを名乗ったバグダーディーがアフガニスタンに来たので、会いに行くという話をしたわけだ。

「なるほど。そういうことですか」麗美さんは一人で納得している。

「どちらにしても、愛紗と衣織をまとめて厄介払いできる好機です。いやぁー、めでたい。無碍様、今夜は二人っきりで祝杯をあげて飲み明かしましょう。麗美さん、田中君、今日はご苦労でしたね。もう帰っていいよ」藤田君が100%作り笑いの極上の笑顔を浮かべて言う。

「いや、行かしていいのか。なんだ、いろいろまずいだろう。ほら、麗美、あれとか、あれとか……」

「無碍様、まだあの女に未練が！」

藤田君のいつもの妄想だけれど、これは当たっている。

「いま彼女をアフガニスタンに行かせるのは危険です」いつものように藤田君をスルーして麗美さんが言う。

「えっ、そんなに危険なのか。彼女も武術の達人だし、あの衣織もついて行くんだぞ」

「あの女がどうなろうとノープロブレムです。問題はタリバンです。タリバンの手引きで彼女がバグダーディーを探しに行って、タリバンとISを同盟させることになるのでは」

「なんでそういうことになるのだ」

「ターリバーンの指導者の称号はアミールルムゥミニーン、つまりカリフの別称です」

「そうなのか」

「今のところ、ターリバーンはアフガニスタンを超えた支配権を主張してはいません。しかし、正義のカリフ制を目指していることを明言しています。また元外相ムタワッキルの本のエピグラフにもカリフ制のためにと記されています。彼らの最終目標はカリフ制の樹立です」

「なんでそんなことまで知ってるのですか」

「リヴァイアサンは何でも知っています」

そうでしたね。

「さっき、田中はあいつがバグダーディーの首を刎ねるとか言ってなかったか。そんな奴がタリバンとISをくっつけるとかできるのか？」

「リヴァイアサンが誇るAIケルビムでも天馬一族の行動が宇宙に及ぼす影響は予測不能でした」

「宇宙規模の影響がでるのか?!」

「予測不能です」

「リヴァイアサンが本件に口出ししてくるのか？」無碍が眉を顰める。

「いえ本部は、天馬一族には手を出さず遠くから監視するように、と最初に言ってきたままで、その後は具体的には何も言ってこないので。とりあえず今本件は報告しておきましたので。明日の朝までには返事があるでしょう」

と麗美さんが言い終わるや否や、彼女のスマホから God bless America の通知音が鳴る。返事早っ！

「もう返事来たのか?!　どれだけ重要案件なんだ？」

「Never let them go there absolutely!!!」

皆が麗美さんのスマホを覗き込む。

「やつらをあそこに絶対に行かすな！！！、か」無碍さんがこころなしか嬉しそうに言う。

「田中君、明日、アフガニスタン大使館にビザ申請に行くんですね」麗美さんに尋ねられたので答える。

「もうサインはもらっているので、今夜中に申請書に必要事項を記入して明日朝一で大使館に持っていくつもりです」

「そうか、では渡航目的の欄にバグダーディーを探し出して忠誠の誓いを立てるか、首を刎ねるため、と書け。そうすればきっとビザは下りないぞ」

「そんなこと書けませんて」

「無碍さん、冷静に。田中君にそんなことをさせなくても、もう今頃父が国務長官に電話してアフガニスタン外務省を通じて在京アフガン大使館にビザを出させないように手配しているはずです」

「おぉ、そうか。では我々は何をすればいいんだ」

「ビザが下りなかった時に、パキスタンやイランやタジキスタンなどの第三国から密入国を試みないか、引き続き監視していればいいでしょう。田中君、明日は普通にビザを申請してください。一週間ほどでビザは出ずパスポートだけが返還されるでしょう。その後、彼らが海外に渡航するそぶりがないか、注意深く見張っていてください」

10 カリフ・ブライダル社

翌日、朝からアフガニスタン大使館に行き、パスポートとビザ申請書類一式を揃えて提出した。もちろん、申請書の渡航目的欄にはバグダーディーを探しに行くなどとは書かない。昨夜のうちに会長から、結婚を斡旋したアフガニスタン人の住所と名前がラインされてきた。だから渡航目的は、友人訪問になる。嘘じゃない。彼に会ってバグダーディー探しを頼むのだから。

なんでもビザ発行は本国照会が必要だということで、1週間ほどで書留で返送する、ということだった。

会社に戻ると、会長が、引継ぎの書類を用意して待っている。

「仕事の要領はだいたい分かりますね、この仕事ももう3年になりますからね」

「でも、僕の仕事は役所から婚姻届をもらってきて、結婚式に立ち会って、垂葉さんと一緒に『シャヒドナー』って言ってただけですから」

「シャヒドナー」とはアラビア語で「我々は証言しました」という意味である。

カリフ・ブライダルの仕事はいたって簡単。結婚を希望する男女を引き合わせて結婚させるだけ。数ある結婚相談所、婚活マッチングサービスの一つだ。

ただ違うのは顔合わせの日まで、性別と年齢、それに相手の写真以外、互いの職業、年収など一切知らされないことだ。会長が勧めた相手との見合いをオーケーしたカップルが、会長と衣織さんの立ち合いの下で、カリフ・ブライダル社の応接室で見合いをする。日本茶とお茶請けの和菓子だけで1時間ほど話をして、話が纏まれば、会長が後見人になり、僕と衣織さん、垂葉さんがいれば垂葉さんが証人になって、口頭で婚姻契約を交わす。そして二人を近くの役所まで送って婚姻届けを提出するのを見届けて僕のミッションは終了する。その場で話が纏まらなければ二度目はない。それで話はお流れ。

カリフ・ブライダル社は成功報酬なので。話が纏まらなければ無報酬、手数料もないので、本当に骨折り損のくたびれ儲けだ。いや、正確に言えば、成功報酬ですらない。というのは、まとまった場合にも決まった料金がないからだ。纏まったカップルの中には「お気持ち」でお礼をくれる人もたまにいる。この現金で渡される「お礼」の会計上の処理は部外秘なのでここに書くことはできない。悪しからず。

それで経営が成り立っているのが不思議なのだけど、低料金、というか無料金にひかれて訪ねてくるお客も結構いるので、事務所の家賃を賄うことぐらいはできている。アルコールも入らず、ムード作りの音楽ひとつ流さない殺風景な事務所で、なによりも妖刀《姥捨》と小太刀《過労死》を腰に差し、まじろぎもせずに凝視する衣織さんの立ち合いの許での見合いで、話が弾むはずもない。それでも結婚にこぎつけるカップルが生まれる方が奇跡のようだ。でも会って1時間で結婚したにしてはトラブルが生じたことはない。

そりゃ、そうだ。衣織さんに文句を言える人なんているわけはない。僕なんか、見合いの立ち会いで衣織さんと1時間同席するだけで、緊張で体重が1キロ落ちる。いや、いちおう僕たち夫婦なんだけどね。

衣織さんは、見合い相手の二人を正面から見つめ、まじろぎ一つせず、最後まで一言も話さない。衣織さんは普段から瞬きを一切しない。以前にそれに気づいて聞いてみたことがある。

「衣織さん、なぜ瞬きをしないのですか」

「しないといけませんか？　晶さまが、どうしてもしろと仰るなら」

「いやいや、そういう話をしているんじゃなくて。どうして瞬きしないのか、不思議に思ったので。やっぱり、武人の心得として、一瞬も周囲から目を離さず警戒を怠らないのですか」

「いいえ、違います。敵とは万物のざわめきが心に像を結んだものです。敵を警戒するのには目も耳も要りません。目は神の造化の妙を称えるために存在しています。瞬きをしないのは、目にその務めを果たさせるためです」

なんだかよく分からないけれど、ウソをつくことができない衣織さんが言うのなら、本当なのだろう。そういえば、前に会長が言っていた、衣織さんの刀は心の中の魔を切り払う、と。

衣織さんは刀を抜かなくとも、ただ見つめているだけで、人の心の中の魔を払っているのかもしれない。

「お願いするのは、メールや電話の申し込みの処理と、見合いの立ち合いだけです」

『『だけです』って、それ、世界中でたった一人、史上ただ一人のJKカリフだった会長以外の誰にもできませんって」

「カリフの職務は部分的に代行が可能です」

「いや、そういう問題ではありません。申し込んできた男女のマッチングも、見合いの立ち合いも、世界16億のムスリムの指導者、カリフの責務だとの自覚と覚悟がなければできませんて」

「田中君は、『官職カリスマ』を知っていますか」

「えーっと、カリスマ美容師みたいなもんですか」

「少し違います。神の恩寵は人ではなく職に宿る、ということです」

全然違う、というか1ミリもかすってませんね……。

「だから、私が田中君にカリフ代行職を託し、田中君がそれを引き受ければ、そこに神の恩寵が下るのです。田中君がオケラだってミミズだってアメンボだって構いません」

えっ、その三択？「いや、無理ですって。僕には会長のような知恵も信仰もありませんから」

「私には知恵も信仰もありません。何もないところにこそ主の御言葉が臨むのです」

「晶さまは愛紗さまの代わりを立派に務めることができます。この机も椅子もそう証言しています」衣織さんが静かに言う。

「そうですね。主の御手によってただこの私を支えるためだけに君府学院の副会長、カリフ・ブライダル社の副CEOに選ばれた田中君なのですから」

いい話っぽく言ってますけど、副会長はともかく、無理やりカリフ・ブライダルに引きずり込んで副CEO職でっちあげて押し付けたのは間違いなく会長、あなた自身でしたよね。

「それでは引継ぎ事項は文書にまとめてラインしておくので、普段の仕事に戻ってください。今日の三組の婚姻届けの記入よろしくお願いします。それから、お茶菓子も買い足しておいてくれますか」

「いつものように羊羹でいいですか」

「今日は三原堂の求肥入り最中の気分です。衣織もそれでよいですね」

「御意」

「今日は一組でもまとまるといいですね」

「インシャーアッラー、全ては主の御心のままに。では、求肥入り最中よろしく」

「主の祝福の下に、アラーバラカティッラー、行ってらっしゃいませ」

衣織さんに送られて、僕は最中を買いに行く。

エピローグ——田中君のお仕事

カリフ・ブライダルは地元密着型企業だ、と言えば聞こえはいいが、要するに時代遅れだ。宣伝といっても、僕と垂葉君が近所で「結婚は信仰の半分、結婚したい人はカリフ・ブライダルへ」という怪しさしかないビラを配るだけだ。ホームページもフェイスブックもやっていない。垂葉君が個人的にツイッターで時々愚痴を呟くだけだ。勿論、広告も出していない。広告費がない、ということもあるけど、お客が来ても仕事が増えて経費がかさむだけで利益がないのだから、まぁ仕方ないよね。だいたい婚活サイトに応募するネットの住人なんて、キモオタ男とメンヘラ女しかいないに決まっている、って、いや僕じゃなくて、垂葉君がいつも言っているし。

それでも低料金、というより無料金だし、なにより幸せな結婚に漕ぎつけたカップルの口コミで良い評判が広まりそれなりにお客は増えている。まぁ、まとまらなかったカップルは結婚斡旋所に行った話なんか他人にしないからね。法外な料金をぼったくられたのでもない限り。成功報酬なら良い評判しか広まらない。だから成功報酬、というのは、それなりに食っていけるビジネスモデルなんだ。

そうこうしているうちに、アフガニスタン大使館にビザを申請してから1週間が過ぎた。いつも通りの日々が続き、十組ほどの婚姻が成立した。今まで通り僕は垂葉君と一緒に立ち会って「シャヒドナー」と唱えているだけだけど、会長に留守中の代理を頼まれてから、なにか少し変わったような気がする。惹かれあう心とそれをやさしく包みこむ空気の光が感じられるような。まぁ、気のせいだろうけれど。

来客の到来を告げるチャイムがなる。

来客対応は一応秘書である衣織さんの役目だ。セールスや宗教の勧誘は、衣織さんの腰の刀を目にするとたいていは黙って背を向けるので、ある意味適任ではある。

「カリフ・ブライダル社の天馬愛紗さん、新免衣織さんに書留です。こちらにサインを」

「いつもお疲れ様です」

初めて配達に来た時に「こちらに判を」と言って、小太刀で自分の指を切って血判を押そうとする衣織を前に固まった彼も、今では慣れたものだ。

いや、そんなことはどうでもいい。

社員全員が衣織さんのところに集まる。って僕と垂葉君の二人だけで、椅子から立ち上がって三歩歩くだけで玄関だけど。結果が分かっていても少しドキドキする。

「まさかまたアフガニスタンのビザ見ることになるなんて」そういえば演劇部の垂葉君は一度アフガニスタンに行ってるんだった。

「あの時もあなたは足手まといでしかなかったですからね」ＣＥＯ室から出てきた会長が冷たく言い放つ。

「俺はアフガニスタンなんて興味ないからな。だいたいご先祖様はそこから逃げてわざわざ日本まで来たんだろう。なんで今更また行かなきゃならないんだよ」

垂葉君を無視して衣織さんが器用に小太刀《過労死》で封筒を開ける。

"We sincerely apologize for inconvenience we caused you with our not issuing visa due to some inevitable reason…"

「どうもビザが下りなかったようですね」会長が落ち着いた声で言う。

「アフガニスタンは日本政府から全土にレベル4の退避勧告が出てますからね。今すぐ逃げろ、あらたに渡航するなんてとんでもない！　って。それに会長たちは5年前に誘拐事件にあって大問題引き起こしてますからね」僕は用意していた慰め、というか言い訳の言葉を口にする。

「それは知っています。だから外務省と法務省を通して、日本政府には邪魔させないように手を打っておきました」

「えっ、いつの間に」

えっ、えっ、えっ、そんな話聞いてないけど、それってビザ出るはずだったの?!

「白岩先生にお願いしました。彼の難校の先輩と同期生に外務省と法務省の高官がいるので、在京アフガン大使館に、我々へのビザ発給に日本政府は反対しないと非公式に伝えてもらいました」

「高校の研究室に籠って本に埋もれてる骨董品のようなあいつに、なんでそんなコネがあるんだ」

垂葉君は白岩先生が嫌いだ。君府学院在学中に先生にアラビア語を習って挫折したからだ。

「関西の名門、難校のネットワークをなめてはいけません。政界、官界、財界、学界、どこにでも要所に卒業生が配されています。まぁ、あの先生のネットワークには私にもまだよく分からない謎がいろいろありますが」

「ふん、ただのはったりだ」

会長と垂葉君の兄妹喧嘩は皆スルーする。というか、知力、体力、胆力、圧倒的に力が違うので、最初から喧嘩になっていないんだけど。

「つまり、アフガニスタン大使館がビザを発給しなかったのは、日本政府より大きな力が働いたということです」

だから、「つまり」は垂葉君の言葉の前の会長の言葉を承けている。

「つまり……」

「アメリカがアフガニスタン政府にビザを出さないよう圧力をかけた、ということです」

「でもなぜ」

「私がアフガニスタンに行くとアメリカに都合が悪いことが起きる可能性があるからでしょう」

「ふん、お前がアフガニスタンで黒旗を掲げてカリフになってアメリカに攻めてくるのを怖がっている、ってか」垂葉君がまた茶々を入れる。

「アメリカは、私自身に何かができるとは思っていません。私はただの狂言回しです」

「じゃあ、アメリカは何を心配してるんですか?」思わず僕は尋ねてしまった。

「今、アフガニスタンで何が起こっているか知っていますか」

「イスラーム原理主義の過激派タリバンが時々テロをやっているのは知っていますが」

「ターリバーンは田中君が想像しているような『テロ組織』ではありません。彼らは今では国土の半分以上を統治してます。もともとアメリカ軍が軍事介入するまでは、『アフガニスタン・イスラーム首長国』の名前で国土の大半を治めていました。ターリバーンこそ正当な政府なのです。アメリカは侵略者であり、今のアシュラフ・ガニー政権はアメリカの傀儡です。アシュラフ・ガニーが大統領になって以来、対米依存が深まり、政治的腐敗、破綻国家化がますます進み、ターリバーンの攻勢が強まっているんです」

「それでバグダーディーは、タリバンのところに逃げたんですね」

「田中君は、イスラーム国のことも、アフガニスタンのことも何も知らないのですね」

「申し訳ありません。私というものがありながら」

「衣織が謝ることはありません」

「田中でなくても、そんなもの、ふつう誰も知らないぞ」と垂葉君。

「あなたが何も知らないことは誰でも知っています」と会長。

二人の掛け合いはスルーして僕が話をもとに戻す。「無知ですみません、それでバグダーディーがタリバンのところに逃げたんじゃなければ何しにいったのですか」

「バグダーディーは、イスラーム国のホラーサーン州に行ったんです」

「えっ、イスラーム国って、シリアとイラクにあるんじゃなかったでしたっけ」

「それはＩＳＩＳ、『シリアとイラクのイスラーム国』といっていた時の話です。今では、アフガニスタンやエジプトやリビアに支部があります。彼らは、ウィラーヤ、州と呼んでますが」

「イスラーム国のホラーサーン州って、タリバンの支配地と違うんですか」

「違います」

「タリバンとイスラーム国って、どちらもイスラーム原理主義の過激派でしょ。でも仲が悪いんですか」

「ターリバーンは、カリフ制再興を最終目標に掲げていますが、漸進主義で、今のところ、自分たちがカリフになるつもりはありません。それに教義的には伝統的なハナフィー派で、サラフィー主義のイスラーム国とは対立しています。しかし、それより重要なことがあります、イスラーム国は、アルカーイダから分派し対立しており、ターリバーンはアルカーイダの同盟者なのです」

「じゃあ、アフガニスタンでは、アルカーイダとターリバーンが同盟してイスラーム国と戦っているんですか」

「そういうことです」

「それで会長のアフガニスタン行きでアメリカは何を心配しているんですか」

「田中君、私はアフガニスタンに行って何をすると言ったか覚えていますか」

「確か、バグダーディーが正義のカリフなら忠誠を誓う、偽物なら首を刎ねるんじゃなかったでしたっけ」

「お前、まさか、そんなことを。本気か。俺は何も聞いてないぞ」

「お兄様に心配かけまいと思って黙っていたのですわ」

「お前、俺を馬鹿にしているな」

「分かっていればいいのです」

「お前……」

垂葉さんを無視して会長が話を続ける。

「バグダーディーが正義のカリフであるためには、ホラーサーンで世界中の正義のカリフの出現を待望する人々の支持を集めなくてはなりません。つまりアルカーイダを倒してターリバーンに忠誠を誓いをたてアシュラフ・ガニー政権を倒してアフガニスタンを征服し、それで初めてマッカに攻め上ることができる、ということです」

「メッカに攻め上るはともかく、アシュラフ・ガニー政権がアメリカの傀儡なら、それが倒れるのはアメリカは嫌でしょうね」

「その通りです」

「でもバグダーディーは、確かアメリカでも賞金首だったはず。バグダーディーの首を刎ねればアメリカも喜ぶのでは」

「それはイラクにいた時の話です。アフガニスタンに移れば話は別です。今のアメリカはアフガニスタンで泥沼にはまり、ターリバーンとの戦いでアシュラフ・ガニー政権を支えきれなくなっています。そこに勝手にターリバーンと戦うイスラーム国のバグダーディーがやってきたのです。『敵の敵は味方』、つまりアフガニスタンにやってきたバグダーディーはアメリカにとって都合の良い援軍だったのです」

「あの凶悪なテロ組織イスラーム国がアメリカの味方って、無理ありません？」

「そうでもありません。イスラエルと戦わず、誰彼構わずムスリム諸勢力に戦いを仕掛けるイスラーム国は、ムスリム世界を弱体化させるためにアメリカが作った傀儡だ、という陰謀説さえ根強くあるほどです」

「うーん、陰謀論……複雑怪奇ですねぇー」

「要するに、今、愛紗さまにバグダーディーの首を刎ねられるのは、アメリカにとって迷惑だということですね」衣織さんが助け舟を出す。

「そうか、それでアメリカがビザ発給の邪魔をしたのか」なるほど、納得。えっ、じゃあ、ビザを取るのを諦めて密入国する気なのか?!

「田中君、心配は無用です。アメリカの手が及ばないイラン・ルートで入国しようなどとは思っていません」会長が僕の心中を見透かしたように言う。

「私は、ホラーサーンに黒旗が翻るのを見て、日本政府に手をまわしてビザを取って、そちらに向かおうとしました。バラアトズィンマティー、それで私の責任は果たされました。しかしそれより大きな力がそれを阻んだようです」

「アメリカの力には逆らわない、ということですか」

「違います。私たちはみな、傀儡師の操る傀儡、この世は人形芝居の舞台にすぎません。私は舞台の背後に隠れた傀儡師の大いなる御意思に従うまでです。天馬一族は正義のカリフの出現を1400年待ってきました。焦ることはないのです。時の徴を読み解くのが私たちの仕事です。決断を下すことと、流れに身を任せること、この二つは一つなのです」

「よく分かりませんが、僕がビザを取り損なったことにも意味があったと？」

「ええ、田中君のおかげで時の徴を読み解くことができました。それに傀儡たちの行動と思惑もよく分かりましたしね」

「じゃあ、アフガニスタンに行くのはやめたんですね」

「ええ。だから田中君に留守中の仕事の代行を頼む話もなくなりました」

「そうですか。すみません。役立たずの僕はもうクビですか」

「何を言っているのですか。もちろん、田中君には今まで通り働いてもらいます」

「いいんですか？」

「田中君はいつでも良い仕事をしてくれます。これまでも、これからも。インシャーアッラー、主の御心によって」

「御意」頷いた衣織さんがなんだか少し微笑んだ気がした。

解説：君の妹もカリフかもしれない

「人は何にでもなれる」

「諦めなければ願いはかなう」

ポジティブシンキング。こんなキャッチーな言葉が世の中にあふれている。ネットを開くと、人々を甘い言葉でキラキラした夢に誘う自己啓発系のサイトが次々に目に飛び込んでくる。

中学生、高校生でもそうだ。

アイドルになる。サッカー選手になる。ゲームクリエイターになる。ユーチューバーになる。ベンチャー企業を興す。渡米してメジャーリーグのスター選手を目指す。中には政治家になりたい、役人になりたいというのもある。学校、テレビ、漫画、ユーチューブ、どこかで耳にした言葉に惹かれて、そんな風に思ったことがあるだろう。

だけどカリフになりたい、という話は聞いたことがない。カリフは、中学、高校の世界史の教科書でも習う超メジャーな職業だ。しかも今は空きポストで、どうやら競争率も低そうだ。これを目指さない手はない！

えっ、考えたこともない？　まぁ、そうかもしれない。でもなんでそうなの？

このグローバルな究極の就職先カリフへの道が誰にでも開かれていることを、全ての人に知ってもらいたい、というのが、私が『俺の妹がカリフなわけがない!』を書こうと思ったきっかけだ。

実は、カリフの研究は、イスラーム学者としての私のライフワークでもある。

1990年、留学先のエジプト国立カイロ大学で「イブン・タイミーヤの政治哲学」をテーマに博士論文を執筆中だった私は「イスラーム法学に於けるカリフ論の展開」(『オリエント』33巻2号1990年)の中でこう書いた。

「過去への真摯な反省なくして生産的な再構築はあり得ない。そこで本稿では、『あるべきイスラーム的政治像』が現代に於いていかなる表現を取るべきかを考えるための準備作業の一つとして、『近代』以前に於ける『伝統的』イスラームの政治思想の展開のスケッチを試みたい」

でも、イスラーム研究者として、カリフについても学術論文だけでなく啓蒙書もいろいろ書いてきたのに、なぜ、今さらわざわざラノベなのか?

それは三人称の論文ではどうしても伝えられないことがあるからだ。

客観的であることを求められる論文は三人称で書かれる。ということはつまり、そこで書かれたことは、自分には関係ないこととして読まれる、ということだ。

学術論文で、カリフの条件が万人に開かれている、とは書けても、カリフへの道は君にも開かれている、と呼びかけることはできない。

だからいくら論文を読んでも、誰もカリフを自分の問題とは思わない。ましてや、カリフになるどころか、イスラーム教徒と間近に接することさえまれな日本ではそうだ。

だから読者が自分の問題として感情移入できる小説の形式でカリフについて書かれなければならない。

じゃあなぜ政治小説じゃなくて若者向けのライトノベルなのか?

それは「常識」という名の思い込み、先入観を振りほどき、新しい可能性に胸を躍らせる瑞々しい感性が若者の特権だからだ。

確かに、普通の日本の若者が――特に女子高生が――「カリフになろう!」と思わないのは理解できなくはない。当然だ。

だいたい、若者に限らず、一人でもイスラーム教徒の友人がいる日本人がどれだけいるだろう。生まれてから一度もイスラーム教徒と話をした記憶がない、という日本人も多いだろう。

いや、「イスラーム教徒の友人がいる」、という人だって、カリフの話をしたことなどないだろう。そりゃあ、そうだ。

日本人だって、外国に行って友達ができたからといって、仏教の転輪王について熱く語ったりはしないだろう、普通。

でも、日本人の誰も、「よしカリフになってやろう!」と思わないのは、単にイスラームについて知らないからじゃない。

むしろ、イスラームとはこういう教えだ、イスラーム教徒とはこんな人たちだ、という思い込みこそが、カリフへの夢を邪魔しているんだ。

なぜか。自分たちのことを振り返ってみよう。日本の文化庁文化部宗務課の統計によると日本人のうち、九千万人強が神道信者になっていることになっている。日本国民の統合の象徴ということになっている天皇陛下の本業も神主らしいし。でもその同じ統計に、仏教人口も九千万人弱と書いてある。あれ、合計すると日本の人口の倍近くになるぞ？　って、今ツッコむところはそこじゃない。

日本人、特に中学生、高校生で、神道の教えを知っていて、儀礼を実践している者がどれだけいるだろう？

実は、私は母方の祖父が美作国《みまさかのくに》一宮旧国幣中社《こくへいちゅうしゃ》中山神社神主で、子供の頃は夏休みは、中山神社で過ごすのが恒例だった。でも自慢じゃないが、神社で寝起きしていてさえ、神道の教えなんかいっさい習わなかったし、何一つ儀式も覚えなかった。記憶にあるのは社殿にある太鼓を叩いて遊んだことぐらいだ。

ちなみに今も私の二人の叔父は神主だし、宮本武蔵の生家の前にある讃甘《さのも》神社の神主は代々母方の家系白岩家が継いでいる。

話が逸れた。要は、日本でも代々続く神道の家系の職業的宗教学者の私ですら、たいして神道のことなど知りはしないということだ。ましてや、今の日本人一般の振る舞いは言うに及ばず、政治、経済、社会が、教科書通りの神道の教義に基づいている、なんてことはないことは、ちょっと考えれば誰でも分かることだ。

いや、本当は、そんなこと考えるまでもなく分かるはずだ。この今の日本のどこが神道なんだ。

そう、本当なら考えなくても分かるはずのことが、分からなくなるのが、「思い込み」、「先入観」、「偏見」というものの恐ろしさだ。思い込みがあると、考えることをしなくなる。「日本の宗教は神道」、なんとなくそう思っているため、我々は神道が何かも、天皇をいただく日本という国の国体がいったいどういうものなのかについても考えることをやめ、思考停止に陥ってしまう。

自分たちが生まれ育った日本の国と宗教についてさえも、思い込みが思考停止を生み、正しい理解を邪魔するなら、殆ど知らないイスラームについての思い込みはどれだけ有害だろう。ましてや自分たちが単一民族と信じられているほどに均質性が高い日本と比べて、イスラームは多様の極みである。イスラームには、アラビア半島の荒涼たる砂漠の遊牧民、東南アジアの熱帯雨林の農民から、世界で最も豊かな国カタールの摩天楼に住む成金たち、コーカサスの「白人」からブラック・アフリカの「黒人」まで、様々な気候と階級、また一億人以上が使う大言語だけでもアラビア語、ペルシャ語、トルコ語、インドネシア語、ウルドゥー語、ベンガル語と、多くの言葉が入り乱れている。こんな広大な世界に住む15億もの様々な民族の考えるイスラームが、我々のイスラームに対する乏しい思い込みで理解できるはずがないじゃないか。イスラームの預言者ムハンマドは570年頃アラビア半島に生まれ632年に亡くなっている。つまり日本の聖徳太子（574年生—622年没）の同時代人だ。

文書資料が残っている、という点から見ると、日本の歴史とイスラームの歴史はほぼ同じだ。日本には既に仏教が伝わっていた（仏教伝来538年）が、聖徳太子は自ら仏教を講じ積極的に仏教を導入した。この聖徳太子の活躍で、天皇家は寺を建て仏像を造り仏教に帰依し、同時に仏教を鎮護国家に利用することになった。この時代から、日本では神道と仏教は融合（神仏習合）し、それまで理論らしい理論をもたなかった神道は仏教と中国文明の言葉で表現されるようになった。

一方、イスラームは、既に預言者の直弟子である正統カリフの時代に、当時の世界三大帝国の一つだったササン朝ペルシャを滅ぼし、ローマ（ビザンチン帝国）の豊かな南半分を奪い取り、はるかに遠い中華帝国（唐）にも651年にはその都長安に第3代カリフ・ウスマーンが使者を派遣していた。

日本はインドと中国から仏教と儒教を取り入れ、天皇制も神仏習合、律令制などによって大きく変わった。しかしイスラームとカリフ制はもっと大きく変わっている。アラブ的色彩が強かった正統カリフ、ウマイヤ朝を倒してペルシャ文明の世界帝国ササン朝の地に首都を定めたアッバース朝（750－1517年）はカリフ制をペルシャ化したが、それはサファヴィー朝（1501－1736年）のシーア王朝に受け継がれた。またオスマン朝（1299－1922年）は1453年にはローマ帝国（ビザンツ帝国）を滅ぼしアジア、ヨーロッパ、アフリカの三大陸にまたがるカリフ制世界帝国を築き上げた。またガズニ朝（955－1187年）が北インドを支配して以来、インドにもイスラームの支配が及び、ムガール帝国（1526－1858年）はほぼインド全域を支配し、インド・イスラーム文明を築きあげた。こうしてヨーロッパ・キリスト教文明、ペルシャ文明、インド文明を融合し柔軟な統治を可能にしたイスラームの統治システム、それがカリフ制だ。

千数百年の間に天皇制が大きく変わったように、カリフ制も大きく変わってきた。トルコがオスマン帝国のカリフ（スルタン）メフメト6世を廃し国外に追放したのは１９２２年。そしてトルコは共和国になった。およそ百年前だ。

日本もまた第二次世界大戦の敗戦によって、天皇は現人神から人間になった。昭和天皇は廃位、追放こそ免れたが、政治権力を全て失った。いわゆる象徴天皇制だ。およそ四分の三世紀前のことだ。

たったの四分の三世紀で、日本の天皇制もこれだけ変わったのだ。百年を経たカリフ制がどんな形を取るかは誰にも分からない。

実は、私の先生の一人でもある故ムハンマド・ナーズィム師（２０１４年没）のお弟子さんたちは、現在の英王室ウィンザー朝は預言者ムハンマドの血を引いており、チャールズ皇太子はナーズィム師の許でイスラームに改宗したと信じており、チャールズ皇太子をカリフに担いでイギリス連邦、西欧を中心とするカリフ帝国の樹立を夢見ている。世界は広く、我々が知らないことがまだまだたくさんある。

だから、日本の女子高生がカリフになることも決して不可能なわけではない……。

ポジティブシンキングだ。

でもそもそも「カリフになる」ってどういうことだろう。えっ、知らない？

そりゃあ、まぁそうだろう。普通、日本の若者はカリフになろう、なんて考えない。自分でカリフになろうと思わない人間は、カリフのなり方なんて調べやしない。

天皇だってそうだ。天皇ってどうやってなるんだろう、なんて日本人でも普通は考えない。もちろん、天皇が亡くなるか、引退すれば、皇太子が天皇になるんだろう、ってことぐらいはたいていの日本人は知っているだろう。でも具体的な手続きはどうなってるんだろう。国会が決めるのかな。総理大臣が任命するのかしら。国会が否決したり、総理が拒否したらどうなるんだろう。

皇太子が拒否したら。いや、皇太子が性転換したらどうなるんだろう。あるいは天皇に隠し子が現れたら。

実際、天皇が譲位したらどうなるかなんて、平成の天皇が言い出すまでは、決まってやしなかった。憲法にも皇室典範にも規定がなかったから慌てて適当な法律をでっちあげて無理やり決めたんだ。

カリフも同じだ。イスラーム法の通説では、イスラーム、成人、理性、男性、イスラーム法の知識、人徳、健康、武勇、政治力、クライシュ族の出自がカリフの資格だ。でもそんな条件を満たす人間は何百万人といそうだ。どうやって誰が決めるんだ。実はイスラーム法では、決めるべき人間が決める、ぐらいのことしか決まっていない。

なんて、いい加減な、と思うかもしれない。でもイスラーム法というのは、千年以上も前に決まったもので、世界中のどこでもどんな時代になっても通用するようにできている。細かいことが決まっていないのは当然じゃないか。だいたい現代の日本の法律だって、天皇が譲位を言い出す程度のことすら想定していなかったんだから。

ただイスラーム法と、日本の法律には大きな違いがある。日本の法律は、国会が決める。今の世界の法律はたいていがそうだ。その国の立法府、議会が制定する。しかしイスラーム法は、どこかの国の議会が決めたものじゃない。じゃあ、誰が決めるのか、というと、実は誰かが決めるわけではない。何それ？って思うかもしれないけど、そうなものは仕方がない。

それが思い込み、先入観の問題点だ。法は国が作るものだと思い込んでいると、それ以外のありかたが思い浮かばなくなる。法を議会が作る、というあり方は、人類の歴史の中では、実はむしろ例外、近代西欧の特殊ケースにすぎない。

じゃあ、イスラーム法は、どうやってできるのかというと、イスラーム法学者の学説が法になる。法社会学では、こういう法を「法曹法」、あるいは「学説法」と言うが、難しい言葉はどうでもいい。重要なのは、イスラーム法というのは、国が制定した法律のことじゃなくて、偉いイスラーム法学者の言葉だということだ。

「オレカリ」には、イスラーム法学者の名前がたくさん登場するが、全て実在の人物だ。まだ学界でも未発表のイスラーム法学史の最新の研究成果まで出てくる。法学だけじゃなく、イスラーム地域研究でもだ。タリバンの元外務大臣ムタワッキル師が、カリフ制の再興を目指している、なんていう話は、どの研究書にも書いていない。「オレカリ」の学術水準は世界のイスラーム研究の最高水準にある。いや、そんな話も読者には関係ないか。

国会が作る日本の法とイスラーム法の違いの話だった。日本だと上皇と新しい天皇の即位の方法が決まっていなくても政治家たちが国会で法律を作って決めてしまえばいいのに対して、イスラームでは誰がカリフかを決める方法を政治家が決めることはできない。世界中のイスラーム法学者たちが議論を重ねた末に通説ができあがってはじめて決まるのだ。それには百年かかるかもしれないし、二百年かかるかもしれない。

　オスマン帝国のスルタンだってカリフとして認められたのは19世紀になってからだと言う歴史学者は多い。オスマン帝国がコンスタンティノープルを征服しビザンツ帝国を滅ぼしたのが１４５３年、マムルーク朝を滅ぼしマッカ、マディーナの二聖地の管理権を握って、マムルーク朝が庇護していたアッバース朝のカリフからカリフ位を譲り受けたとされるのが１５１７年だから、百年や二百年どころではない。初代カリフのアブー・バクルでさえ、１４００年経った今でも、いまだにカリフと認めていない学者たちがいるぐらいである。

　でも、カリフが男性でなければならないのは、イスラーム法学でも通説なら、やっぱり女子高生がカリフになれるわけない、と思うかもしれない。えっ、イスラーム法学なんか持ち出さなくても常識的に考えてそうでしょう、って？

　だから、そういうのは「常識」ではなくて、悪しき「思い込み」でしかない、とさっきからくどいほど言っている。

　確かに、女子高生はカリフにはなれない。ただしそれは「普通」の場合だ。たとえば、殺人。人を殺してはいけない。常識的にも法律的にも「普通は」そうだ。しかし、止むを得ない事情があれば別だ。相手が襲い掛かってきて反撃して殺してしまった、とか、遭難して僅かな食料を独り占めにして同行者を飢え死にさせてしまった、とか、泥酔して刃物を振り回して人を殺してしまったとか、そういう場合には人を殺しても許される。法律用語では「正当防衛」、「緊急避難」、「違法性阻却事由」と言う。

普通は女子高生はカリフになれない。でも他に適任者が誰もいなければ仕方がない。実はオスマン帝国のカリフもそうだった。いや、スレイマン大帝が実は女子高生だった、と言ってるわけじゃない。

カリフの資格の一つにクライシュ族の出自があった。クライシュ族というのは預言者ムハンマドの属するアラブの部族名だ。オスマン帝国はトルコ人が建てた王朝だからもちろんクライシュ族ではない。でもオスマン帝国ができてしまったので、なし崩し的にカリフとして認められるようになった。だから確かにクライシュ族であることはカリフの資格ではあっても、場合によってはそうでなくてもカリフになれることもあるように、女子高生がカリフになることだってあって良い。

でも一万歩譲って女子高生がカリフになれるとしても、預言者ムハンマドの後継者、全イスラーム教徒の指導者である以上、カリフはイスラーム教徒じゃなきゃなれないだろうと思うかもしれない。やっぱり日本の普通の女子高生がカリフになるのは無理だろう。

確かに、カリフになるには最低限イスラーム教徒じゃなければならない。でも、イスラーム教徒って誰だろう。

君は神道の信者か？って聞かれて「そうだ」と胸を張って答えられる読者はそうはいないだ

ろう。小中学校の同級生とかの顔を思い出してみても、神道の信者らしい友達なんてそうはいないだろう。でも思い出してほしい、日本人の十人に九人の宗教は神道ということになっているんだ。

少しイスラームを勉強した人なら、神道とは違って、イスラームには信仰告白による入信の儀礼がある、だからすぐ分かるじゃないか、と思うかもしれない。

でもそれも思い込みだ。イスラーム教徒は15億人ほどいると言われるが、その99・9％以上は先祖代々家がイスラーム教徒だからイスラーム教徒なだけだ。日本人がなんとなく神道の祭りに出たり仏教の葬式をあげたりするのとたいして変わらない。

イスラーム教徒になるのに「ラーイラーハイッラッラー（アッラーの他に神なし）、ムハンマドゥンラスールッラー（ムハンマドはアッラーの使徒なり）」という信仰告白の文句があるのは確かだ。でも、そもそもイスラームには、誰がイスラーム教徒なのか決める権限がある人間、聖職者もいなければ、認証機関、教会もない。

だから信仰告白といっても、どこか特定の組織の事務所があってそこにいる祭司の前で儀式を行って、その組織に入会登録をするようなものじゃない。極端な話、旅先で行きずりの見知らぬイスラーム教徒二人を連れてきて、その前で「ラーイラーハイッラッラー、ムハンマドゥンラスールッラー」と唱えて、そのまま別れてしまえば、彼がイスラーム教徒になったことは他の誰も知らないままだ。

だからイスラーム教徒かは誰にもよく分からない。ハナフィー法学派では、信仰告白を唱えていなくても、イスラーム教徒に交じって礼拝や断食をしていれば、イスラーム教徒扱いすることになっている。

というわけで、モスクで礼拝してればムスリムとみなされるぐらいなら、カリフをやってれば当然ムスリムだと思うでしょう、誰でも。

だから日本人の女子高生がカリフになってもちっとも変じゃない。いや、ちょっとは変かもしれないけれど、世の中は、ちょっと変なぐらいが面白いだろう。

預言者ムハンマドもおっしゃっている。「イスラームは変なものとして始まり、やがてまた変なものになる。変なものたちに幸あれ」

変な女子高生のカリフが現れることこそ、末法の現代の徴じゃないか。女子高生カリフに幸あれ!

というわけで、日本人の女子高生だってカリフになれる。女子高生がカリフにならずして、何が自由だ、何が無限の可能性だ、何が夢だ?!

いや、別にいきなりカリフになれって言ってるんじゃない。カリフになろう、って考えることで、自分たちの思い込みから自由になること、それが第一歩だ。

カリフになれない、って日本人の女子高生が思うのは、ただカリフについて知らないからじゃない。カリフについての間違った思い込みのせいであり、それは実はカリフだけじゃなくて、イスラームについての間違った思い込みがあるからだ。イスラームについて間違った思い込みをしているのは、本当は、イスラームだけでなく、宗教や、法律にそれ自体について思い違いをしているからだ。私たちは、カリフについて知らないだけじゃなく、神道についても、天皇制についても、日本の法律についても本当は何も分かっちゃいないんだ。そして私たちが自分自身について分かっていないことに気づけば、イスラーム教徒たちだってイスラームについて分かっていないだろうということにも気づくことができる。

「日本人」という概念だってそうだ。純粋な日本人なんていない。日本人の象徴である天皇家でさえ、桓武天皇の生母の高野新笠は百済系で朝鮮の血が入っている。11世紀に渡来したアラブ人の預言者ムハンマドの末裔という設定だ。

カリフについて、イスラームについての思い込みに気づくことは、日本と日本人についての思い込みから自由になることでもある。自分のルーツに思いを馳せれば、時と場所を超えて、遠い昔のアラビア半島も一気に身近なものに思えてくる。更に天地とアダムの創造にまでイスラームの勉強が進めば、人類すべてが身近な親戚に思え、就職先の選択肢は地球を超えて宇宙に広がり、人生設計は世界の初めから世界の終りまでを見据えることになる……かもしれない。

もちろん、カリフになろうと思うことで、自分たちの思い込みに気づき、可能性が広がっても、だからといって、全ての思い込みがなくなり、何でもできるようになるわけではない。一つの思い込みに気づいても、また別の思い込みに気がつくだけだし、可能性の広がりに気づくことは、自分の限界に気づくことでもあり、諦めなければならないことが増えることでもある。

人間は自由でなんかないし、願いはたいていはかなわない。でも自分が自由でないことに気づけばこそ、自分が成し遂げたことのかけがえのなさが分かるのだし、かなわない願いによって自分の人生がかなった願いの積み重ねであることが浮き彫りになるんだ。
だから顔をあげて未知の世界の彼方に目を凝らそう。君の妹もカリフかもしれない！

後書き

「オレカリ」は世に言う「ツイッター小説」だ。書き始めたのは2013年5月6日だった。ツイッター小説を書こうと思い立ったのは、当時ハマっていた『ニンジャスレイヤー』の影響による。新免衣織の愛刀「姥捨」「過労死」が『ニンジャスレイヤー』のシルバーカラスの「ウバステ」とラオモト・カンの「カロウシ」へのオマージュなのは分かる人にだけ分かる。

ツイッターに連載を開始した「オレカリ」の第一話は実は以下の通りだった。

【エピソード0】
世界制覇を公約に掲げて生徒会長に当選した俺の妹が「生徒会長」を「カリフ」に改称した。俺の妹がカリフなわけがない！　男性であることは、カリフ有資格者の10条件の一つだ!!

この時点では、ただ題名「俺の妹がカリフなわけがない！」を思いついただけで、内容についての具体的な構想は何もなかった。この題名自体、当時流行っていたラノベ『俺の妹がこんなに可愛いわけがない』通称「オレイモ」のパロディーだった。しかし、ツイッターはミューズの依り代になるのに適したSNSだったらしく、思いつきで始めたラノベだったが、8月26日、4か月弱で脱稿することができた。

その後、2014年6月30日にISIS（イラクとシリアのイスラーム国）がシリアのラッカとイラクのモスルを占拠し、シリアとイラクにまたがる領域を実効支配したのを機に、その指導者アブー・バクル・バグダーディーをカリフに推戴し、名前からIS（イラクとシリアの）を削りIS（イスラーム国）と改称した。ISは2017年10月に首都ラッカが陥落し地下に潜り、2019年10月にはISのカリフ・バグダーディーが米軍に殺害され、2020年5月の現時点ではその後継者のアブー・イブラーヒームも殺害された、との未確認情報も流れているが真相は不明だ。ISは世界にイスラームのカリフ制の存在を広く知らしめた後に、元の反体制地下組織に戻った。ISは未だに世界各地で活動を続けているが、現在のイスラーム地域研究のカリフ論の焦点は、オスマン朝「カリフ」国の故地トルコに移っている。

本書でも筆者の分身である白岩先生の口を借りて明らかにした通り、「カリフ」の名前自体は重要ではない。そもそもオスマン帝国でも伝統的にパーディシャー（帝王）の通称はカリフではなく、スルタンだった。新しい「カリフ」の名前は「大統領」かもしれない。ちなみにカリフ制についてもっと知りたければ拙著『カリフ制再興』（書肆心水）、カリフ制をめぐる問題群に関する専門的議論へと読み進みたいなら拙著『イスラーム学』（作品社）、更にその奥にある形而上学に興味があれば筆者が監訳した『ナーブルスィー　神秘哲学体系』（作品社）、逆にイスラームそのものについて基本から学びたいと思った殊勝な方は本書の漫画の解説を担当してくれた天川まなる先生との共著『ハサン中田考のマンガでわかるイスラーム入門』（サイゾー）をお読みいただきたい。

本書を書き始めた時点では、執筆の目的は、「カリフ」の名前を日本の若者たちに知らせることだった。しかし、ＩＳのおかげで「カリフ」の名が世界中に広がった今、本書の意義は大きく変わった。イスラームは、教義の基本がかっちりと決まっていて信徒は戒律に縛られ自由に考える余地が残されていないように誤解されている。たとえて言うなら、イスラームの教義が決まっている、というのは、重力定数Ｇや円周率πのように教義が定数として固定されているという意味ではないということだ。むしろイスラームの教えとは指数関数のようなものだ。方程式$y=x^2$は変数ｘが１ならｙも１だが、２なら４、３なら９、10なら１００になる。方程式$y=x^2$自体は不変でも変数ｘが変わるとｙの値は大きく変わる。正統カリフの歴史的地理的状況（変数ｘ）が１、そのカリフ制（変数ｙ）が１、正統カリフの後のウマイヤ朝の状況（ｘ）が２、そのカリフ制（ｙ）は４であったとしよう。状況（変数）の違い（１，２）はまだ小さいのでカリフ制の違いもまだ小さい（１，４）。しかしオスマン帝国になると変数の差が広がる（１，３）ので、カリフの制度もかなり異なってくる（１，９）。その状況が全く異なる（１，10）現代の日本となると、そこに現れるカリフの姿は正統カリフたちとは似ても似つかないものになる（１，１００）。イスラームの教義で変わらないのは、出力される数ではなく、方程式のほうだ。その同じ方程式に一生懸命に取り組んでいる限り、解いた答えがいくつになろうともそれはイスラームなのだ。「オレカリ」が伝えたいのはそのことだ。

でもそれだけじゃない。２０２０年7月22日で還暦を迎える筆者が高校時代を懐かしく思い出しながら書いた本書で本当に言いたかったのは、若者には無限の未来が開かれている、ということだったのかもしれない。そしてその未来は、私たちの生まれる前の悠久の過去と、そして私たちがこの世を去った遥か後の世界とも繋がっている。本書がそのことに気づき、読者諸賢が「自分は日本人だ」、「ダブルだ」、「男だ」、「女だ」、「ゲイだ」、「高校生だ」、「正社員だ」、「フリーターだ」、「ニートだ」などといったちっぽけな思い込みの幻の檻から自由になり、大空に向かって飛翔するきっかけになったなら、筆者としては望外の幸せだ。

　末筆ながら、小説など書いたこともなかった筆者の拙い手遊びの「オレカリ」がこうして世に出ることになったのはひとえに晶文社の安藤聡氏のおかげだ。この場を借りて心から感謝申し上げたい。

　万世の主、アッラーを称えてここに筆を擱く。　الحمد لله رب العالمين

[著者について]　**中田考**（なかた・こう）

1960年生まれ。イスラーム法学者。灘中学校、灘高等学校卒業。早稲田大学政治経済学部中退。東京大学文学部卒業。東京大学大学院人文科学研究科修士課程修了。カイロ大学大学院文学部哲学科博士課程修了（Ph.D）。1983年にイスラーム入信、ムスリム名ハサン。著書に『イスラーム法とは何か?』（作品社）、『カリフ制再興』（書肆心水）、『イスラーム 生と死と聖戦』（集英社新書）、『みんなちがって、みんなダメ』（KKベストセラーズ）、『イスラーム国訪問記』（現代政治経済研究社）、『13歳からの世界征服』（百万年書房）、共著に『しょぼい生活革命』（晶文社）、『ハサン中田考のマンガでわかるイスラーム入門』（サイゾー）などがある。

天川まなる（てんかわ・まなる）

兵庫県生まれ。大阪府在住。漫画家。アラブ文化エッセイ漫画を中心に活動。漫画家アシスタントシェアグループPASS代表。20年前よりアラビア語、アラビア書道、イスラーム全般を勉強しているノンムスリム。イスラーム圏のシリア、エジプト、マレーシア、ブルネイなど漫画ワークショップの経験あり。アラブ文化啓蒙活動として「アラビックフェスタ関西」主催。長年の漫画家アシスタント技術を生かし、日本コンピュータ専門学校にて非常勤講師。実践型プロ志向漫画教師の背景美塾、大阪出張講座にて背景講座担当。中田考との共著『ハサン中田考のマンガでわかるイスラーム入門』（サイゾー）がある。

俺《おれ》の妹《いもうと》がカリフなわけがない!

2020年7月15日　初版

著者　中田考

マンガ　天川まなる

発行者　株式会社晶文社

〒101-0051
東京都千代田区神田神保町1-11
電話　03-3518-4940（代表）・4942（編集）
URL http://www.shobunsha.co.jp

印刷・製本　ベクトル印刷株式会社

ISBN978-4-7949-7186-9　Printed in Japan